四月になれば彼女は

川上健一

集英社文庫

四月になれば彼女は

「その女性は、何か思うところがあって本を差し出したのか、それとも何気なく差し出したのでしょうか?」

「いや」

といいかけて口を閉じた。

「はい?」

インタビュアーはじっとぼくの目を覗き込んで言葉を待った。小首を傾《かし》げて待つそのしぐさは得意ポーズなのだろう、きっと誰《だれ》もがその魅力に抗《あらが》うことができずにいずれは口を開けてしゃべり出すに違いない。ぼくもまたその大勢の一人として新たに名を連ねてしまった。

「うん。そうだね。ぼくには分からないな」

しかし、そういい出す前に心の中では、いや違うな、と口には出さずについさっきいいかけた言葉を続けていた。

十九歳の冬の夜、映画を見た帰り道、氷雨が降る交差点で信号待ちをしていたぼくに、とクスクス笑って傘をさしかけてくれたあの人と出会った。そしてあの人は小説の面
「背伸びをしなければ傘《かさ》が届かない」

白さに導いてくれた。あの人との出会いは小説との出会いでもあったことは確かだ。だが、ターニングポイントやエポックメーキングということになると、ぼくの中ではちょ

っと違うような気がしたのだ。そう、やっぱり違う。あれは高校を卒業した三日後。あの一日がなければいまの自分はないと確信を持って思える。だから、いや違う、といいかけて口を閉じてしまったのだ。

それでもぼくは、あの人との出会いと、小説との出会い、そしてあの人が突然消え去ったことをインタビュアーに語った。あの人はまるで、ぼくと小説を出会わせるために現れたかのように思えるということをドラマチックに。その方が女性誌にはぴったりのエピソードであり、事実あの人との出会いが小説に目を開かせてくれたのだから。これでもサービス精神は旺盛《おうせい》なのである。

だが、本心を吐露《とろ》するならば、あの卒業式の三日後の一日こそがターニングポイントでありエポックメーキングなのだと強く思えるのだ。十八歳の、まだ坊主頭の、冬も終わりに近づいた、誰もが多かれ少なかれ経験したであろうと思われる自分だけの特別な気分。あの気分を経験できた一日こそがそうなのだと。

れたから仕方なく引き受けたんだからな」

「だってよお、やっぱり駆け落ちはよお、オートバイでかっこよくやらなくちゃよ。てくてく歩いて駆け落ちするんじゃ、かっこ悪くてやってらんねえじゃねえか。俺はオートバイ持ってねえし、運転もできねえしよ」

「それなら斉藤《さいとう》のやつとか、鈴木《すずき》のやつに頼めばよかったじゃねえか。あいつらCBとドリームだぞ。俺のカブより格段にかっこいいじゃねえか」

「お前の方が頼みやすかったんだよ。それにお前だって面白そうだからやってみるかっていったじゃねえか」

そういったのは確かだった。ずっと前からつまらない毎日で、何か変わったことがしてみたかった。

原因は分かっていた。

心にぽっかりと大きな穴が開いていたからだった。ほんの二年前まで、その穴は夢というキラキラ輝く大きな塊《かたまり》だった。野球選手という夢は、肩を壊してあっという間にかき消えてしまった。

肩を壊したのは高校二年生の春だった。

ぼくは速球が自慢のピッチャーだった。フリーバッティングに登板すると、伸びのある球威に押されて、チームの誰一人としてまともに打球を前に飛ばせなかった。

ぼくは自信満々だった。熾烈《しれつ》なサバイバル競争に勝ち抜き、野球選手として生活していくという目標をすぐ目の前まで引き寄せたと強く感じていた。

野球選手として生活するというのは子供の頃《ころ》からの夢だった。野球ほど面白いものはこの世にはないと思っていた。物心ついた頃から野球一筋だった。野球がすべてだった。身体が大きくて運動神経に恵まれているし、野球センスも図抜けている、そう自負してうぬぼれていた。プロ野球選手になれるかどうかは分からなかったが、ノンプロの選手にはなれるだろうと思っていた。レベルの高い野球ができる環境で野球選手として生活できたら文句はなかった。それが夢だった。

ところが、ある日突然右肩に激痛が走り、投げるのはおろか動かすことすらできなくなってしまった。

前日のフリーバッティングに投げたとき、少し肩が痛いと感じていた。それ以上は痛くならなかったので一晩寝たら治っているだろうと軽く考えて眠った。

朝起きると肩が腫《は》れあがっていて、熱を持っていた。ほんの少し動かすだけで激痛が走った。

病院にいって検査してもらうと、医者は、肩関節が壊れて毛細血管までブチブチにちぎれてしまっている、といった。三カ月あまりも熱光線を当てる治療に通った。

ちっともよくならないので通院をやめた。肩の痛みは消えはしなかったが、小さくなっていたので我慢して投げ始めた。怖くて思い切って腕を振ることができなくなった。速球に勢いが消えて威圧感のない普通のピッチャーになってしまった。それでも投げられるうちはまだ夢はすっかり消え去りはしなかった。いつか痛みが消えてまた全力投球ができると期待が持てたからだ。

だが三年生になっても肩の痛みは消えず、それどころかキャッチボールもできないようになり、春早々に二年生ピッチャーに主戦投手の座を明け渡した。投げられないので守ることもできずに補欠となってしまった。夏の甲子園《こうしえん》予選を前にして野球部を退部した。ここぞというときの代打で期待できるから残れという監督の言葉がうつろに響いた。

子供の頃からのたったひとつの夢が跡形もなく消え去ってしまったのだ。

それからは何をやっても面白くなかった。何もやらなくても面白くなかった。毎日がつまらなくなった。

野球部はやめたけれど、学校をやめようという気にはならなかった。勉強をする気はなかったけど、何となく学校にいたかった。学校をやめたら何をしていいのか分からなかった。だらだらと無為な日々をすごした。

それでも野球に取って代わる情熱をぶつけられる何かを見つけなくてはという気はあった。他のスポーツをやったり、映画を見たり、絵を描いたり、音楽を聴いたりしたけど、何をやっても野球ほどの興奮を覚えるものはなかった。

卒業を控えても何もやる気がおきなかった。進学する気もおきなかったし、希望する就職先もなかった。就職指導の先生が地元の十和田《とわだ》市に就職先を見つけてくれた。小さな工務店だった。母親と二人だけの母子家庭なので、野球選手という夢をあきらめたからには家にいなくてはと何となく思ってしまったからだ。二人だけなんだから十和田に残って就職しなくちゃならないと母がうるさくいうので、そうした方がいいのだろうとぼんやりと思っただけだった。無気力だったので反抗する気にもならなかった。

伝法寺のやつから駆け落ちの手助けをしてくれと頼まれたのは卒業式の次の日だった。冗談だと思った。それでも引き受けたのは退屈しのぎになるかもしれないと思ったからだ。

早朝に家を出、国道4号線の待ち合わせ場所でリュックサックを担いだ伝法寺を拾った。やつはその日、坂崎洋子と東京へ駆け落ちすることになっていたのだった。

「面白そうだと思ったのは確かだよ、本当ならな。本当に駆け落ちするんだろうな。嘘《うそ》だったら暴れるぞ！」

ぼくは背中の伝法寺にいってやった。

「何回もいわせんなって。本当に駆け落ちすんだよ！」

「いまだに信じられねえんだよ。お前みたいなアホで三枚目な男と駆け落ちする女がいるなんて、どう考えても信じられねえ！」

「男は顔じゃないよ君！　心だよ！　ぼくみたいな男らしい心を持っていれば、顔なんて関係ないのだよ」

　伝法寺のやつは気取っていう。

「本当に坂崎洋子って女はお前のこと好きなのかよ？」

「くどいねえ君も。もう二人は相思相愛、愛し合って離れられないの。重ね合わせた肌と肌、めくるめく愛のひとときああ、たまんねえ！」

　伝法寺は興奮して叫び、どうにも我慢できないというようにまた背中からぼくに抱きついて身体をまさぐった。

「やめろ馬鹿！　ふざけんなッ、危ないんだよ馬鹿！」

　くすぐったくて我慢ができず、また危うく転倒しそうになってしまった。

「アットトトトイ！　頼むぜおいッ」

「アホ！　お前が変なことするからだろうが！」

　ぼくは一喝《いっかつ》しておいてから気になったことをきいた。「おい、お前、坂崎洋子とやったのか？」

「当たり前でしょう。やってない二人が駆け落ちしたなんてきいたことねえだろうが。お前、まだ女とやったことねえだろう？」

「ああ、ねえよ」

「度胸の問題だよ、度胸の。女はよ、誰だってやりたがっているんだから、好きな女がいたらやろうぜっていえばいいんだよ。この世の中は男も女もやるために存在してんだからよ、度胸出して迫ればいいんだよ」

「女は誰でもそうだという訳はねえだろう、アホ！」

「馬鹿だなお前は。だから度胸がねえっていうんだよ」

「うーん」

とうめいてしまった。度胸がないというのは認めないわけにはいかなかった。好きな女の前ではあがってしまっていいたいこともいえないし、まともに目を合わせることさえもできなかった。

「だからいつまで経《た》っても童貞なんだよお前は！」

「うるせいやい……」

といいつつ、たぶんそうなんだろうと納得していた。セックスを経験できないのはただ単に度胸がないだけなのだ。無気力な毎日だったが、セックスだけには興味津々《しんしん》だった。

「で、どうだった？　気持ちよかったか？」

「そりゃお前、最高だよ、あれは。あんまり気持ちよくてあっという間に終わってしまったけどよ！」

「何回やったんだ？」

「この前初めてやったばかりだからまだ一回だよ！」

「いつやったんだ？」

「卒業式の前の日だ！」

「どこで？」

何だか刑事もののドラマの鋭い尋問シーンのようになってしまった。

「あいつの家の納屋《なや》だ。干し草にくるまってよ。干し草がチクチクしたけど、そこしかやれるとこはなかったんだ」

「コンドームはつけなかったのか？」

「つけたに決まってるでしょう。コンドームをつけなきゃやらせてくれねえっていうからよ、すぐに自転車ぶっ飛ばして家に取りに帰ったんだよ」

「お前、持ってたのか？」

「いんや。親父《おやじ》のやつを借りたんだよ。タンスに隠してあるのは分かっていたからよ」

「彼女、ずっと待ってたのか、裸のままで」

「待ってる訳ないだろう！　自転車で往復すりゃ、どんなにぶっ飛ばしたって一時間はかかるんだぞ！　洋子ちゃんのやつは、自分の部屋で昼寝してたよ。それを俺がおこしてよ、また納屋までいって、それでやったんだよ！」

「納屋かあ……」

「うん。納屋だあ」

「うーん、納屋かあ。干し草の上かあ」

初めてセックスをするには最高の場所のように思えた。思い出としていつまでも心に残りそうな気がした。乾いた暖かい干し草のいい匂《にお》いが思い出された。何だかすごくいやらしい気分がして興奮した。

「とにかくだ、もうすぐ洋子ちゃんの家だ。頼りにしてっから頼むぜ。お前が一番でかいんだからよ！」

と伝法寺のやつは妙に明るい声でいった。

「俺がでかいってのが、お前たちの駆け落ちと関係あんのか？」

伝法寺の言葉が刺《とげ》のようにチクリとひっかかった。胃のあたりに嫌な気分がわきだしてきた。

「あったり前じゃねえか。お前がでかかったから駆け落ちの助っ人を頼んだんだよ」

「どういうことだ？」

「いいからいいから。たぶん大丈夫だと思うけどよ、まあ殺されるってことはねえだろうから安心しろって」

ぼくは急ブレーキを踏んでオートバイを停《と》めた。伝法寺のやつがつんのめって思い切り背中に顔をぶつけてきた。

「いってえッ。何だって急に停まるんだよバッカヤロー！」

「バッカヤローはお前だ、バッカヤロー！　殺されるってどういうことだ？　そんなやばい駆け落ちだなんてきいてねえぞ」

両足を砂利道につけてバランスを取り、身体をひねって後ろの伝法寺を怒鳴りつけた。

「心配すんなって。洋子ちゃんの親父と兄貴が出てこねえ限りは大丈夫だ」

伝法寺のやつは顔を真っ赤にしてごまかし笑いをした。赤い長いマフラーを首に巻いていたけど、顔の方が赤かった。愛嬌《あいきょう》のある笑い顔で、この笑顔を向けられるとどんなときでも思わず釣られて笑い出しそうになる、不思議な魅力を持った笑い顔だった。

頬《ほお》が緩み出しそうになるのを懸命にこらえていった。

「笑い事じゃねえぞお前。殺されるなんてことはきいてねえぞ。どういうことかちゃんといってみろ。じゃなきゃ俺は帰るぞ」

「ま、ま、そう怒るなって沢木ちゃんよ。お前を男として見込んで頼んだんだから。頼りにしてんだから。いや、ほらさ、たとえば洋子の兄貴とか親父に見つかってケンカになったとするだろう。そうしたらでかいお前が一緒だったら心強いじゃねえか。何しろ洋子の兄貴は県の相撲《すもう》選手権大会で二位になった猛者《もさ》で、こいつがまたおっかねえやつでよ、何かっていやあすぐに手が出る野郎なんだよ。この前はチンピラの手首をポキッとへし折ってしまった」

「ポキッ……。県大会で二位……。そんな話きいてねえぞ」

冷や汗が出て尻込《しりご》みしてしまった。

「まあまあ。でな、親父の方はもっとやばいんだ。鉄砲撃ちでよ、めたらやたらとぶっ放すんだ。ド近眼でな、分厚いメガネかけてんだけど、ちょっと離れると熊《くま》と人の見分けがつかねえんだ。いま鉄砲撃ちのシーズンだから四六時中鉄砲持ってぶっ放している。その辺のどこでもだ。この前は畑で危うく地区長を殺しそうになったらしい。うちの婆《ばあ》ちゃんがあの地区長は強欲のどうしようもねえ悪者だから撃ってくれた方がよかったのにって残念がっていたけどな。そんなおっかねえのが二人もいるとこに俺一人でいけるかってんだ。そうだろう?」

瞬時に、烈火のごとく怒り狂った坂崎洋子の兄が鬼のような形相《ぎょうそう》で走り迫り、父親がぼくに狙《ねら》いを定めて鉄砲をぶっ放す場面が目に浮かんだ。顔を見たことがないので、プロレスラーの悪役の顔になっていた。

「俺は帰る。お前一人でいけ」

「ご冗談でしょう?」

「ご冗談はお前だろうが! バイクに乗せて連れ出せばいいだけだから心配することは何もないっていったろうが」

「だから親父と兄貴に見つからなければ大丈夫だって。まあそう心配すんなって。兄貴はもう勤め先の農協にいってるはずだし、鉄砲親父はどっかに猟に出かけたに決まってらあ。二人ともいねえよ。本当だって。それに、俺はお前がいると何だか心強いんだよ。だから帰るなんて寂しいことというなよな。お前と俺の仲じゃねえか。頼むよ沢木ちゃん」

伝法寺は例の閻魔様《えんまさま》でもなごませてしまうような笑顔を向けていう。気がつかないうちに釣られて笑ってしまっていた。ぼくの負けだった。

坂崎洋子の家は広い敷地を持つ大きな農家だった。

田んぼと畑が広がる中に肩を寄せ合うような小さな集落があり、その中の一番大きな家屋敷だった。母屋《おもや》は体育館ほどもあろうかというとてつもなく大きくて古い木造の家だった。母屋のほかに離れがあり、倉庫や納屋があった。どれもこれも体育館や公民館のような大きな建物ばかりだった。伝法寺の話だと、坂崎洋子の家は昔は庄屋だったそうで、屋敷の中には池つきの立派な庭があるとのことだったけど、背の高い生け垣に囲まれていて見えなかった。

生け垣はオンコの木で、きれいに刈り込まれてあった。広い敷地をぐるりと取り囲んでいて、根元には薄汚れた残雪の塊が消えずにあった。

防風林の鬱蒼《うっそう》としたスギ林やケヤキの大木が屋敷を包み込むように覆っていて、一本のスギの木にカラスが二羽とまっていた。

道に面している生け垣の真ん中に、太い柱を組んだ仰々しい門があり、扉は開かれて開けっ放しになっていた。

ぼくたちは屋敷の端のスギ林の中から門を見張っていた。約束では九時に坂崎洋子が門の前に出てくることになっているという。腕時計を見ると、あと一分ほどで九時だった。

「こないじゃないか。もうすぐ九時だぞ」

ぼくは腕時計を伝法寺に見せていった。

「まだ九時前じゃねえか。大丈夫だよ、心配しなくたってちゃんと出てくるって」

「駆け落ちってのは、相手に会いたい一心だから早めに出てくるんじゃないのか?」

「洋子ちゃんは時間にうるさいんだよ。何時って約束したら、その時間にピタリと合わせてやってくるんだ」

「お前らがやった納屋って、あれか?」

母屋から少し離れて大きな建物があった。

「まあな。ウエッヘッへ」

伝法寺のやつはだらしなく顔を歪《ゆが》めて思い出し笑いをした。

九時十分になっても坂崎洋子は姿を現さなかった。もう五分待っても同じだった。

「出てこないじゃないか」

「おっかしいなあ」

「時間にうるさいはずじゃねえのか」

「そうよ」

「俺たちが時間を間違えたんじゃねえのか？」

「いんや、確かに今日の九時の約束だ」

「駆け落ちするの嫌になったんじゃねえか？」

「まさか……」

伝法寺の笑顔に不安の色が浮かんで引《ひ》き攣《つ》った。

「だったら何で出てこないんだ？　それとも駆け落ちするのがばれてめちゃくちゃに怒られているのかもな。兄貴にひっぱたかれて泣いてるか、親父に鉄砲で撃たれてしまったかもな」

「おいおい……。ちょっと、中の様子を覗《のぞ》いてみるか……」

伝法寺はうろたえてしまった。

ぼくたちは生け垣に沿って門まで進んだ。土の田舎道はところどころに水たまりができていて、ポツリポツリと降り落ちるみぞれまじりの雨が丸い模様を描いていた。

門の脇《わき》にたどりついて立ち止まった。何となく左右を確認して道に誰もいないことを確かめた。無意識の行動だったけど、し終わってから何だか泥棒みたいだなと情けない気分になってしまった。

二人で門の中に顔を突き出した。

すると、いきなり黒光りのする銃身が目の前にぬっと出現した。まるで待ってましたといわんばかりのタイミングだった。二連発式の銃身で、ぞっとする銃口が地獄の覗き穴のように冷たく口を開けて光っていた。

空気銃を別にすれば本物の鉄砲を見たのは初めてのことだった。子供の頃、母の兄が空気銃で雀獲《すずめと》りに出かけるときについていったことがあった。冬を間近に控えた木枯らしの吹く寒い日で、伯父さんは猟の合間に空気銃を手に持たせてくれた。子供のか細い腕に、ずっしりとした空気銃の重さが不気味だった。雀を殺すということは、この重さみたいなものなんだと、よく意味も分からないままにそう思ったことを覚えている。

目の前に突き出された鉄砲は、空気銃よりもはるかに重たそうだった。ずっしりとした重量感がそのまま胃の中にドスンと入った気分だった。重みで身体が奈落《ならく》の底まで落ちていくような気がした。

目の前で黒光りのする銃身がゆらゆらと動いた。ぼくはじっと立ち尽くした。足がすくんでしまってピクリとも動けなかった。鉄砲の重量感を飲み込んで重くなった身体を懸命に支えることしかできなかった。それだけで精一杯で、動くことも、声を出すことも、瞬《まばた》きをすることも、考えることもできなくなってしまった。

銃身がすっと動いて、

「あーん？」

鉄砲を手にした男が現れた。丸い分厚いメガネ越しに、無表情にぼくたちをとみこうみした。坂崎洋子の父親で、駆け落ちがばれて伝法寺のやつを待ち構えていたに違いなかった。

ぼくはとっさに伝法寺に視線を移した。何かいってくれと期待してのことだった。伝法寺のやつはペンキをぶちまけられたみたいに顔が真っ赤だった。引き攣った笑いを見せながらじりじりとあとずさりしていた。

「何だ、お前たちは？」

坂崎洋子の父親は乾いた軽い声を出した。怒髪天を衝《つ》く、というような激しい怒りはまったく感じられなかった。娘と伝法寺が駆け落ちすることに気づいているとは思えなかった。

「お前たち何ボーッとしてんだ？　何かしゃべれえ」

「いや、いきなり目の前に、鉄砲が出てきたから、びっくりしてしまって」

とぎれとぎれにやっと声がでた。

「お、これか。おお、悪い悪い。これからちょっと山でな、鳥かウサギでも撃ってこようと思ってな。で、何の用だい？」

坂崎洋子の父親は軽い笑いを見せていうのだった。

「いやあ、お父さん、ぼくですよ、十兵衛《じゆうべえ》とこの春美ですよ、ハハハハ」

伝法寺のやつが撃たれる恐怖から解放されてほっとした声を出した。やたらに甲高《かんだか》い笑いだった。

「お父さん？」坂崎洋子の父親は伝法寺をしげしげと見やった。「うん？　おお、春美か。何だお前、何しにきたんだ？」

「いや、九時に迎えにくるって洋子と約束してて。これからみんなで街までいくんですよ。ハハハハハ」

「おお、そうか」

「洋子、何してんですか？」

「寝てんじゃねえか」

伝法寺のやつはがくっと肩を落とした。「寝てんですか？」

「と思うけどな。おおい、熊ッ、熊あッ、熊夫《くまお》！」

坂崎洋子の父親は屋敷の奥に向かって叫んだ。おう、と野太い声がして、納屋から作業着姿の男が出てきた。背は高くないが、小太りでガッチリした男だった。若禿《わかは》げで頭のてっぺんが地肌を見せて光っている。太い眉毛《まゆげ》に無精髭《ぶしょうひげ》。分厚い唇が腹話術の人形のように上下に動いた。

「何だよ？」

「洋子に用事だってよ」

坂崎洋子の父親はそういうと、鉄砲を小脇《こわき》に抱えて道に出て大股《おおまた》でずんずん歩いていってしまった。

「洋子に何の用だ」

坂崎洋子の兄の熊夫が入れ代わって目の前に立ちはだかった。近くで見ると横幅がぼくの倍ぐらいもある男だった。二十五、六歳の男のように思えた。

「あ、お兄さん、俺ですよ。今日はどうしたんですか。農協は休みですか」

「何だ、春美じゃねえか。今日は有休だ。洋子はまだ寝てるぞ」

「参ったな。九時に約束してたんですよ」

「いま起こしてきてやるよ。こっちの男は何だ？」

熊夫はぼくを値踏みするようにジロジロと見た。

「高校の同級生ですよ」

「ふうん。いい身体してるな。まあ一緒にこい」

熊夫が何かいちもつのありそうなギラつきを目に見せてぼくにいった。そのことが少し気になって不安になったけど、ぼくたちは熊夫の後に続いて屋敷を横切り、母屋の大きな玄関に入った。

熊夫は三和土《たたき》をあがって消え、やがて坂崎洋子と一緒に戻ってきた。

坂崎洋子はあくびをしながらやってきた。灰色の上下のジャージーに赤と黄色の派手な綿入《わたい》れ半纏《ばんてん》を羽織っていた。髪は短かったが寝起きでぼさぼさに乱れていた。太っているというわけではないが、腰がふくよかに丸みを帯び、胸が豊かに突き出て大きく上下に揺り動かしながらやってきた。ブスではなかったが、伝法寺のいう美人には思えなかった。遺伝なのだろうが、熊夫と同じ分厚い唇だった。その唇がぽっちゃりとして魅力的といえば魅力的だった。顔は丸顔で目が小さく、鼻も小さかった。

「なあにいい?」

と坂崎洋子はかすれ声を出した。

「え?　なあにって、九時に迎えにくるって、ほら、あのことで約束したでしょうに」

伝法寺はちらっと熊夫を窺《うかが》っていった。

「あのことお?　ああ、そっかあ、忘れてたあ。うん、約束してたよねえ。どうすんのお?」

坂崎洋子はぼんやりと伝法寺を見ていった。駆け落ちするにしてはのんびりしたものいいだった。

「だからさ、こうやってさ、な、迎えにきたんじゃないか」

「いいよおお」と背伸びをしていった。「わかったあ。ちょっと待っててえ。支度してくる」

坂崎洋子はまたあくびをしながら戻っていった。

「おい、名前、何てんだ？」

と熊夫がぼくにいった。

「沢木圭太《けいた》です」

「工業の卒業式終わったよな？　進学すんのか、就職か？」

「はあ、就職です」

「そうか。よし、なら話は早いぞ！」

熊夫はにんまりと笑った。それからいきなりいった。

「どうだ。相撲取りにならねえか？」

「は……」

「せっかくそんないい身体してんのに、使わなきゃもったいないぞ。身長いくつだ？」

「はあ、百八十五です」

「よし、決めたぞ。相撲取りになろう。なあ。大丈夫だ、ちゃんとした相撲部屋だから支度金も出す。俺は親方からスカウトを頼まれているんだ。な、俺にまかせろ。悪いようにしねえから」

相撲部屋の名前はよく耳にする有名な相撲部屋だった。

「話は早い方がいい。いくつだ、十八歳か？　新弟子としてはちょっと遅いけど、まあ大丈夫だ。さっそく親方に連絡するからよ。今日の汽車で東京にいこう」

「いや、だけど」

「なら明日親方にこっちにきてもらうか？　それでもいいぞ。どっちにする、いま親方に電話するからよ」

熊夫は怒濤《どとう》の寄りでぼくを土俵際に追い詰めた。

「ちょ、ちょっと待ってください。俺、相撲は自信ないですよ。あんまり好きじゃないし、瘦《や》せてるし」

「大丈夫だ。太るのはいくらでも太れる。とにかく背さえ高ければいいんだ。稽古《けいこ》すればすぐに肉がつく。強くなるし好きにもなる。あの大鵬《たいほう》も、入門したての頃はお前よりガリガリだった。お前は背があるし、顔もいい。これからの相撲取りは大鵬みたいに顔がよくなけりゃだめだ。いくら強くても人気がなけりゃだめなんだ。なあ。相撲取りになろう。お前は人気力士になれる」

熊夫の分厚い唇が上下にせわしなく動いた。目はじっとぼくを捉えて離さない。本当に腹話術の人形のようだと、ぼくはぼんやりと熊夫を見ていた。

「いや、だけど、俺はもう明日就職することになってるし、いまさらやめるなんていえないですよ」

「どこに就職するんだ？」

　ぼくは十和田市内の工務店の名前を告げた。

「おお、あそこか。大丈夫だ。いまから俺が話をつけにいってやる。なあに、あそこの社長だったら、お前が相撲取りにスカウトされたことを知ったら喜んで就職を取り消してくれる」

「いや、だけど、俺、母親と二人だけだから、十和田にいなくちゃならないから」

「それだったらお前、なおさら相撲取りになって一旗あげて親孝行しなきゃ。なあ。そうだろう。お袋さんの方も俺にまかせろ。ちゃんと説得してやっから。なあ。これからすぐいこう。いや、昼飯がいいな。俺もちょっと用事をすませたいことがある。寿司屋《すしや》で寿司食おう。お袋さんも一緒だ。寿司好きか？」

「いや、好きだけど」

「そんなにしょっちゅう食ったことねえだろう。相撲取りになればいつでもうまいものが腹いっぱい食えるぞ。よし、今日の昼、寿司屋で寿司食おう。腹いっぱい食わせてやる。好きなだけ食っていいから。なあ。それまでに親方に電話して有望な若者をスカウトしたと報告しておくからな。よし、決まりだ」

「お待たせえ、いこうかあ」

坂崎洋子がやってきて、のんびりとした覇気のない声でいった。小さなバッグを一個持っただけだった。

「俺、やっぱり相撲取りはだめですよ。自信ないから」

「大丈夫だって。最初から自信のあるやつはいない。みんなそうだったんだから」

「とにかく、俺、二人を送っていかなきゃならないから、すんません、これで」

「よし。昼飯のときに会おう。迎えにいくからな。家はどこだ」

「いや、やっぱり、だめですよ。じゃ」

「まあ待て待て。とにかく寿司食おう。家はどこだ?」

肉厚のごつい手で腕をむんずとつかまれた。ものすごい力だった。家の場所を告げなければ離してくれそうになかった。ぼくはでたらめな場所を教えた。

「よし。じゃあ迎えにいくからな。家にいろよ、約束だぞ」


伝法寺と坂崎洋子とぼくは、生け垣に沿ってオートバイの所まで歩いた。

「この人だあれえ?」

と坂崎洋子はぼくを見上げてのんびりとした声を出した。

「沢木圭太。工業の同級生だ」

と伝法寺がいった。

「ふーん。あんた相撲取りになるのお」

「ならないよ。それより本当に駆け落ちすんのか？」

「まあね。どうして？」

「いや、ならいいんだけどさ」

まだ信じられなかった。駆け落ちというのは、切羽詰まった最後の手段、というものだと思っていた。伝法寺はニヤニヤ笑っているし、坂崎洋子はのんびり構えている。二人はどうみてもこれから駆け落ちするという雰囲気ではなかった。変な駆け落ちだけど、こんな駆け落ちもあるのかもしれないと思い直した。

三人でオートバイに乗った。座る場所が決まらなくてなかなか出発することができなかった。三人のポジションをどう変えても伝法寺のやつが納得しなかったのだ。

最初はぼくをサンドイッチにして前に伝法寺が、後ろに坂崎洋子が座った。

「あんたの背中って大きいんだねえ」

と坂崎洋子がいった。ぼくの身体に腕を回してぴったりと身体を押し当てるので、彼女のでかいおっぱいの弾力が背中に感じられた。

伝法寺のやつが身体をひねって後ろを振り向き、

「いやいやいやいや、やっぱりこの体勢はまずいでしょう。これだと洋子ちゃんの胸が沢木の背中に押し当てられるでしょう」

と顔を真っ赤にして苦笑しながらいうのだった。

そこで今度は逆の体勢になった。坂崎洋子がぼくの前にきた。スタートさせようとすると、

「何だかお尻に固いものが当たるう」

と坂崎洋子が笑い出した。

伝法寺が顔を突き出し、

「いやいやいやいや、固くしちゃだめでしょう、お前は」

「しょうがねえじゃないか。自然に固くなっちゃうんだからよ」

ぼくは苦笑していうしかなかった。女とぴったりくっつくのは初めてのことだった。ましてや女の尻が敏感なところにぴったりとくっついているのだ。興奮しちゃだめだといいきかせたのだけれど、敏感なところが勝手に反応してしまうのだった。

「バ、バッカヤロー。ひとの彼女におっ立てちゃまずいでしょうがッ。このポジションもまずいよねえ、いやいやいや」

と伝法寺のやつは怒りながらも笑い出すのだった。

坂崎洋子と伝法寺とぼくは、オートバイから降りて互いに顔を見合わせながら照れ笑いをし続けた。なかなかとまらなかった。しまらない駆け落ちだった。

結局、荷台に坂崎洋子と伝法寺が座ることになった。伝法寺のやつがぼくの身体に腕を回してしがみつき、坂崎洋子がその後ろで伝法寺にしがみついた。伝法寺のリュックサックと坂崎洋子のバッグはぼくが足で挟むことにした。

「さあさあさあ！　ぼくらの明るい未来に向かって出発だあ！」

と伝法寺が芝居がかった掛け声をあげ、ぼくはオートバイをスタートさせた。

空は相変わらずどんよりと鬱陶《うっとう》しく、みぞれまじりの雨が降り続いていた。明るい未来どころか、前途多難を思わせる空模様だった。

2

ぼくのホンダのカブは国道4号線を北上した。

エンジンがせつなそうに喘《あえ》いでいた。三人も乗っているのだから重量オーバーもいいとこだった。

一丁目の信号から裏道に入った。警察に見つかるとまずい。三人乗りは違法なのだ。四丁目の裏道で伝法寺と坂崎洋子が降りた。坂崎洋子が商店街で買い物をするという。伝法寺が、駆け落ちするとなると女はいろいろと準備が大変なのだ、ということを大人ぶった口調でいった。

「何時の電車で三沢《みさわ》までいくんだ？」

とぼくはオートバイにまたがったままきいた。

「あのねえ、駆け落ちするんだよ。予定を決める訳ねえでしょうが」

と伝法寺はいった。

「駆け落ちって、予定を決めねえのか？」

「当然でしょう」

「だけど三沢は何時の特急なんだよ？」

二人は東北本線の三沢駅から東京行きの特急に乗って駆け落ちすることにしていた。

「それも決めてません」

「お前ら本当に駆け落ちすんのかあ？」

「あったり前でしょうが。何のために命の危険を冒して、身体を張って、二人で手に手を取ってやっとの思いでここまでやってきたと思うのだね、君は」

「やっとの思いなあ……」

ぼくは坂崎洋子を見た。

彼女は太股《ふともも》がはち切れそうな黄色のラッパズボンをはいていた。その上は真っ赤なオーバーコートで、キャバレーの看板が立っているような派手な色使いの出で立《いた》ちだった。

目が合うとぽっちゃりした唇を開いて笑った。やっとの思いでここまできたという雰囲気はまるでなかった。ちょっと街に遊びにやってきたという感じだった。

風に乗って、商店街の有線放送から女の歌手が歌う演歌がきこえていた。やりきれない寂しい旋律を熱唱する声が、大音量で流れていた。

「駆け落ちするんだったら汽車の時間ぐらい決めておくもんじゃないのか、普通。いま混む時期だから指定とれねえかもしれねえ。そしたら座席に座っていけねえぞ」

ぼくは伝法寺にいった。

「お前はなんにも分かっちゃいないんだねえ。あのな、汽車の時間を決めて、ちゃんと座席指定券とって、ちょこんと座っていく駆け落ちなんて絵にならねえでしょう。もっとこう、ドラマチックにだね、いきあたりばったりで、男女の激情に身をまかせた熱い二人がだね、手に手を取って駅に駆けつけ、やってきた列車に飛び乗る、と。これがかっこいい駆け落ちでしょうが。それで座席がいっぱいだったら席が空くまでデッキで二人でいてだね、手を取って見つめ合ってだね、『大丈夫かい?』『ええ大丈夫よ』『後悔してないかい?』『あなたと一緒だもの後悔する訳ないじゃない』『寒くないかい?』『うん。あなたと一緒だもの』『かわいいな。キスするか』『ううん、いやあん』とかなんとかいっちゃってだね、いやいやいやいや、ハハハハハ、ねえ洋子ちゃん」

伝法寺のやつは自分でいっておいて照れ笑いをするのだった。

「フフフ」

坂崎洋子はもじもじと身体をくねらせて笑いを漏《も》らした。

馬鹿馬鹿しいと思いながらも、伝法寺の笑顔に抵抗できずについ釣られて笑ってしまった。

そのときになって、なぜ駆け落ちまでしなくちゃならないのか、その理由をきいていなかったことに気づいた。二人はひとときでも離れられないほど愛し合っていて一緒になりたいけど親から反対されているとか、坂崎洋子が他の男と結婚させられそうなので駆け落ちするしかないとか、そういう切羽詰まった理由があっての道行《みちゆき》になったはずなのだ。だが二人の様子からはそんな緊張感はまるで感じられなかった。

だけど二人の楽しそうな笑顔を見ていたら、そんなことはどうでもいいように思えてきた。

「じゃあな。俺はいくぞ」

ぼくは苦笑していった。

「サンキュー、沢木ちゃん。落ち着いたら連絡すっからよ」

「じゃあ」

と坂崎洋子に手をあげた。

「どうも」

坂崎洋子はにっこりと笑った。小さな目が消えてしまいそうな笑顔だった。前歯の一本がうっすらと黒ずんでいた。虫歯のようだった。

「まあ元気でやれよ」

「お前もな」

ぼくたちは握手した。

伝法寺は例の閻魔様もなごんでしまいそうな笑顔を披露した。ぼくはまた釣られて笑った。じゃあなといってスロットルを二、三度回し、エンジンをふかしてからオートバイをスタートさせた。

四丁目の角の、中央停留所の小さなバスターミナルを曲がって国道4号線に出た。家に帰ってコタツにもぐり込んで冷えた身体を温めたかった。家に向かって国道を南下しようとした。

「おい、沢木!」

とたんに叫び声がした。

振り向くとアーケードの下に大島賢治《おおしまけんじ》がいた。

大島賢治は工業の同級生だった。ぼくは電気科で大島は機械科だった。野球部のキャプテンだった。ぼくが野球部をやめるときに最後まで引き止めたやつだった。卒業したというのに明るい空色の野球部のジャンパーを着ていた。

ぼくはアーケード下の歩道にオートバイを乗り入れ、大島の前に停まった。

大島は硬式野球部のある会社に就職が決まっていた。社会人野球のチームなのだがノンプロということではないらしい。仕事は定時まできっちりとやり、練習は夜間にするらしかった。

「よう。いつ埼玉にいくんだ？」

「明日だ。それでちょっと買い物にきたんだ。どうだ、肩の調子は？」

と大島は真面目《まじめ》くさった顔を向けた。学校でもどこでも、ぼくと会うと必ずそう訊《たず》ねるのだった。

「分からんよ。しばらく投げちゃいないしな。腕を回してみると痛いから、まだだめだろうな」

「そうか。まあ無理するなよな。投げられるようになったらまた野球やればいいんだから。ちゃんと病院にいけよな」

「そうだな」

「あきらめるなよ。絶対に治るって。そしたらまた野球やろうぜ」

大島はいつものように、テレビの青春ドラマの主人公のように目を輝かせて励ますのだった。

「ああ。肩が治ったらな」

治ることはないと希望を捨てていたけど、いつもそう答えることにしていた。そうでもいわないと、大島は説得口調でしつこくいい続けるのだ。だからそう答えることにしていた。真面目で情熱があり、いいやつなのだが、一直線すぎてまともに付き合うと気疲れしてしまうやつだった。

「まあ、埼玉にいったら俺の分まで頑張ってくれよな」

「うん。お前は肩を治すことに専念してくれ。肩さえ治ればお前はいいピッチャーなんだから。それとケンカはだめだ。ケンカはするな」

と大島は首を振った。

「ああ。分かってるよ」

「真面目な話だぞ。指でも折ったらピッチャーとして致命傷なんだぞ」

「ああ。分かってる。俺のことはいいから自分の心配しろ。そうじゃないとレギュラーになれないぞ」

「うん。頑張るよ。何とかなるだろう。冬の間毎日走ってたし、素振りも千回はしてたし。活躍すればノンプロのチームからスカウトされるっていうからな。楽しみだよ」

「そうか。お前ならノンプロいけるよ。頑張ってみろよ」

「ありがとう。サンキュー」

大島はうれしそうに笑った。

「じゃあな。元気でやれよ」

「ああ。お前も元気でな」

大島はキラキラ輝く目を真っ直《ま》ぐ《す》に向けていった。

ぼくはオートバイを発進させた。

「ケンカはだめだぞ！」

大島の声が背中にきこえた。

ぼくは大島を振り返って小さく手をあげた。

それから別れたばかりの大島のことを思った。

あいつは就職しても誰よりも熱心に練習するだろうし、野球に打ち込むだろう。だけどレギュラーになれないだろうしノンプロにもいけないだろう。野球センスがなあ。プレーのひとつひとつに目を見張るシャープさがないよなあ。高校野球のレベルではそこそこのプレーヤーだけど、その上のレベルでは通用しないよなあ。

それでもやつはいいさ、やりたいことがある。お前はどうなんだ。やりたいことが何もないじゃないか。

ぼくは大きく息を吸い込んで吐き出しながら自嘲《じちよう》した。

ケンカか……。社会人になるんだからそんなもんとも、もうおさらばしなくちゃなあ。

漠然とそう思ってオートバイを走らせた。

3

ケンカに手を染め始めたのは野球部をやめてからだった。最初のケンカは野球部をやめて少し経ってからだった。

野球部をやめて毎日がつまらなかった。何をやっても面白くなかった。何もする気がおきなくてぼんやりと毎日をやりすごした。

笑うこともなくなっていつも仏頂面《ぶっちょうづら》だった。態度も投げやりになっていたので、大きな身体と相まってめざわりだったのだろう、態度がでかいと学校の不良グループから目をつけられてしまったのだ。

昼休みのことだった。

ぼくは体育館でバスケットボールに興じていた。そこにあの二人がやってきたのだった。いつも五、六人で徒党を組み、強面《こわもて》の戦闘的集団と学校中から一目おかれていたグループのサイとオトと呼ばれているやつらだった。ボスは機械科の松橋《まつはし》という男で、毎日他校の不良グループとケンカに明け暮れていると噂《うわさ》のある男だった。松橋はぼくと同じぐらいの背丈で、横幅が一回り大きかった。一年生のときは柔道部だったのだが、他校の不良グループとのいさかいが忙しくなって退部したとのことだった。噂で耳にしたから本当かどうかは分からなかった。サイは電気科、オトは機械科の三年生で、二人とはそれまでほとんど話をしたことがなかった。

「おい」

とサイがいった。

「何だ?」

「ちょっと屋上にこい」

とオトが噛《か》みつきそうな顔ですごんだ。

「何だよ」

「いいからちょっとこいよ」

「話があるならいまここでしろ」

二人の高圧的な態度にむっとなってしまった。

「いいからこいっていってんだよ」

オトがいきなり胸ぐらをつかんだ。気味が悪いくらいに顔が青ざめていた。

瞬時に逆上してしまった。胸ぐらをつかまれて恫喝《どうかつ》されたのは初めてのことだった。

野球というタガが外れてしまって、もうどうでもいいやと自分を捨《す》て鉢《ばち》に思っていたので、自分を見失って感情をコントロールできなくなっていた。一瞬、思考が切れてしまった。

思いにまかせて思い切り膝《ひざ》を突き上げた。

膝頭がオトの腹にめり込んだ。

「ぐっ」

とオトが身体を折り曲げた。すぐに、

「てめ……」

とうめいた。

最後までいわせなかった。

身体を折り曲げ、両手で抱えている腹に思い切り蹴《け》りを入れた。オトはもんどりうって倒れ、床の上を滑っていった。

サイを見た。サイはぱっちりと目を開けて固まっていた。サイがどう出るか分からなかったので身構えた。するとサイは脱兎《だっと》のごとく走り去った。

オトは床に転がったまま苦しそうにうめいていた。顔が真っ白になっていた。脂汗が浮いていた。その頃になると体育館で遊んでいた全員がやってきて遠巻きに取り囲んでいた。みんな無言だった。

「おい、ちょっとこれは、やばいぞ」

と太田博美《おおたひろみ》がやってきて顔をしかめた。

どういう訳か、仲がよくなったやつは春美とか博美という美しい名前を持っていた。美しい名前とは裏腹にむさ苦しい風貌《ふうぼう》は二人とも同じだったのだが、太田博美は伝法寺の工藤春美と違って勉強ができた。だから野球部をやめてからは、テストのことを思って席替えではいつも太田博美の隣を選んだ。答案用紙を見せてもらうためだった。太田博美はどの科目のテストでも90点以上はとった。ぼくは太田博美の答案用紙を覗かせてもらって、赤点にならない程度の答えを選んで書き写した。

もともと勉強は好きではなかったが、野球部をやめてからはまったくやる気がおきなかった。だけど卒業はしたかった。毎日がつまらなかったけど、学校をやめる度胸はなかったし、とにかく卒業するまで学校にいたかった。だから単位を落とす訳にはいかなかったのだ。

太田博美は鷹揚《おうよう》なやつで、成績のいい者にありがちな堅苦しいことはひとこともいわないし、冷たく突き放すということもなかった。テスト時間の終わり間際になると、太田博美は答案用紙を見やすいようにずらしてくれた。数分間の早業《はやわざ》で、ぼくは太田博美の答案のいくつかを書き写した。

「あいつら、黙っちゃいないぞ」

と太田博美は腹を抱えてのたうっているオトを見ていった。

「ああ。だろうな」

とたんに現実に引き戻されて、復讐《ふくしゅう》という言葉がドスンと胃の中に落ち込んだ。これはとんでもないことになりそうだと、そら恐ろしくなって暗い気分に落ち込んでしまった。

戦闘能力の計算をしてみた。こっちは一人で向こうは五、六人。向こうはケンカなれしているしこっちはケンカなんかしたことがない。中学生のときにしたきりだ。計算するまでもなく、圧倒的に不利だった。

「何だったんだよ?」

と太田博美はいった。

「屋上にこいっていうんだ。いきなり胸ぐらつかまれて引きずられたから頭にきてしまった」

「あいつらと何かあったのか?」

「いや。何にもねえよ」

といってから、もしかしたら無意識のうちに松橋たちのグループの誰かをじっと見てしまったことがあったのかもしれないと考えた。そのことで、でかい態度でガンをつけたと思われてしまったのかもしれなかった。

「どうすんだよ。あいつら絶対に黙っちゃいないぞ」

と太田博美はまたいった。

「しょうがねえなあ……」

これは結果がどうなってもいいから、松橋たちにこっちに敵意はないという意思表示をしておかなければならない。もしかしたらうまくいって復讐されずにすむかもしれない。そうなればいいけど、うまくいかないかもしれなかった。だが全面戦争を回避するにはその手しかないと思った。それでやり合うことになったらしょうがない、そのときはそのときだと腹をくくった。

ぼくは床に横になってうずくまっているオトに近づいて声をかけた。

「おい、大丈夫か」

「うっせ……」

オトは目を閉じたままうめいた。息がうまくできなくて苦しそうに顔を歪めていた。

「みんな屋上にいるんだな」

「お前なんかいまに半殺しにしてやる……」

「ふーん。何でだ」

「生意気なんだよお前は。態度がでけえしよ……」

「そうか。屋上にいこう」

「何だと……」

オトが顔を歪めて見上げてきた。

「本気か、おい？」

と太田博美がびっくりした。

「ああ」

「俺も一緒にいくか？」

太田博美は引き攣ったような表情でいった。

「いや、一人でいい。その方がいいんだ」

「なめんなよ、こっちは五人だ……」

「俺はお前らともめる気はねえんだ」

「何だとこの野郎……」

「とにかく立てよ。俺を屋上に連れてってくれ」

「ふざけんな、てめえ……」

「いいから立て。息ができるようにしてやるからよ。野球で腹に打球が入ったときに楽になる方法があるんだ」

ぼくはオトの学生服の肩をつかんで引き上げた。オトは抵抗しようとしなかった。オトを立たせておいて背中合わせにやつの腕を絡めた。それからゆっくりと前かがみになって、オトの背中を海老《えび》反《ぞ》らせてやった。

「ウググ……」

オトはくぐもったうめき声をあげた。

その頃になると体育館の中にバスケットボールのドリブル音が復活した。バスケットリングを揺らすシュートの音も出始め、ざわめきがもどった。

「もういいよ、降ろせよバカヤロー……」

オトのやつがうめいた。

「まだだよ。楽になるまで続けた方がいいんだよ」

校舎から体育館に続く渡り廊下を、バタバタと走ってくる複数の足音が響いた。バタバタは体育館に飛び込んできた。

先生たちか松橋たちのグループのどっちかだろうと、オトを腰に乗せて海老反らせたまま顔をあげた。松橋たちのグループだった。思ったよりも素早い行動だった。予定が狂ってしまった。屋上に乗り込んだ方が効果があるはずだったのだ。また体育館の中の音がピタリとやんだ。

「降ろせってんだよッ」

援軍がかけつけてオトが息を吹き返した。

ちょっとこい、というようにぼくを見据えて松橋が顔を振った。

ぼくたちは体育館の外廊下で向かい合った。向こうは五人、こっちは一人だった。

「よくもやってくれたなこの野郎!」

オトが吠《ほ》えた。まだ腹を押さえていた。

「お前がいきなりつかみかかるからだよ」

「ふざけんなこの野郎！」

「いきがるなよこの野郎！」

サイのやつがオトとともに前へ出てつっかかってきた。

「話って何だよ、松橋」

ぼくは二人を無視して松橋にいった。

「お前、最近態度でけえな。俺たちを睨《にら》みつけてるじゃねえか。何か文句あんのか？」

松橋は眼光鋭く睨みつけた。

「文句なんかねえよ。ケンカする気もない。睨みつけているように思われたら謝るよ。最近ボーッとしてるからそう思われたのかもしれねえんだ」

ぼくはいった。屋上まで出向いていおうと思っていたセリフだった。痛めつけたオトを連れていってそういえば、こいつは度胸があるからうかつに手を出せないぞと思ってくれるかもしれない、という効果があるだろうと何となく思ったからだった。

「放課後、面をかせ。逃げんじゃねえぞ」

松橋はいった。

ぼくの投げた直球はいとも簡単にはじき返されてしまった。

やつらとの長い抗争の幕開けだった。

その日の放課後、ぼくは授業が終わったらさっさと下校しようと考えた。松橋グループの呼び出しを無視しようと決めた。やつらの呼び出しにのこのこついていくのはアホのすることだ。こっちは一人で向こうは五、六人。寄ってたかってリンチにされるのは目に見えている。逃げてしまうのが一番利口のように思えた。

やつらには文句をつける気はないしケンカをする気もないと伝えてある。逃げたとなれば松橋グループに逆らう意志がないということを示すことになるはずだ。そうすればやつらはぼくのことなど気にもかけなくなると思ったのだ。

だけど、と思い直した。

ここで逃げれば野球と同じだ。野球から逃げて、不良から恫喝されてまた尻尾《しっぽ》を巻いて逃げることになる。逃げ続ける自分のことを思うと情けなくてどうにもやり切れない気分になってしまった。そんなことを思っている自分に腹も立ってきた。逃げてばかりいるようでうんざりした。

ケンカなんかしたくはないけど、尻尾を巻いて逃げるくらいなら、ケンカをした方がよっぽどすっきりする。それにもう野球のためにあれこれ我慢することはないのだ。

野球をしていたときは、テストで赤点をとったり、ケンカや万引きなどの不祥事をおこすと休部や退部を科せられた。もっと重い罰は対外試合が禁止されたりしてチームが甲子園予選出場ができなくなってしまう。ぼくたちは甲子園を目指していたが、ぼく自身のことでいえば、甲子園に出場してプロ野球やノンプロのスカウトたちの目にとまりたかった。野球が勉強をさせて、野球が不祥事を引き起こさせない力になっていた。逃げてうじうじといやな気分を引きずっているよりは、やりたいことをやってすっきりしたかった。

ぼくは教室で松橋たちが現れるのを待った。やつらがやってきて校庭から少し離れた空き地に連れていかれた。松橋のグループに睨みつけたつもりもないし文句もない、ケンカをふっかけるつもりもないともう一度いった。

「態度がでかいからヤキを入れるんだよ」

と松橋は鼻にもかけなかった。

「そうか。俺はやる気はねえけど、手を出されればやるしかねえぞ」

とぼくはいった。もうどうでもいいやとやけくそになっていたので怯《おび》えはなかったが、足がブルブル震えていたのが自分でも不思議な感じだった。これが武者震いってやつなのかなあと、リンチになるかもしれないというのにのんきにぼんやり思ったりした。

「だからお前は態度がでけえってんだよ、この野郎！」

オトのやつが破裂しそうなくらいに真っ赤になった顔で、パンチを振るいながら突進してきた。昼休みにやられたことがものすごく頭にきているようだった。

力が入りすぎた大振りのパンチなので楽に避けることができた。空振りしたオトがバランスを崩したところに思い切り足を飛ばしてやった。踵《かかと》がやつの腹にしっかりとめり込んだ。

「ウグッ」

とオトのやつは嘔吐《おうと》するときのような気味の悪いうめきをこぼして身体を折り曲げた。すかさずもう一発蹴り上げた。インステップキックでサッカーボールを蹴飛ばしたように、靴の甲がやつの顔面をまともに捉《とら》えた。

やつは両手で顔を掻《か》きむしりながら、言葉にならないかすれ声をあげて転げまわった。手も顔も鼻血で真っ赤に染まった。

俺はやる気はねえぞ。俺にかまうな、といおうとして振り向いた。格好をつけるつもりはなかった。そういって終わりにしたかったのだ。だがそんなことをいう暇はなかった。やつらが襲いかかってきたからではない。やつらの逆上した顔を見た瞬間、こっちの方がもっと逆上してしまって自分でも何が何だか分からなくなり、やつらに殴りかかっていってしまったのだった。

ボコボコに殴られたり蹴られたりしながら拳《こぶし》を振り回し続けた。何発かぶん殴ってやった手ごたえはあった。

そのうちに顔に強烈な一撃を食らって目の前が真っ暗になった。よろよろと地べたにへたり込んでしまった。衝撃で倒れたというよりは、ものすごくくたびれてしまい、座りたくなってへたり込んだという気分だった。ぼんやりとしてしまって、起き上がる気力は湧《わ》いてこなかった。ぼくの近くでやつらのうちの二人が、地べたでうずくまっているのが何となく分かった。

すぐに顔に硬い衝撃を食らってまた真っ暗になった。蹴られたというのが分かった。続いてもう一発がきた。顔の中で、

「ガン！」

と大きな音が鳴り響くのがきこえた。

鼻の奥が酸っぱくなって、生臭《なまぐさ》い臭《にお》いがした。

ぼうっと霞《かす》む視界に松橋の顔が大きく迫った。やつの顔が歪んで見えた。

「今度でかい態度見せたらぶっ殺すぞッ」

と荒い息づかいでいうやつの声が、やけにはっきりと突き刺すようにきこえた。

あいつらを相手に二人やっつけてしまうなんて、思ったよりも俺はケンカが強いのかもしれないと思うと、気分は悪くはなかった。

家に帰って鏡を覗くと、心配したほど顔は破壊されていなかったのでホッとした。左

の目の下に青痣《あおあざ》があり、鼻梁《びりょう》が膨らんで唇が一箇所切れているだけだった。

母にはバスケットボールをしていて相手の頭が顔に当たったと嘘をついた。

翌日のホームルームでもいぶかる担任にそういい続けて追及をかわした。

学年中に、ぼくと松橋グループが相当過激にやりあって、ぼくがリンチを受けたらしいという噂が広がっていた。

「いやいやいや、本当に馬鹿だねえ君は。一人であいつらとやったって勝てっこないでしょうに」

と伝法寺のやつに笑われ、

「お前、もうイキがるのはやめろよな。病院送りにされてしまうぞ。そうなったらつまらないよ。やつらには逆らわない方が利口だってば」

と太田博美には意見されてしまった。

ぼくは笑ったままやりすごして何もいわなかった。計画があって、そのことを実行しようと強く自分にいいきかせていた。

一時間目が終わるとすぐに、計画を実行するべく機械科の松橋の教室にいった。昨日、乱闘になる前にいいたかったことをいおうとしたのだった。先生がいないことを確認してから教室に入った。ぼくが入っていくと、ざわついていた教室がしんとなった。松橋は椅子《いす》に座ったまま、隣のやつと笑いながら何かを話していた。ぼくが近づいていくと、気づいた松橋がちょっと驚いた表情でじっと見つめてきた。

何だよ？　というようにぼくを睨みあげた。その顔を見たらカッと頭に血が昇って一気に激昂《げっこう》してしまった。思い切り机を蹴り飛ばしてやった。松橋のやつが机と椅子ごとひっくり返って大きな音を立てた。

「野郎！」

と叫んで松橋は立ち上がろうと身体の上に乗っかっている机をはねあげた。立ち上がる前に踏み込んで腹を蹴り上げた。爪先《つまさき》ががっちりと腹にめり込んだ。

「ウッ」

とやつはうめき声を上げたが、右手をぼくの足にからめて起き上がろうとした。そうはさせじと上から拳を振り下ろしてやった。やつはとっさに顔をそらせた。拳がやつの首筋に命中した。もう一発殴ろうとした。誰かがぼくの腕をつかんだ。てっきり松橋グループの誰かだろうと思った。

「だめだッ、やめろッ、ケンカはだめだッ、手をケガしたらどうするんだッ」

大島のやつだった。

「だめだッ、手をケガしたら本当に野球ができなくなるッ。お前は手をケガしたらだめだッ。それにいきなりやっつけるなんて卑怯《ひきょう》だぞッ」

大島はぼくの前に立ちふさがった。

「こいつら昨日、俺一人を五人でやっつけたんだぞ。卑怯なのはこいつだ」

「それでもいきなりやっつけるのはだめだッ。ケンカもだめだッ。野球できなくなったらどうすんだッ。お前は肩さえ治ればいいピッチャーなんだぞッ。ケンカなんかするなッ。ケンカなんかしないでちゃんと肩を治せ。そのために野球部やめたんだろうがッ。ケンカするために野球部やめたんじゃないだろうがッ」

もう野球部とは関係なくなったというのに、大島のやつは真剣な目でぼくに訴えた。

それから大島は立ち上がった松橋を振り向いていった。

「松橋もだめだぞッ。こいつにちょっかい出すなッ。こいつは肩が治ったらプロのピッチャーになれるかもしれないんだぞッ。ケンカ相手なら他の学校の不良とか街のチンピラとかにいくらでもいるだろうッ。こいつとはだめだッ。肩が治ったらすごいピッチャーになれるかもしれないんだッ」

「やかましいッ。どけッ、この野郎!」

松橋は大島を押し退《の》けようとした。

「だめだッ。ケンカなんかするなッ。ピッチャーは手とか腕をケガしたら命取りになるかもしれないんだ。頼むからこいつとケンカしないでくれッ」

「どけよ大島。俺はもう野球をやめたんだよ。だからもう」

といったとたん、大島は振り向きざまに顔に平手打ちを飛ばした。あまりの早業にほくは呆気《あっけ》にとられてしまった。驚きの方が大きくて痛さは感じなかった。大島の目から涙がこぼれていた。

「ふざけんなッ。もっと自分のことを大事にしろッ。お前はすごい才能があるんだぞッ。肩を治してちゃんと野球をやれッ。プロにいきたいって夢はどうしたんだッ」

それから大島はまた松橋に向き直った。

「こいつは俺たちの夢なんだぞッ。ケンカなんかしているときじゃないんだ。いまは肩を治すときなんだ。だから頼むからケンカなんかしないでくれッ」

大島の毅然《きぜん》としたものいいに、ぼくも松橋もたじたじとなってしまった。ぼくと松橋は口を閉じてじっと睨み合った。

二時間目の始まりを告げるベルが鳴った。

「先生がくるぞ」

と誰かがいった。

「もういけ。二人ともケンカはだめだぞ」

と大島がぼくと松橋を交互に見ていった。

俺は頭に血が昇りやすいんだなあ、と新しい発見をして自分のことながら驚いてしまった。

話をしようといったのだけれど、あれでは松橋をやっつけるために乗り込んでいったと思われても当然だった。となれば、今後のためにも徹底してやってしまわなければならなかった。あいつはやばいからちょっかいを出すのはやめておこう、とやつらに思わせた方がいいと考えた。

ケンカやリンチのことを考えるときに湧き起こるたまらない恐怖心は、昨日のケンカでどこかに消えてしまっていた。やつらに対する怒りが恐怖心をはるかにしのいでいた。それに、昨日のケンカで度胸が座ってしまっていた。意外とケンカ好きなのかもしれないと興奮しながら思ったりした。

二時間目が終わると、ぼくはオトの教室に出向いた。やつは大きなマスクをかけていた。ぼくの顔を見た途端、やつは一瞬ギョッとしたまま凍りついた。

ぼくはやつの前に立って、

「ちょっときてくれ」

と教室の隅に顔を振った。

「何だよ」

オトは低くうなるような声でいった。

「いいからちょっと」

ぼくはまた顔を振って促した。

「何だってんだよ」

といいながらオトは歩きだした。

オトのやつはすんなりと教室の隅までいくことができなかった。

途中でオトのやつが、

「てめえ、いったい」

と振り向いて真っ赤な顔で睨みつけた。とたんに血が昇ってやつの横腹に蹴りを入れていた。やつは教室の隅に吹っ飛んでいってしまった。

物入れの棚の角にしたたか身体をぶつけて「ウーッ」とうめいた。身体を折った。オトの胸ぐらをがっちりとつかんで上半身をひきずり上げた。やつの顔からマスクが外れて、口の回りが青黒く腫れあがっていた。

「いいか、もう俺にはかまうな。分かったか?」

ぼくはオトの胸ぐらをがっちりとつかんだ左腕で揺さぶってやった。

「てめえ、いい気になるんじゃねえ!」

といったオトの顔にビンタを食らわせた。腫れあがっている口の回りをしたたかに張ってやった。やつは顔をしかめ、暴れようとしたが、胸ぐらをがっちりときめて身体を自由にはさせなかった。

「俺はお前たちとやる気はねえんだ。だけど俺にかまったらとことんやってやるぞ。分かったか?」

「ふざけんじゃねえッ、またやっつけてやる!」

ぼくはまたビンタを食らわせた。

「お前らに寄ってたかってやっつけられたら、こうやって一人ずつやっつけてやる。お前、一人で俺とやる度胸があんのかよ?」

「誰がてめえなんかッ」

またビンタを張ってやった。

「冗談じゃねえぞ。一人ずつやっつけてやるぞ。俺はお前たちに何の文句もねえんだ。だから俺にかまうな。分かったな」

「調子づくんじゃねえ、お前なんか」

往復ビンタを飛ばしてやった。

「俺はお前たちに何もしねえ。だからお前たちも俺にかまうな。分かったか?」

「てめえ、ぶっ殺してやるッ」

また叩《たた》いた。

「俺にかまうな。分かったな」

「うっせえ」

また叩いた。何かいうたびに叩き続けた。やつは徐々に戦意をなくしていって途中からすすり泣き始めた。ずっとひっぱたき続けたが、それでもとうとう分かったとはいわなかった。始業時間を告げるベルが鳴り響き、ぼくはオトの胸ぐらを離して教室にもどった。


三時間目が終わるとサイの教室にいってオトと同じようにビンタを張ってやった。

サイは三発目のビンタで、

「分かったよ。何もしねえよ」

とあっさりと陥落した。

「みんなにもいっとけよ」

「分かったよ」

「俺はお前たちに文句はねえんだ。だからケンカする気もねえんだ。約束だぞ。ちゃんといえよ」

「いうよ。いやあいいんだろうが」

「お前らが寄ってたかって俺をやっつけたら、お前が何もいわなかったからだからな。そうなったらお前を許さねえからな」

「分かったよ。ちゃんというって」

サイは明後日《あさって》の方を向いて、ふてくされた口調でいうのだった。

昼休みにやつらの呼び出しか襲撃があるかもしれないと警戒した。何もなかった。五時間目が終わってすぐ、今度は松橋グループの違う一人の教室に乗り込んだ。そいつはぼくが入っていくと、ニヤニヤ笑ってぼくを見た。

「話はサイからきいたよ。分かったよ。もう俺たちはお前にはかまわねえよ」

といった。

そいつのニヤついた笑いがどうにも気に食わなかった。これは何かあるぞと思ったが、はたしてその日の下校時、帰り道の途中でやつらの待ち伏せにあってしまった。

自転車で帰るぼくの前にいきなりやつらが飛び出し、

「俺たちに文句がねえって？　やり合うつもりもねえだと？　ふざけんじゃねえぞてめえッ」

とオトのやつが真っ先につかみかかってきた。どうもこいつはグループの中での特攻隊隊長みたいだった。

「俺にはかまわねえんじゃねえのか」

ぼくはオトに胸ぐらをつかまれたまま松橋にいった。松橋は一人離れて睨みつけていた。

「かまわねえさ。土下座したらな。すみませんでしたって土下座しろ。そしたら許してやる」

と松橋はいった。

「土下座だと？」

「ああ。したくなくてもさせてやる。そうでもしなきゃ、こっちの収まりがつかねえんだよ。いつまでもてめえごときに関《かか》わっちゃいられねえからな」

やつらは他校の不良グループと権力争いを続けていて、いつもケンカに明け暮れているという噂だった。そっちの方が忙しいということなのだろう。下校する生徒たちが関わり合いになるのを恐れてそそくさと立ち去っていった。

「分かったよ。お前らに土下座するくらいならやろうじゃねえか。どっか人目のつかないところにいこうぜ」

「何だと？」

「どっちみちやっつけるつもりだろうが。それならさっさとやろうぜ」

「なめんなよこの野郎！」

オトのやつがつかんだ胸ぐらにグイと力を入れた。噛みつきそうな形相で顔を近づけてきた。やつの顔の真ん中に頭突きを入れてやった。先制攻撃を受けるとは思っていなかったみたいで、油断していたやつの顔の真ん中に見事に命中した。

「ヒッ」

と小さい悲鳴をあげてオトのやつはのけ反り、両手で顔を覆った。

「こ、この野郎！」

オトは歯を剝《む》いて飛び掛かろうとした。鼻血で口の中が真っ赤だった。松橋がオトを抱きとめた。

「放せッ、こんな野郎、ぶっ殺してやる！」

「待てって。やばいぞ、憲兵がきた」

と松橋はいった。

学校の方から生徒指導主任の先生がオートバイに乗ってやってくるのが見えた。『憲兵』というあだ名の先生だった。ぼくたちのところにやってくると止まった。

「お前ら何してんだ？　ケンカしてんじゃないだろうな。ケンカは停学だぞ」

と睨み回した。

「ケンカなんかじゃないすよ。ちょっと話をしてたとこなんすよ」

松橋はオトを抱きとめたまままいった。

「何だ、鼻血か？　どうしたんだ？」

「ちょっと、ふざけていてぶつかってしまって」

と松橋は笑いながら軽い調子でいった。

「どうなんだ沢木。ケンカしてたんじゃないのか？」

「違いますよ。本当にちょっと話をしてたんすよ」

ぼくも口を合わせてやった。

憲兵はうさん臭そうにぼくたちを眺め回した。

「ケンカなんかするなよ。停学だぞ。覚えておけよ。分かったな」

「分かってますよ」

「しないっすよ」

ぼくたちはおべっか笑いを憲兵に見せてやった。

「もう話は終わったのか？」

と憲兵はいった。

「まだちょっと」

と松橋がいった。

「もう終わりにしますよ」

とぼくは慌てていった。

「じゃあ、もう帰れ」

「はあ、じゃあ帰りますよ。じゃあな」

ぼくはさっさと自転車のペダルを踏んでその場を離れた。

次の日。ぼくはホームルームが始まる前にオトの教室に乗り込んでいった。ケンカなんて退屈しのぎにちょうどいいや、ぐらいに軽く考え始めていた。

ぼくを目の敵《かたき》にしているのはどうもオトのようだった。やつが先頭に立って、ヤキを入れようと旗を振っているみたいだった。そんな感じがした。

松橋たちのグループに文句はないということと、それでも俺を狙うつもりなら徹底的に報復してやる、という断固とした態度を見せなければならなかった。そうしないと何に対しても尻尾をまいて逃げてしまいそうな気分になるからだった。

教室にいたオトの胸ぐらをつかんでねじ上げてやった。やつは陰険な目で睨みつけるだけで何もいわなかった。

「お前、俺に何か恨みでもあるのか?」

とぼくはいった。

オトはやはり黙って睨みつけるだけだった。

次にサイの教室に出向いた。サイはぼくの姿を認めると、反対側の出入り口から逃げ去った。

昼休みに松橋グループの襲撃があった。体育館でバスケットをしている最中だった。襲撃があるかもしれないと警戒していたので、オトのやつが先頭で突進してきたのを見てぼくは体育館から逃げ去った。次の休み時間にオトのやつを廊下でぶっとばしてやった。

そんな感じで毎日のように小競り合いがあった。それが一週間に一度になり、夏休み前になるとほとんどやりあうことはなくなった。

松橋グループはいよいよ他校の不良グループと本格的な覇権争いに突入して、毎週のようにどこかでケンカに明け暮れているらしいという噂だった。学校の中でぼくともめている場合ではなかったのだ。

それでも秋になると、時々松橋グループの待ち伏せにあった。うまく逃げたときがほとんどだったけど、たまにはボコボコにやられたりした。やつらはどうしてもぼくに土下座をさせたかった。学校の中で自分たちに盾をつくやつは誰であろうと許せなかったのだ。もちろん、きっちりとお返しはしてやった。やつらは放課後や昼休み時間になると集まって徒党を組むので、短い休み時間の間に一人ずつやっつけてやった。松橋だけはやめておいた。やつとはどうせいつかは決着をつけるときがくるだろうと思っていたし、やつの教室には野球部キャプテンの大島がいて気が引けたのだ。大島にケンカをなじられるのは目に見えている。あの熱血漢はどうも苦手だった。

秋も深まったある日、松橋が一対一で決闘をやろうといってきた。負けたら土下座しろという。ぼくが勝ったらもう手出しはしないというのだった。決闘なんてアホらしいと思ったし、ちゃんと一対一でやるかどうかも怪しいと思ったけど、自信満々のやつの態度にむっときて受けてしまった。

どのみち松橋とはきちんと決着をつけなければこの抗争は収まらないのだ。やり合うのはもう飽きたから、勝っても負けてもこれっきりにすると約束するならやる、といってやった。松橋はいいだろうと余裕しゃくしゃくでうなずくのだった。

退屈しのぎにやり始めた松橋グループとのケンカだったけど、殺伐《さつばつ》とした毎日がつまらなくなっていた。やりだした頃の緊張と興奮は薄らいでしまって、何だか煩《わずら》わしく思えてきた。ほかにやることがありそうな気がしてケンカなんかどうでもいいと思えてしまったのだ。といっても何をやらなければいけないのか、やりたいことは何なのか、漠然とするばかりでその先は見えなかった。

グラウンドから遠く離れた空き地で、ぼくと松橋は闘った。はっきりと勝敗はつかなかった。闘う前から何となくそうなるのじゃないかという予感はあった。勝てそうな気もしなかったし、負ける気もしなかった。

殴り合っては離れ、取っ組み合っては離れを繰り返し、二人ともくたびれ果てて動けなくなってしまった。

ぼくが鼻血を流し、松橋は額が切れて、二人とも血だらけだった。ぼくたちは片膝をついたまま、ゼイゼイと喘いだ。

「お前、何かやりたいことあんのか」

と、ふと松橋にいってしまった。ききたいと思っていった訳ではなかった。いってしまってから、何でこんなことをいったんだろうと自分でも不思議だった。

「何だと？」

「将来、何かやりたいことがあるのかよ？」

「それがどうしたあ？」

「何かやりたいことがあるのかと思っただけだよ」

「ふざけんなよ、こらあ？　馬鹿にしてんのか、てめえッ」

「学校卒業したらどうするか決めているんじゃねえかと思っただけだよ」

「卒業だあ？」

「何でもねえよ。きいてみたかっただけだ」

「そんな先のことを考えてられっかよ。てめえはどうなんだよ、ああ？」

「俺はねえよ」

とぼくはいった。

「だったら俺だってある訳ねえだろうが。ふざけんじゃねえぞ、この野郎」

何だかおかしな決めつけ方をするなあと、一瞬心がやわらかくなってしまった。

「…………」

松橋がブツブツとはっきりきこえない声を出した。卒業か……、といったように思えた。

「この野郎――！」

　とオトが悲鳴のように叫んで走ってきた。いきなり顔面を狙って回し蹴りを跳ばしてきた。とっさに転がって避けた。

「やっちまえ！」

　サイたちが殺到した。

「やめろ馬鹿ッ、手出しすんじゃねえ！」

　と松橋が怒鳴った。

「何でだよ。やっつけちまおうって決めたじゃねえか？」

　とオトはいった。

「今日はもういいや。帰るぞ」

「このままか？」

　とオトは意外そうな顔をした。

　松橋のやつがどうしてとめたんだろうと不思議に思ったけど、やつらの襲撃を警戒して後ずさりをしながら遠ざかった。

「今日は引き分けだぞ、沢木」

　と松橋がいった。

「これでもう終わりだぞ」

ぼくはいった。

「引き分けだから終わりじゃねえんだよ、アホ！」

「男だろうが。約束は守れ」

何だか大島みたいな口調になってしまった。鼻から自嘲笑いの息が漏れてしまった。

「何が約束だ、馬鹿野郎！」

「じゃあな。他の学校のやつらには負けんじゃねえぞ」

「ふざけんじゃねえぞ、この野郎！」

ぼくはやつらに背を向けて走り出した。

それからやつらの襲撃は影を潜めた。時々やつらと目が合うと陰険な目つきで睨んできた。いつかリンチにしてやる、といっているような目つきだった。ケンカのない日々がおとずれたけれど、何となく薄気味の悪い日々でもあった。

4

大島と四丁目で別れて、街の目抜き通りの国道4号線を南下した。

空が明るくなって、みぞれまじりの雨がやむ気配がした。天気予報はいつもと同じではっきりとしなかった。晴れたり曇ったり、ところにより雪か雨。要するによく分からないといっているのだった。

国道は交通量が多く、車が濡《ぬ》れた路面の水を霧のように巻き上げていき交っていた。三丁目の角を曲がって交通量の少ない裏道に入った。水しぶきを浴びるのが嫌だった。曲がったとたんにどっきりとした。

二瓶《にへい》みどりがいきなり目の前に現れたからだった。あっ、と思ったときにはもう彼女の横を通りすぎていた。

振り向くと、彼女はぼくを見て明るく笑っていた。いつもの魅力的なあったかい笑顔だった。いつまでもじっと見ているので、ぼくはオートバイのスピードをゆるめた。身体の中がくすぐったくなって胸がドキドキした。ちょっと手をあげてみた。彼女もちょっと手をあげた。

度胸の問題だよ、度胸の。伝法寺の人を馬鹿にした笑顔が頭に浮かんだ。

ぼくは意を決してホンダのカブのハンドルを大きく切って引き返した。

二瓶みどりは引き返していくぼくを笑顔のまま見つめていた。薄いグリーンのオーバー姿だった。フードを頭にかぶっていた。いつ見ても立ち居姿に品があって、どこか都会的な雰囲気がする。ぼくとは違う世界に住んでいるという感じだった。

彼女の前にいってオートバイを停めた。

「こんにちは」

と二瓶みどりは笑顔のまま挨拶《あいさつ》した。顔が少し赤くなった。

「しばらく」

ぼくはオートバイにまたがったままいった。喉《のど》がつまってかすれ声になってしまった。笑おうとしたけど、顔が引き攣ってうまく笑えなかった。

「久し振りね」

「うん。去年の中学の同級会以来かな」

たまに街で見かけたけど、といおうとしてやめた。

「何度か街で沢木君を見かけたわ。私に気づかなかったみたいだけど」

「ふうん」

とぼくはいって、彼女から視線をそらせた。うれしくなって笑いそうになったからだった。

「沢木君、元気だった？」

「まあな。二瓶は？」

「私もまあまあかな。沢木君、野球をやめたのね。ずっと前に滝内《たきうち》君がいってた」

「うん。肩を壊したんだ」

「そうなんだってね。もう治ったの？」

「いや、まだだよ」

「早くよくなるといいわね。私、沢木君のことずっと応援してるんだ」

「嘘だろう?」

「本当。小学生の頃からずっと」

「嘘だよ」

「本当。恥ずかしくていえなかっただけ」

二瓶みどりは柔らかな笑顔でじっと見つめた。

ぼくはじっとしていられなくなって、意味もなく肩や腕を動かし始めた。

二瓶みどりは小学五年生のときに札幌《さっぽろ》から転校してきた。札幌に本社がある大きな会社が十和田市に工場を作り、彼女の父親が転勤になって移り住んだのだった。

そんなに美人ではなかったけれど、勉強ができたし、控えめな態度で洗練された雰囲気を持っていた。スタイルがよかったし、笑顔が何ともいえずすてきだった。それに足が速くて走る姿も格好がよかった。

言葉も標準語だったし、学校中の女の子とはまるで異質の魅力を持っていて、誰もが彼女には一目置いて接するようになった。

中学も同じ学校だった。小学生の頃はまだ気軽に話ができたけれど、中学生になったとたん彼女に話しかけられなくなった。話しかけようとするとドキドキして言葉がでなかった。彼女はまぶしく輝く存在になってしまった。中学を卒業してぼくたちは別々の高校に進学した。それ以来、彼女は遠い存在になってしまった。

「どこか、何か用事？」

とぼくはいった。二瓶みどりがぼくの言葉を待ってるみたいだった。何かいわなくてはと焦った。

「ちょっと買い物。それに最後に街を見ておこうと思って」

と二瓶みどりはいった。

「どっかにいってしまうんだ」

「札幌の大学にいくことになったの。お父さん、今年から札幌の本社に戻ることになって、もう一人で札幌に住んでいるの。それで大学も札幌にしたんだ。お父さんいま帰ってきていて、明日の午後、お父さんと一緒に私だけが先に札幌にいくことになってるんだ」

「お母さんたちは後からいくんだ」

彼女には中学生の弟がいるはずだった。

「そう。弟の三学期が終わるまで残るの」

「そうか。二瓶は医学部にいくんだろう？」

「うん。誰かにきいたの？」

「やっぱりそうか。小学生のときから何となく二瓶は医者になるんじゃないかって思っていたんだ」

「どうして?」

二瓶みどりはもっとにっこりと笑った。

「いやあ、二瓶は頭いいしさ、雰囲気も医者っていう感じだったし、将来は絶対医者だって思ってたよ」

「沢木君はどうするの?」

「俺はここに残るよ。母親がいるしな」

「沢木君、お母さんと二人だものね」

「うん。じゃあ、元気でな」

ずっと話していたかったけれど、未練たらしい男だと思われるのが嫌でそういってしまった。

「もういくの?」

彼女はちょっと寂しそうな笑みを見せた。

「うん」

「十和田を出ていく前に沢木君と会えてよかった。沢木君とこんなに話したのって初めてね」

「あ、ああ」

思いがけない言葉をきいたのでどぎまぎしてしまった。

「沢木君ともっと話をしたかった、ずっと前から」

ぼくは口を開けただけで固まってしまった。夢を見ているんじゃないかとぼうっとしてしまった。あこがれの二瓶みどりからこんな言葉をきけるとは想像したこともなかった。俺もだよといいたかったけど、言葉が詰まっていえなかった。

「明日、何時の電車なんだ?」

とやっといえただけだった。アホ、と心の中で自分のことを舌打ちした。

「二時の電車。夜の連絡船に乗るから」

「そうか。俺、明日から仕事なんだ。だから見送りにいけない。元気でな」

本当は会社になんかにいかないで見送りにいきたかった。仕方がないとしか思えなかった。憂鬱《ゆううつ》な気分だった。

「うん。沢木君もね」

「じゃあ。がんばれよ」

「うん。沢木君もね」

「うん。じゃな」

「さようなら」

二瓶みどりは大きな笑顔を作っていった。笑った目が少し潤んでいるようだった。

二瓶みどりの笑顔を見ていられなかった。これで永遠に会えないのだと思うと、鼻がツンとして目の奥がじんわりとしてきた。ぼくは急いでホンダのカブを発車させた。涙が滲《にじ》んできそうな気分だった。格好が悪いので彼女には見られたくなかった。

少しいってから身体をひねって振り返って見た。彼女はそこにいたままずっと見送ってくれていた。

ぼくは手をあげた。

彼女も小さく手をあげた。

交差点にさしかかり、ハンドルを切って角を曲がった。直進したかったけど、彼女を背中に感じて胸が息苦しかった。彼女のことを断ち切ろうとハンドルを切った。

家に帰るとコタツの中に潜り込んだ。

身体が冷えきっていてなかなか温まらなかった。

母は留守だった。鍵《かぎ》をかけずに外出していたし、コタツもつけたままだったのですぐに帰ってきそうだった。

顔だけ出してすっぽりとコタツに潜り込み、窓からどんよりとした空を眺めて二瓶みどりのことを考えた。

『十和田を出ていく前に沢木君と会えてよかった』

『沢木君ともっと話をしたかった、ずっと前から』

彼女の声が耳から離れなかった。

もしかして俺のことを好きだってことはないよなあ、と調子よく思ったりした。ありえないことだということは分かっていた。中学、高校とほとんど話をしたことがないし、視線を感じたこともなかった。彼女は十和田を去っていくので感傷的になっていただけなのだ。そうとしか考えられなかった。二瓶みどりが遠い札幌に離れていって、もう二度と会えないと思うと何だかどうしようもなく切ない気分だった。

せかせかと歩く母の足音がきこえてきた。性格が現れている足音だった。

玄関の引き戸を開けると、

「あら。どこへいってたのよッ」

と怒った鋭い声を出した。

ぼくは返事をしないで黙っていた。

「もう、黙って出ていって帰ってこないから探したじゃない」

と母はいいながら居間に入ってきた。

「どこへいってたのよ、もう」

ぼくは無視して空を眺め続けた。

「きいてるのッ。圭太、どこへいってたのよッ」

「うるせえな。どこだっていいだろうが」

「どうしてお前はそうなのよッ。どうしてちゃんと話ができないんだろう？　もう昔からそうッ。いっつも私を馬鹿にしたような態度でッ。家の事全然やらないでゴロゴロしてばっかりいるし。太田《おおた》の敏雄《としお》ちゃん見てみなさいよ。いっつも家の手伝いして感心じゃないッ。田中《たなか》の民雄《たみお》ちゃんだって新聞配達して真面目だし。母子家庭だからって世間に馬鹿にされちゃいけないと思って、私は一生懸命働いて人並みの生活をさせてあげようと頑張っているというのに、お前をちゃんと育てようとして頑張ってきたというのに、お前はちっとも感謝しないし、いうことをきかないんだからッ」

母は口を開けばそのことをいう。そうすればぼくがいうことをきくと信じていた。耳にタコができてうんざりだった。

「オートバイだって、勤めに出るんだからって買ってやったのに、遊ぶために乗り回してばっかりでちっとも家にいないんだから。遊ぶために買ってあげたんじゃないんだよッ。もうちゃんとしなきゃだめだよッ。あそこの息子はフラフラ遊び歩いてるって、私がいわれるんだからねッ。母子家庭だからちゃんと見てないで甘やかして育ててるって。もう高校卒業して社会人になるんだから、そんなことぐらい分かるだろうにッ。きいてるの、圭太ッ」

ぼくはコタツから出て立ち上がった。このあとは決まって、あれをやっちゃだめ、これをやっちゃだめ、ああしろ、こうしろ、とクドクドと続くことになるのは分かっていた。

「どこへいくの？」

「どこでもいいじゃねえか。ちょっといってくるよ」

玄関に歩きだすと母がついてきた。

「一緒に背広買いにいくの忘れてないだろうね？」

「だからいらねえよ、背広なんて」

「何いってんのよ。社会人になったんだから背広が必要に決まってるでしょう。いろいろと人前に出なくちゃいけないことだってあるんだから」

「俺は外の現場で働くんだから、背広なんて必要ないってば」

「外で働こうが中で働こうが、社会人になったら背広が必要なんだよ。あそこの母親は息子に背広も買ってやらないって噂が立つのが、とっても嫌ッ」

「いいたいやつにはいわせておけばいいじゃねえか」

「だめッ。私はとっても嫌ッ。これまで人に後ろ指をさされないためにどんなに苦労したと思ってるの。みんなお前のためにに苦労したんだから。だから親のいうことはきくもんなんだよ。背広買いにいくよ」

「背広はいらないってば」

「どうしてお前はそうなのッ。素直にいうこときいたらどうなのッ」

ヘルメットを持ってバスケットシューズをつっかけた。

「すぐに戻ってきてよッ。昼食べたら背広買いにいくからねッ」

「いってくる」

とだけいった。ヘルメットを被《かぶ》った。パトカーや白バイが動きだしている時間だった。ぼくはホンダのカブにまたがり、エンジンをかけてスタートさせた。みぞれまじりの雨はすっかりあがっていた。


三沢市にいくにはまだ早すぎた。

夜、三沢市でバスケットボールの試合に出場しなければならなかった。

何をするという当てもなかったので、ふらふらと街を走った。

そろそろガソリンを入れなくてはと思いながら、ホンダのカブをゆっくりと走らせてやった。

街をふらふらしていれば、誰かに会うかもしれなかった。誰かに会ってくだらない話でもすれば時間をつぶせるし、それにもしかしたらまた二瓶みどりに会えるかもしれなかった。

国道4号線沿いの商店街には、相変わらず女性歌手が熱唱する哀愁に満ちた演歌が、重苦しい曇り空に鳴り響いていた。ただでさえ憂鬱な気分がますます暗く落ち込んでいきそうだった。

商店街は買い物客が出ていてけっこう賑《にぎ》わっていた。自動車やオートバイが途切れることなく国道をいき交い、国道に沿ってつづく両脇のアーケードは、自転車や買い物客がいき交って活気にあふれていた。

しばらくスピードを抑えて街を流した。

知っているやつを何人か見かけた。話をしたいやつがいなかったので、手をあげて挨拶しただけだった。

伝法寺と坂崎洋子の駆け落ちカップルにも、二瓶みどりにも会わなかった。会いたいやつには会わなかったけれど、会いたくないやつには会った。

五丁目を南下しているときだった。交差点で信号待ちのために停まった。すると、横断歩道の向こう側から、オトとサイのやつが不細工なラッパズボンを引きずって仲良く笑いながら歩いてきた。

オトのやつは赤いとっくりセーターに白いズボン、サイのやつは黄色いとっくりセーターに青いラッパズボンという派手な出で立ちだった。短足のオトとサイが短すぎるラッパズボンの裾《すそ》をパタパタはためかせてガニ股で歩く姿は、まるでサーカスの道化師だった。短いラッパズボンの下はお揃《そろ》いの白い靴下と黒い革靴だった。

二人はぼくの目の前までくるとギョッとして笑うのをやめた。オトのやつが一瞬足を止めて睨んだ。

ぼくは黙って二人を見ていた。『ケンカはするなよ』といっている大島の顔がぼんやりと頭に浮かんだ。

松橋と一対一の決闘をして以来、松橋グループとの抗争は収まっていた。卒業式の前あたりに、松橋グループの襲撃があるかもしれないと警戒したけど、そういうこともなかった。

サイのやつがオトを引っ張った。オトのやつは何かいいたそうだったが、二人は顔を背《そむ》けていってしまった。

あの二人はどこかに就職するんだろうかとぼんやり思いながら、派手な色彩の寸足らずラッパズボンガニ股の二人を見やった。二人は少しいってから、首だけ回してぼくを見た。睨んでいるようにも見えたし、ただ振り向いて見ているようにも見えた。

信号が青になってぼくはオートバイをスタートさせた。

ふと、太田博美に会いにいこうと思いついた。太田博美は福島県に本社がある空気清浄機の会社に就職することになっていた。八戸《はちのへ》市に工場があって、福島での研修期間が終われば八戸市に戻ってくることになっていた。

親しいやつらがみんな地元を離れていく中で、太田博美がいずれ八戸市に戻ってくるというのは心強いことだった。

四丁目の交差点を右折しようとした。右折するとすぐに、ガソリンスタンドがあるのだ。タンクが空になっていそうだった。

国道の反対車線に白い乗用車が停まっていた。窓を開けっ放しにしていた。乗っているのは農業高校のやつらだった。運転しているのはユタカという男で、この男は一年浪人して農業高校に入り、一年生を落第していた。彼女と同棲《どうせい》していると噂されている男だった。本当かどうかは分からないけれど、彼女と同棲しているアパートから自家用車で通学しているとのことだった。

農業高校の番長だったが、今年も卒業できずに落第したということだった。ユタカのグループと松橋グループとは長いこと熾烈な抗争を繰り広げていて、ついに勝負はつかなかったみたいだった。

二つも年上だし、無精髭のいかつい顔はおっさんそのものだった。あいつはまだ学校に残るつもりなんだろうか、とぼんやりと思いながら運転席のユタカを見つめて走った。

交差点を右折しようとして後方の安全確認をした。ユタカの運転する白い乗用車が急発進してＵターンするのが見えた。反対側の対向車を何台かやりすごしてから交差点を曲がった。

交差点を右折すると、すぐに左の角が小さなバスターミナルになっている。十和田観光電鉄のバスターミナルで、といってもただ通りに面して三カ所のバス発着所があるだけなのでバスターミナルは大げさなのだが、ガソリンスタンドはその斜め向かいにあった。バスターミナルの向こうは『純喫茶ルミ』だった。モルタル二階建ての薄紫の建物で、縦長の大きな看板が壁に取り付けられていた。

喫茶店に入るのは校則で禁じられていたけれど、もう卒業したのだから堂々と入っていいのだよなあ、と思うと本物の大人になったような気分がした。

そう思いながらガソリンスタンドに右折しようとした。いきなり目の前に白い乗用車がタイヤの音をきしませて停まった。

ぶつかりそうになったのでぼくは思い切りブレーキをかけた。タイヤがロックされて少し滑った。危うく乗用車にぶつかりそうになった。

ユタカの乗用車だった。助手席と後部座席の窓が開き、坊主頭がふたつ現れて睨みつけてきた。

「何か文句あんのかよ、ああ！」

と助手席の坊主頭が威嚇《いかく》した。サルみたいな顔の坊主頭だった。顔が真っ赤だった。

「俺たちのこと睨んでいたろうがッ、ああ！」

後部座席から顔を出した坊主頭は、きたない歯をむき出しにした。歯並びが悪かったし、黒く煤《すす》けていた。タバコの吸いすぎなのだろう。

　運転席のユタカと向こう側の後ろの座席に座っているもう一人の坊主頭も、少し頭を傾《かし》げて顔を向け、何かを喚《わめ》いていた。

　四人がいっぺんに喚くものだから、何をいっているのかききとりにくかった。まるで壊れたジュークボックスみたいだった。四人で寄ってたかって恫喝するというのがこいつらの作戦みたいだなあ、と妙に落ち着いて分析していた。いきなり四人揃ってすごめば、誰でも面食らって萎縮《いしゅく》してしまうと計算してのことなのだろう。

　ぼくは黙って車の中の四人組を見ていた。不思議に恐くもなかったし、逆上もしなかった。それどころか何となく滑稽《こっけい》で笑いたくなってしまった。

　ユタカを除いた三人はぼくと同じ新しい卒業生みたいだった。雰囲気で何となく分かった。高校を卒業したというのに、まだつるんでケンカをふっかけているということが、ものすごくガキのように思えた。そう思うと、また大島の『ケンカはもうだめだぞ』という言葉が、こんどはやつの怒った顔つきで頭の中に現れた。

「この野郎！　身体がでけえと思っていい気になんじゃねえぞ！」

　とユタカがドスをきかせた声で喚いた。

　それが合図のように他の三人は口を閉じた。

「おめえなんか全然おっかなくねえぞ、この野郎！　俺たちを睨みつけるなんていい度胸じゃねえかッ。ふざけんじゃねえぞ、こらあ！」

ユタカのやつが延々と喚き続けたけれど、このおっさんはいい年こいてまだ高校生を続けていくつもりなんだろうか、とそのことだけを考えていた。

いくつになろうが高校生をやっていて悪いということはない。だけどずっと高校生をやっていてこいつは何か面白いことがあるのだろうか？　面白いことがあるからずっと高校生を続けられるのだろうけど、何がそんなに面白いのだろうとぼくには不思議だった。他人のことなので分かるはずもなかった。

いいことがなかった高校時代を遠いものにしたいと思っているのに、こいつらは高校時代をそのまま引きずっている。よっぽど楽しい高校生活なのだろうなあ、と車の中の四人を見回した。ユタカが一呼吸入れている間に、あとの三人がぼくに向かってがなり立て始めていた。

「おい、オトとサイだッ」

とバックミラーを見ながらユタカのおっさんが喚いた。車の中の坊主頭たちがいっせいに後ろを振り向いた。

四丁目の交差点を、派手な道化師スタイルのオトとサイが横切っていた。

「やっぱりきやがった。思ったとおりだぜ」

とユタカはいった。

やつらの興味はオトとサイに向いた。もうぼくのことなど眼中にないというようにいきなり車を急発進させた。捨て台詞《ぜりふ》も吐かなかった。純喫茶ルミの向こうの裏通りの交差点を左折して消えた。

ぼくはガソリンスタンドで給油した。ガソリンスタンドを出ると、純喫茶ルミから青いカーディガン姿の坊主頭が出てきて手を振った。

望月英樹《もちづきひでき》だった。望月とは小学、中学と一緒だった。頭がいいことをひけらかす気どった男で、高校は進学校に進んでいた。人を蔑《さげす》むような態度を隠そうとしない、虫の好かないやつだった。

無視していこうとしたけれど、やつが笑いながら大声で呼ぶものだから、三年間の高校生活で性格がよくなったのかもしれないとハンドルを純喫茶ルミに向けた。

「久し振りだねえ」

と望月はニヤリと笑った。中学時代と変わらぬ小馬鹿《こばか》にするような笑みだった。

「ああ」

「元気?」

「ああ」

「ホンダのカブか。労働者のオートバイだねえ。フフフフ。どっかへいくの?」

望月はいかにも自分は教養があるというように完璧《かんぺき》な標準語の発音をした。

「ああ。お前とは関係ないとこだよ」

「相変わらずぶっきらぼうだねえ」

望月は見下すような冷やかな視線を向けた。三年前と同じでいけすかないやつだった。

「じゃあな」

やっぱりこいつとは、まともな話はできそうにないと早々に立ち去ろうとした。

「君、就職するんだよね？」

と望月は素早くいった。

「ああ」

「やっぱりそうか。そうなんじゃないかと思ったんだ」

「じゃあな。誰かにぶん殴られないように気をつけた方がいいぞ」

「え？　誰がぼくをぶん殴るの？」

「元気でなってことだよ。じゃあな」

「ああ、そういうことね。まだいいじゃないか。もう少し話をしようよ。中に女が二人いるんだよ。君を紹介したいんだ」

と望月はいった。

「女？」

「うん。高校の同級生だよ。三人でコーヒーを飲んでいたらガソリンスタンドに君が入ってきたのが見えたんだ。彼女たち君に関心を示してさ」

「関心を示して……」

「興味があるということだよ」

「俺が知ってる女か?」

「さあ。中学が違うから知らないいんじゃないかな。でも彼女たちは君がピッチャーだというのは知ってたよ」

「ふうん」

どんな女なのか顔を見たくなった。

「喫茶店入ったことある?」

「あるよ、馬鹿野郎」

本当はなかったのだが、侮辱するような物いいだったので見栄《みえ》を張ってしまった。

「ハハハ、もうぼくたち高校生じゃないものね。でも沢木君は校則なんか破って入ってたんでしょう?」

「まあな」

喫茶店に入らなかったのは、校則を守りたかったのではないし、不良と決めつけられるのが嫌だったのでもない。金がなかったからだし、喫茶店に一緒に入って話をするような友だちも彼女もいなかったからだ。だから入ってみたいとも思わなかった。

「だよね。君はそうだと思ったよ。入ろうよ。お金ある?」

「あるよ」

「忙しそうだけど、ちょっとだけならいいじゃない。彼女たち、沢木君と話がしてみたいらしいんだ」

「じゃあ、ちょっとだけな」

ぼくはヘルメットを持って望月の後に続いて喫茶店に入った。

彼女たちは二階の窓際の四人掛けのテーブルにいた。

純喫茶ルミは一階が食事もできるレストランで、二階が喫茶室だった。一階は少し薄暗くてライトが点《つ》いていたが、二階は窓がたっぷりあって明るかった。細かい模様のベージュの壁紙で、椅子はエンジ色の布貼りだった。

「こっちが水口良子《みずぐちりようこ》さんで、こっちが布施真知子《ふせまちこ》さん。同級生だったんだ。水口さんは生徒会の副会長。布施さんは新聞部の部長。ぼくは写真部の部長だったんで、それで生徒会とか学校新聞とかで一緒にやることが多かったんだ」

と望月は二人を紹介した。

水口良子は窓際に座っていて、布施真知子は通路側にいた。望月が窓際に座って、ぼくと布施真知子は向かい合わせになった。

水口良子は長い髪で布施真知子はおかっぱ頭だった。二人を見て、とっさにどっちかというと布施真知子の方が美人だなと判断した。水口良子はブスではないにしろ、美人という感じでもなかった。頭が良さそうではあった。目つきが少しキリッとして気が強そうな感じだった。布施真知子もそれほど美人という訳ではなかったけれど、目がぱっちりとしてかわいい感じがした。二人ともハキハキと物をいいそうなタイプに思えた。

「布施真知子です。よろしく」

と布施真知子は大きな目をパッチリと開いていった。水色のセーターを着ていた。

「はじめまして。水口良子です」

水口良子は少し改まった感じで頭を下げた。淡いピンクのセーターを着ていた。長い髪が顔にかかり、彼女は両手で肩の後ろに払った。

二瓶みどりも時々そうやって髪を後ろに払っていたことを思い出した。二瓶みどりの方が水口良子の髪よりもつやつやとしてきれいかもしれないと思った。

「あ、どうも。沢木圭太です」

ぼくはペコリと頭を下げた。

彼女たちは顔を見合わせてなぜかクスクス笑った。

「どうしたの？」

と望月が笑いながら二人にいった。

「だって、何だか、恐い感じなんだもの」

と布施真知子がいって、また二人で顔を見合わせてクスクス笑った。

「沢木君はいつもこんな感じで無愛想なんだよ。気にしなくていいよ」

と望月はいった。

お前が隣にいるから笑う気分じゃねえんだよ馬鹿野郎……。ぼくは頭の中でつぶやいた。

「ご注文、何にしますか?」

と厚化粧をしたおばさんがやってきていった。

クリームソーダとパッと頭に浮かんだ。テーブルを見ると三人はコーヒーを飲んでいるみたいだった。コーヒーはあまり好きではなかったけど、もう社会人になったのだからこれからはコーヒーを飲まなければ馬鹿にされるのだろうと思い、コーヒーを注文した。

「私たち三中だったけど、野球の試合で何度か沢木さんを見たんだ」

と水口良子はいった。

「ふうん。中体連のとき?」

「いろいろ。郡大会のときとか、三中との練習試合のときとか。沢木さん、すっごい球速かったよね」

布施真知子はいった。

「そうそう。高校生になったら甲子園にいけるかもって思ってた」

水口良子はいった。

「うん。それでプロ野球のピッチャーになれるかもってね。三中にも沢木さんのファンがいたくらいだもの」

「でも、肩痛めて野球やめたんでしょう?」

と水口良子はいった。

「まあね」

ぼくは小さく吐息《といき》をついて笑った。

「肩が治ったらまたピッチャーやるの?」

と布施真知子はいった。

「どうかな」

「どうかなって?」

と横から望月が口を挟んだ。

「肩が治るかどうか分からないってことだよ。たとえ治ってもまた野球をやるかどうかも分からないしさ」

「病院にはいってるんでしょう?」

と水口良子がいった。

「いや、いまはいってない」

「病院にいかなくても治るものなの、肩の故障って？」

布施真知子はいった。

「さあな。分からないよ」

コーヒーが運ばれてきた。ぼくは砂糖をスプーンに山盛りにして三杯入れた。

「えー、そんなに入れるの？」

布施真知子が驚いた顔をした。

「何で？　このくらい入れないの？」

たまに家でインスタントコーヒーを飲むときはそうしていた。甘味を感じなければ苦くて飲む気がしなかった。

「コーヒーはブラックが一番だよ。香りと味を楽しまなくちゃ」

望月が物知り顔でいった。「そんなに砂糖を入れたらせっかくの煎《い》れたてのコーヒーの味が消えてしまうじゃない」

「いいんだよ。俺は甘い方が好きなんだよ」

ぼくはミルクが入った小振りな銅の容器を持って全部たっぷりと入れた。

「えー！　そんなに入れちゃうの？」

と布施真知子がまた驚いた顔をしていった。

「どうして？」

「だってそれミルクだよ」

「ああ。いつもこのぐらい入れるよ」

「えー！　それって牛乳じゃないんだよ、ミルクなんだよ」

「ああ」

とぼくは分かっているというように返事したけれど、牛乳とミルクって違うのか？　と頭の中がこんがらかってしまった。

スプーンでカップをかき混ぜると真っ白になった。何だかとほうもない間違いを犯したらしいと顔が熱くなってしまった。

「いやだあ」

と布施真知子がいい、水口良子と顔を見合わせ、二人は口に手を当てて笑った。

「すごいねえ」

と望月も笑った。

ぼくは何でもない振りをして一口飲んだ。油っぽくてとんでもなく変な味だった。

「おいしい？」

と水口良子がきいた。

「ああ」

つとめて平静な態度をとろうとしたけれど、口の中が変な味にべとついていて水を飲みたい衝動を抑えるのに必死だった。

「信じられない！」

と布施真知子がいって三人はまた笑った。

「それで、沢木君はどこに就職するの？」

と望月がいった。

ぼくは十和田市の工務店の名前をいった。

「ああ、あそこか。道路工事とかの会社だよね」

「ああ」

「そこで何するの？」

と水口良子はいった。

「最初は現場作業員だろうな」

「現場作業員って、スコップで穴掘ったりしている人？」

「ああ」

「ふうん。そうかあ。でも信じられないなあ。てっきり沢木さんはプロ野球の選手になるんだと思っていたのにね。まさか現場作業員をやるとはねえ。でも力ありそうだから会社の人たち助かるかも、ねえ」

水口良子は布施真知子に同意を求め、二人はうなずき合ってクスッと笑った。

「ぼくたちは東京の大学にいくんだ」

ときもしないのに望月はいった。背中を背もたれに預けて胸を張った。「ぼくは二週間後だけどね。水口さんと布施さんはもう少し後でいくんだ。君は何か夢はあるの？」

「いや、だからさ、将来の夢だよ。プロ野球の選手になるのが夢だったんでしょう？」

「昔はな」

「何の夢だよ？」

「だと思ったよ。でも肩を壊してしまったいまはどうなのさ？」

「さあな。お前は何かあるのかよ？」

「もちろんさ。大学でちゃんと勉強して、楽しい学生生活もおくるけどさ、それでいい会社に入って、いい生活して、海外旅行にいって、できたら海外支社か何かに赴任したりしてさ、とにかくいい暮らしをするんだよ」

と望月は自慢げにいうのだった。

ぼくは黙ってコーヒーカップに手を伸ばした。油っぽいコーヒーなんか飲みたくなかったけど、望月の話に返事などしたくなかったので何かをしなければならなかった。少なめに一口飲んだ。吐き気がしそうですぐに水を飲みたくなったけどまた我慢した。

「水口さんは研究者になるのが夢で、布施さんは作家になるのが夢なんだよ」

と望月はいった。

「夢はね」

と水口良子はいってコーヒーを飲んだ。

「ふうん。何の研究者？」

とぼくはきいた。

「経済。学校の先生になるという夢もあるんだ。でもそれがダメでも、一応大学は出ていなくちゃって思うんだ。大学出てないといいところにお嫁さんにいけないからね」

「良子はそれが夢なんじゃないの。いいところにお嫁さんにいくっていうのが」

と布施真知子はいった。

「エへへ、そうかもね」

「いいところって？」

とぼくはまたきいた。

「お金持ちってことよ、決まってるじゃない。ねえ」

と布施真知子はいい、また水口良子と顔を合わせて笑った。

「布施さんは作家だっけ、詩人だっけ？」

と望月がいった。

「どっちでもいいのよ。どっちも好きだから。沢木さんはどんな本が好き?」

と布施真知子はぼくを見た。

「本って?」

「小説とか詩とかよ」

「あんまり読まないな。映画とか雑誌は好きだけどさ」

「あら、小説読まないの?」

「うん」

「高校生のとき一冊ぐらいは読んだでしょう?」

高校を卒業してまだ数日だというのに、布施真知子は遠い昔のようないい方をした。

「いや。読まなかったよ。小説って好きじゃないんだ」

「そう。でも大人になるんだから小説ぐらい読まなくちゃね」

と布施真知子はすましていった。

「そうだよ。小説がいろいろ教えてくれるんだよ、一人前の大人になるためのいろいろをさ」

と望月はいった。

「でも、沢木さんは必要ないかもね。私たちより簡単な人生をおくれそうだし」

水口良子のキリッとした目が性悪そうに光った。

「そうね。これからずっと単純でよさそうな仕事だものね。でもそれって私たちが思っているよりも案外楽しいかもね」

と布施真知子は笑った。

「あ、誤解しないでね。意地悪でいってるんじゃないんだよ。いろんな人生があるってことなのよ」

と水口良子はとりつくろった笑いを浮かべた。

「そうよね。昔は沢木さんはスタアで私たちはその他大勢だったけど、でもいまは違うし、将来はどうなるか分からないってだけなのよ」

「そうだよ。でもいいじゃないか。沢木君は短かったけれど自分の夢を追いかけることができたんだしさ」

と望月はいった。「それにいろいろもてたんだしさ。ぼくたちはこれからだもん、いいことはさ。肩は使いすぎると壊れるけど、頭は壊れないからね。それどころか使えば使うほどよくなるんだからさ。沢木君の夢は終わってぼくらはこれから。でもしょうがないよね。夢が違うんだしさ。どっちが得かなんてことはいえないよね。ただ長い人生を考えるとどうかなあ」

ぼくはじっと白いコーヒーを見つめていた。飲まなくても口と胃が苦く、油っぽくなった気分だった。誘われたのはそういうことだったのかとやっと気づいた。ぼくは一気にコーヒーを飲み干した。味なんか関係なかった。

「友だちの所にいかなくちゃならないんだ」

ぼくは立ち上がった。ポケットから金を取り出してテーブルに置いた。

「じゃあ。三人とも東京へいったらぶん殴られないように気をつけた方がいいぞ」

といってやった。

「え？」

「どういうこと？」

と水口良子と布施真知子は少しムッとした表情をした。察しのいい女のようだった。

「え？　分からないのか？」

といってやった。

「元気で、ってことなんだってさ。さっき下で教わったんだ」

と望月が鼻で笑った。

「ああ、そういうこと」

と布施真知子はいった。

「沢木さんって立派な現場作業員の親分になれるって感じだから頑張ってね」

水口良子は少し睨むような目で笑った。

ぼくは階段を下りた。三人の笑い声が天井に反射して耳に響いた。

5

国道102号線を、太田博美の家に向かってホンダのカブを走らせた。

102号線は十和田湖へと向かう国道で、道の両脇にはまだ雪が残っていた。観光客らしい車や観光バスは一台も走っていなかった。観光シーズンにはまだ早かった。農作業に向かう車や耕運機も走っていなかった。農作業にもまだ早すぎる時期だった。山から切り出した木材を満載したトラックが、あえぐようなエンジン音を轟《とどろ》かせて何台もすれ違った。荷台の重さで運転席が浮き上がっていた。

奥入瀬川《おいらせがわ》の橋を渡り、国道を左折して太田博美の家のある集落へと砂利道を走った。田んぼや畑はまだうっすらと雪をかぶって眠っていた。

太田博美の家は田園の中の集落にあった。同じような家が何軒も続いていて、何度いっても分かりにくかった。案の定、少し通りすぎてしまった。引き返して垣根越しに確認した。生垣が切ってある入り口を屋敷の中へと入った。

奥の家の前に太田博美と滝内景治《けいじ》がいた。二人とも長靴を履いていた。ぼくは二人の前でオートバイを停めた。

「おう、沢木」

　と太田博美が手をあげて笑った。

「よう」

　と滝内景治も笑った。

「何だ、滝内もきてたのか」

　ぼくはエンジンを止め、ヘルメットをとった。

　滝内景治は小学校以来の友だちで、中学、高校とずっと一緒だった。ぼくの魚獲《さかなと》りの先生だった。ぼくたちは初夏から秋にかけて、よく一緒に奥入瀬川に魚を獲りにいった。水中メガネで川の中を覗き、ヤスで魚を突く漁で、獲物はイワナやヤマメやウグイだった。ぼくのヤスは滝内景治が作ってくれた。滝内景治の家は鍛冶屋《かじや》で、彼は中学生のときに自分で鉄を打ってヤスを作ってくれたのだった。川のどの場所にどんな魚がいるのか、魚のどこをめがけてヤスを突けばいいのか、突いた魚に逃げられずに取り込むにはどうしたらいいかを教えてくれた。

「いいとこにきたな。これから魚獲りにいくんだ。一緒にいこうぜ」

　と太田博美は笑顔のままいった。

「ヤスでか？」

「馬鹿、この。死んじまうよ」

と滝内景治は苦笑した。「寒くて水の中に入れるかよ」

「じゃあ釣りか？　釣りなんかしたことないじゃないか」

「釣りはだめだ。まだ禁漁期間だからな」

と太田博美はまじめくさった顔でいった。

「何だ？　その禁漁期間っていうのは」

「魚を獲っちゃだめだって期間だよ。四月前はまだだめなんだよ」

「ふうん。知らなかったな」

「まあ、俺たちは釣りじゃなくてヤスで突くやつばっかりで、どっちみち五月にならなくちゃ寒くて川に入れなかったから関係なかったけどな。とにかく釣りでもないんだ。だいいち竿《さお》を振れるような場所じゃないしな」

「じゃあ何だ？　まさかダイナマイトでも投げ込むっていうんじゃないだろうな？」

「まさかよ。まあでも、似たようなもんだけどな」

と太田博美はいい、滝内景治と顔を見合わせてニヤニヤ笑い合った。

「何だ、似たようなもんって？　ダイナマイトなんか投げ込んでみろ。見つかったら刑務所送りだぞ」

「石だよ。石を投げるんだよ」

「石投げてどうすんだよ。魚を追い込むのか？　奥入瀬川じゃ広くて追い込めないじゃゃないかよ」

「追い込む訳じゃないんだ。それに奥入瀬川でやるんじゃない」

と太田博美はいった。

「俺がよ、博美に相談したんだよ」

と滝内景治はいった。「俺のお袋、川魚大好きなんだよ。俺、あさって東京へいってしまうから、お袋がもう川魚食べられなくなるなあっていうからよ、最後に何とかお袋に食わせてやりたくてよ、それでどっかいまの時期に魚がいる場所知らないかって博美にきいたんだよ」

滝内景治は貴金属店をやっている東京の伯父さんの家にいくことになっていた。伯父さん夫婦には子供がいないので、ゆくゆくは店を継がせたいからきてくれと懇願されていくことになったのだった。

「俺もいまの時期に魚獲りしたことないからよ、爺《じい》さまにきいたんだよ」

と太田博美はいった。「そしたらあそこならいるだろうって教えてくれたんだ。それがずっと山の中のちっちゃい川なんだ。幅一メートルぐらいの川が何本もあって、そこにいるんだとよ」

「どこだよ？　だいいちそんなとこに魚なんかいるのかよ？　きいたことないぞ」

「それがいるんだってよ。昔はそこで魚を獲って冬の食料にしたんだってさ。いまは誰も魚を獲らなくなったから、いっぱいいるかもしれないって爺さまがいってたんだ」

と太田博美はいった。

「ふうん。どうやって獲るんだよ。ダイナマイトみたいなのを爆発させるのか？」

「ダイナマイトじゃないってば。石だよ、石」

「石って、ただの石か？」

「ああ。ただの石だ」

「ただの石をどうすんだよ？　投げて、魚に当てて獲るなんていうんじゃないだろうな」

「かんたんに投げられるような石じゃないんだ。大きい石だよ」

「大きい石をどうするんだよ？」

どうも訳が分からなかった。石でどうやって魚を獲るのだろう？

「いいか。爺さまがいうには、魚ってのはいまの時期にはな、でっかい石とか岩の淵《ふち》の深場にじっとしているというんだ。石とか岩にくっついてな。大きい石を持ち上げて、そのでっかい石とか岩に思い切りぶつけるんだとよ。そうすれば、その衝撃で魚が気絶して浮き上がってくるというんだ」

「本当かよ？」

「ああ。昔はそうやって魚を獲ったっていうんだ。面白そうだからやってみるかって滝内にいったんだよ」

「俺もまさかと思うけど、面白そうだから本当かどうかやってみようって博美にいったんだ」

と滝内景治はいった。

「どうも信じられないな」

ぼくはいった。そんな話はきいたことがなかった。川の大石や岩にぶつけただけで魚が失神するものだろうか?

「何でもいいから、魚獲ってお袋に食わせてやりたいんだ。東京にいったら夏の盆のときまで帰ってこれないと思うからよ」

滝内景治は少し顔を赤らめていった。

滝内のやつがお袋思いだということを初めて知った。お袋さんのことなどそれまで一度も口にしたことがなかったのだ。

「そうかあ。お袋さん、川魚好きなのかあ」

お袋さんに対してそう思える滝内が少しうらやましかった。堂々といえる滝内がすごく大人になったように見えた。かっこいいやつだなあ、と感心した。

「うん。だからよ、禁漁期間だろうが何だろうが、魚獲れるところがあったら獲りたいんだ。そりゃあ、禁漁期間に魚獲るのは悪いと思うけどよ、だけど悪いけど俺は魚獲ってお袋に食わせてやりたいんだ」

「よし。面白そうだから俺もいく。本当にそうやって魚が獲れるかどうか試してみようじゃないか」

ぼくはいった。

二台のオートバイで太田博美の家を出て山へ向かった。滝内景治はホンダのCBで、太田博美がぼくのカブの後ろに乗った。ぼくたちはタモ網をひとつだけ持った。竿もヤスも持たなかった。

道は舗装されていなかった。道のあちこちに水たまりができていて、水たまりを巧みに避けながら二台並んで走った。

「おい滝内ッ。お前の伯父さんの貴金属屋って時計とかメガネの店だろう！」

ぼくは滝内景治に声をかけた。二台のオートバイのエンジン音がうるさかったので叫ぶような口調になってしまった。

「メガネはおいてない！　時計と宝石だッ」

やつも大声を張り上げた。

「宝石ってダイヤとかか！」

「いろいろだあッ。ダイヤとかルビーとか真珠とか金とかよ！」

「で、お前は何するんだよ！」

「店員だよ、店員！　それで時計の修理とか、宝石加工の仕方を身につけさせてくれるっていうんだよ！　そっちの方が面白そうだからいくことにしたんだッ。俺はどうも会社ってのが好きじゃないんだ！」

「何でだよ！」

「いっぱい人がいるところってだめなんだよ！　伯父さんのとこは店員が一人いるだけだからよッ、まあいいかなあって思ったんだ！」

「ゆくゆくは店を継がせてくれるんだろう！　楽でいいよなあ！」

とぼくの後ろで太田博美がいった。

「楽っていったって働くのは一緒だよ！　遊んでいていいって訳じゃないからなッ。まあちっちゃい店だけどよッ、お前ら結婚するときはいえよな！　結婚指輪を安くするぐらいはできるだろうからよ！」

と滝内景治はいった。

「結婚かあ」

ぼくは何となくつぶやいてしまった。

いつかみんな結婚するんだろうなとぼんやりと思った。真っ先に頭に浮かんだのは二瓶みどりだった。彼女はどんな男と結婚するのだろうと考えた。どんな男と結婚するにせよ、結婚する前にぼくなんかのことは永遠に忘れられてしまうのだろうと思うと、何だかものすごく切ない気分になってしまった。

「結婚なんてまだ考えられないよな！　まだ女とやったこともないのによ！」

と太田博美が大声をあげた。

「三沢でやらせてくれるとこがあるっての知ってるか！」

と滝内景治がニヤニヤ笑っていった。

「十和田にもあるってきいたぞ！」

と太田博美が間髪入れずにいった。

「嘘だろう！　トルコなんて三沢にも十和田にもないじゃないか！　どこでやらせてくれるんだよ！」

思わず滝内景治を向いていったとたんに、前輪が何かに乗り上げて大きく跳ね上がり、危うく転びそうになってしまった。

「ひやあ！」

太田博美が悲鳴をあげてぼくの背中にしがみついた。

ハンドルをとられてグラグラ揺れた。バランスをとろうとして両足を道路についた。右足を水たまりに突っ込んでしまった。水しぶきが上がった。

「冷《ひ》やっけえ！」

「うえッ、冷てえ！」

ぼくと太田博美は思い切り泥水をかぶってしまった。

「馬鹿野郎このッ、ちゃんと前向いて運転しろ！」

太田博美がぼくのヘルメットを叩いていった。

「悪い悪いッ。だけどよ、どこでやらせてくれるんだよ！」

とぼくはいった。そんなところがあるなどとは思ってもみないことだったのだ。

「俺は飲み屋だってきいたぞ！」

と滝内景治はいった。

「俺も飲み屋だってきいたぞ！」

と太田博美はいった。

「十和田も三沢も飲み屋だっていうのか！」

「ああ！　ってきいたぞ！」

と滝内景治はいった。

「飲み屋ってキャバレーとかバーか！」

「十和田はどうか知らないけどよッ、三沢はバーだっていってたぞ！」

「誰が！」

「俺の兄貴の友だち！」

「十和田はどこだよ！」

ぼくは後ろの太田博美にきいた。

「七丁目の裏の方のスナックだっていってた！」

と太田博美はいった。

「本当かよッ。バーとかスナックの中でやらせてくれるのかあ！」

「馬鹿だなお前は！　バーとかスナックの中でやらせてくれる訳ないじゃないかよ！」

といって滝内景治は笑った。

「じゃあどこでどうやってやるんだよ！」

「その飲み屋にいってやりたいっていえば、やらせてくれる女に連絡してくれるらしいぞ！　それでどっかで女と会ってやれるらしいんだ！」

「十和田の飲み屋も同じだ！　そういうふうになってるらしいぞ！」

と太田博美がいった。

「どっかってどこだよ！」

「だからどっかだよ！　アパートとかホテルとか旅館じゃないのか！」

「ああたぶんな！　そうなってんじゃねえかな！」

と滝内景治はいった。

「話をしてくれたやつはどこでやったっていったんだよ！」

「俺に教えてくれた兄貴の友だちは誰かからきいたっていってた！」

と滝内景治はいった。

「俺がきいた人も自分ではそうやってやったことはないっていってた！　そうらしいってことだよ！」

と太田博美はいった。

「それでお前たちいってみたのかよ！」

ぼくはいった。

道は林の中へと入っていた。日陰では雪が溶けずに残っていた。下が固そうな箇所を選んで慎重にオートバイを走らせた。後ろに太田博美を乗せているので、後輪が雪道をしっかりとつかまえて走りは安定していた。滝内景治のオートバイは後輪が横滑りして走りにくそうだった。

「アホ！　いってたらもっと詳しくしゃべれるじゃないかよ！」

と太田博美がいった。

「ああ！　俺もいってねえよ！　当たり前じゃねえか！」

と滝内景治はいった。

「いくらだよ！」

ぼくはいった。

「何！」

滝内景治が叫び返した。

「金だよ！　料金！　いくらでやらせてくれるんだよ！」

「五千円だっていってたぞ！」

「十和田の飲み屋のとこもそのぐらいだっていってたぞ！」

と太田博美はいった。

「そんなにするのか！」

びっくりだった。

「高いよなあ！　俺の初任給の半分ぐらいもするんだぞ！」

太田博美はいった。

「それだけあればいいってもんじゃないのか！」

と滝内景治はいってニヤニヤ笑いをぼくと太田博美に向けた。

そうかあ。五千円かあ。そうだろうなあ。

ぼくは何となく納得してしまった。根拠は何もなかったけれど、セックスはそのぐらいの価値があったって不思議ではないという気分だった。セックスのことなど何も分からなかったのでそう思うしかなかった。それから手持ちの金がいくらあるのか計算してみた。ポケットには三千円ぐらい入っているし、部屋の机の引き出しには二万二千円入っている。計二万五千円だから、一回五千円としたって、五回はできる。

そうかあ、五回かあ。

自分の全財産がセックスを五回もできるだけの価値があるのか、それとも五回しかできない価値しかないのか、どっちの方向で考えていいものなのか分からなかった。セックスを経験したことがないので分からないことだった。

二万五千円の金は、使わなかった小遣いが貯《た》まったものと、親戚《しんせき》の人たちがくれた就職の祝い金の合計額だった。初めて持った大金だった。

「女ってどんな女なんだ！」

とぼくはいってみた。

「それがきてみるまでどんな女とやれるか分からないらしいぞ！」

と滝内景治はいった。「婆さんみたいな女がきたこともあるらしいっていってた！」

「うひゃあ！　恐ろしいじゃねえか！」

「十和田の飲み屋は一応好みをきくらしいぞ！　若い女がいいかとか、年増《としま》がいいかとか大年増がいいかとかよ！」

太田博美は何だかうれしそうに礼賛《らいさん》した。

「だったら誰でも若い女っていうんじゃないのかよ！」

「それがそうでもないってよ！　年増とか大年増がいいっていう男もいるらしいんだ！」

いろいろみたいだぞ！」

「ああ！　太った女にしてくれとか、痩せているのがいいとか、いろいろみたいだぞ！」

「三沢のバーもたぶんどんな女がいいかきくと思うぞ！」

と滝内景治は負けじといった。

「だけどよッ、十和田の飲み屋にはいきにくいよな！　だってよッ、街でその飲み屋の人とかよッ、やった女とばったり会ったら都合悪いよな！」

と太田博美はいった。

「おう！　やりにいくなら三沢のバーだよな！」

滝内景治がパッと顔を輝かせてぼくたちを見た。

「ああ！　やっぱり三沢のバーだよな！」

「エーッ、まさかお前ら二人だけで三沢にやりにいくっていうんじゃないだろうな！」

ぼくは焦っていってしまった。仲間外れにされた気分になってしまった。

「やりにいくとはいってないだろうが！　いくならってことだよッ、このアホ！」

と滝内景治は笑った。

「滝内は東京へいったらトルコがいくらでもあるからいいよなあ！」

太田博美はうらやましそうにいった。「堂々とやれるじゃないかよ！　俺と沢木はトルコなんかないんだからよ！」

「トルコったってよッ、俺たちの給料じゃしょっちゅういける訳ないじゃないか！　あったってなくたって同じだよ！」

と滝内景治はいった。

「だけどよ！　社会人になったんだからよ！　早く女とやらなきゃ馬鹿にされるよなあ！」

太田博美はいった。

「誰に馬鹿にされるんだよ！」

ぼくはいった。

「仲間とか先輩とかだよ！　女にだって馬鹿にされるかもしれないぞ！」

「オウッ、東京へいっても馬鹿にされないようによおッ、本当はこっちでやってから東京へいきたいけどよ！」

と滝内景治はいった。

「じゃあ三人でいってみるか！　三沢のバー！」

と太田博美は元気よくいった。

滝内景治が振り向いてニヤリと笑った。

それからすぐに、ぼくたちはオートバイを降りた。雪が深くなってオートバイでは進めなくなった。目指す小川まではまだ丘をひとつ越えなければならないと太田博美はいった。

ぼくたちはオートバイを林の中に立てかけて雪道を歩き始めた。長靴を履いている二人が先を歩き、バスケットシューズのぼくは二人がつけた足跡を歩いた。

空が少し明るくなって雲が動き始めていた。少し風が出て、まだ芽吹いていない裸の梢《こずえ》が静かに揺れていた。山の南斜面のところどころで、雪が消えて枯れ草の地肌が見えていた。それでも白い雪景色の方が多かった。ぼくたちはまだ冬景色が残る山へと入っていった。

丘をひとつ越えると開けた斜面に出た。

広葉樹の森だった。ゆるやかな傾斜地をすべらないように慎重に下った。向こう側の斜面は杉林だった。葉を落とした広葉樹の森よりも黒い杉林の山の方が寒々しかった。目指す小川は広葉樹の斜面と杉林の斜面が交差する谷を、うねうねと曲がりくねって流れていた。小川に近づくにつれて雪が深くなった。表面は固くしまっていたが、ところどころでゆるくなっていて膝まで足が落ちた。バスケットシューズの中に雪が入ってきて溶けた。冷たかったけれどいい気持ちだった。そのうちに靴下がグショグショに濡れてしまった。冷たくてどうにも我慢できないという訳ではなかった。あまり気にならなかった。感覚がマヒしてしまっていた。

雪面のところどころに小さな足跡が点々と続いていた。うさぎの足跡だと太田博美が教えてくれた。暖かい日に餌《えさ》を求めて歩き回り、その足跡が残ったものだという。

やがてぼくたちは川にたどり着いた。

いい川だった。

透きとおったきれいな水が流れていた。川幅は一メートルくらいで、広いところでも二メートルはなかった。瀬やトロ場が連続していて、小さいけれどちゃんとした渓流だった。突き出た岩の陰や、トロ場の大石の深い淵には、見るからに魚がいそうな気配がした。

ぼくたちは川の中や岸辺で大きな石を探した。持ち上げて叩きつけることができるぐらいの重い石を探し集めた。魚に気づかれないように静かにやった。

集めた石をトロ場の大きな石の側まで運んだ。太田博美がタモ網を持って下流に立ち、ぼくと滝内景治が頭上に石を持ち上げて同時に大石に叩きつけた。

耳障りな大きな金属音が谷をどよもした。大石の周りにさざ波が立った。石の縁《ふち》の水中に数匹の魚影が現れた。気絶して動かない魚や、痙攣《けいれん》したように動きの鈍い魚で、ゆっくりと下流に流れていった。太田博美がタモ網で素早くすくい獲った。

あまりにことがうまくいったので笑ってしまった。こんな方法でも魚を獲ることができるのかと目を見張ってしまった。

魚はイワナだった。餌の少ない冬場なので痩せていた。二十センチ以上の大きなやつだけ残して小さなやつは逃がした。岸辺に立つ生木の細長い枝を折りとり、イワナのエラから口に通した。

ぼくたちは下流から上流に向かって遡《さかのぼ》り、何度も大石に石を叩きつけて漁をした。十六、七匹獲って終わりにした。十分な量だったし、傾斜がきつくなったのと、雪が深くなって歩きにくくなったのでやめることにした。

小さな川に沿って下流に下り、広葉樹の森のゆるやかな雪の斜面を登って引き返した。

「で、どうすんだ？」

と滝内景治がいった。振り向いた顔は真っ赤だった。ニヤニヤ笑っていた。

「何がだよ？」

太田博美はいった。

「決まってるじゃないか」ぼくはいった。「三沢にやりにいくって話だろう？」

「ああ。どうするよ？」

「三沢かあ」

太田博美はうれしそうににんまりと笑った。太田博美の顔も真っ赤だった。

「いくか、沢木？」

滝内景治はいった。

「いいけどさ。お前はどうなんだよ?」

ぼくは滝内景治にいった。自然に顔がゆるんでいくのが分かった。顔が熱かった。きっと二人のように顔が真っ赤なんだろうと思った。

「いいよ、いっても。太田はどうする?」

「いく。俺はいくぞ。もう高校生じゃないしな」

太田博美は妙に真面目くさった顔できりりと力んだ。

「よし。じゃあ、いついく?」

と滝内景治はいってから、「といってもよ、俺は今晩しか時間がないな。明日の晩は東京へいく準備で忙しいだろうからよ」

「今晩かあ」

ぼくはいった。「いいけど、俺、今晩は三沢でバスケットの試合があるんだ。三沢にいくからちょうどいいけど、試合が終わったあとになるなあ。遅くなるぞ」

「俺はいいぞ。景治はどうだ?」

と太田博美はいった。

「俺もいい。それじゃあ、沢木の試合を応援にいくか。そのあとであれをやりにいけばいいじゃないかよ。それにやるのは夜中の方がいいだろうからな」

滝内景治は太田博美を見た。

「何で夜中の方がいいんだよ?」

と太田博美はいった。

「知らないけどよ、あれはよ、やっぱり夜中にやるもんじゃないか?」

「何でだよ? その方が気持ちいいのか?」

「分からないけどよ、そんなもんだと思うよ。だいたいみんな夜中にやるんじゃないのか?」

「そんなもんかあ。あれって夜中の方が気持ちいいかあ」

太田博美は自分を納得させるようにうめいた。

「たぶんな。なあ、沢木」

「知らないよ。やったことないから分かる訳ないじゃないか」

ぼくはいった。

「だけどお前大丈夫かよ?」

と太田博美はいった。

「何がだよ?」

「だってさ、バスケットの試合やったすぐあとでも、あれってやれるもんかなあと思ってさ。クタクタだろう?」

「大丈夫だろう？　だって、野球の練習終わってすぐに、みんなクタクタなんだけど、我慢できなくなってあちこちでかいてるぞ」

「どこでさ？」

「部室とか便所とか、用具置き場とかバックネットの後ろの藪《やぶ》の中とかでだよ」

本当にそうしていた。ぼくたちは若くて元気がよかった。と同時に救いようのないくらいに馬鹿で滑稽だった。

「まさかよ？」

と太田博美は目を丸くした。

「本当だよ。みんなやってるぞ。俺もやったことがある。お前らだってくたびれてるときにかいたことあるだろう？」

「そりゃあるけどよ、そんなとこでやるかよ」

と滝内景治は笑った。顔が真っ赤だった。

「そうだよ。アホかお前らは」

と太田博美も笑った。

「だけどよ沢木、かくのとあれは別なんじゃないか？　クタクタになってもかくことはできるかもしれないけどよ、あれはあんまりクタクタになったらダメなんじゃねえか？」

と滝内景治はいった。

「ダメってどういうことだよ?」

「立たないとかよ」

「そんなもの、やったことがないから分からないよなあ……」

ぼくは不安になってしまった。

「だけどよ、相手は何人だろう?」

と太田博美は妙なことをいった。

「どういうことだよ?」

滝内景治はきょとんとした。

「ちゃんと一人ずつ女がつくかってことだよ。俺たち三人に一人の女ってことじゃないよな?」

「まさかよ」

と滝内景治は笑った。「一人に一人だろう? 当たり前じゃないかよ」

「いや、だってさ、俺の叔父さんが軍隊にいってたときには、みんなで女を買いにいって行列作って並んで待ってたっていってたぞ。俺たちもそうなるんじゃないか?」

と太田博美はいった。

「軍隊って太平洋戦争のことだろう?」

ぼくはきいた。

「ああ。もしそうだとしたらよ、俺たちの筆下ろしは同じ日に同じ女とだったということになるじゃないかよ。なんかそういうのって、何となくいやだよなあ。だろう？」

「まあなあ。だけどそれは大昔の話だろう。いまは違うんじゃないか？」

ぼくは二人を見た。

「まあ、だけどいいかあ」

滝内景治はいった。「そうなったとしてもよ、お前らと一緒に同じ女の人で筆下ろしするっていうのも、これも何かの運命だろうよ、きっと」

ぼくたちは三沢市の小学校の体育館で会おうと約束した。バスケットボールの試合は七時からだった。

獲ったイワナは全部、滝内景治に持っていかせた。ぼくも太田博美もそうしてやりたかった。

6

二人と別れるとホンダのカブを家へと走らせた。

バスケットシューズと靴下がグショグショに濡れていたし、ズボンも濡れていた。昼をすぎていたので空腹でもあった。着替えて昼ご飯を食べようと家に帰ることにした。

家に帰る頃には雲が東に向かって流れ始めていた。晴れてくる前兆だった。西風が吹かなければいいと願った。天気が回復し始めると西風が吹く。八甲田山《はっこうださん》から吹き下ろす西風はまだ冬のそれだった。冷たい西風の中をオートバイで走り回ると身を切られるように痛く、身体の芯《しん》から凍える。三沢市への行き帰りが辛《つら》いものになってしまうし、それに道が凍って危険だ。空を見上げた。雲がどんどん流れていった。風が冷たくならないことを願った。

玄関を開けたとたん、見知らぬ大きな靴が目に飛び込んできた。

大きいというよりは、やたらに幅の広い革靴だった。長さだけならこっちの靴の方が大きそうだったけど、何しろ幅が半端じゃなかった。まるでまん丸といってもよさそうな黒い革靴だった。先と底の方に少し泥がついていた。

母が居間から出てきた。

「どこにいってたの。坂崎さんがずっと待ってんだよ」

母は少し睨んでぼくを見上げた。

「坂崎さん？　俺を？」

誰のことだろうと考えたとたんに、

「おお、俺だ俺だ。遅かったな」

と野太い声が家中にどよもした。

一瞬血の気が引いてしまった。坂崎洋子の兄の熊夫の声だった。家の住所は口からでまかせのでたらめな所番地を教えたはずだし、それに明日就職する人間を強引に相撲取りになれと勧誘するはずはない、と思っていたので心臓が止まる思いだった。

「ちょっとお前、靴も靴下もビショビショじゃないのッ。何してきたのッ。靴下脱ぎなさいッ。ほら早くしてッ。ズボンまでビショビショじゃないのッ。ちょっとッ、玄関が、あーあッ、もうさっき掃除したばっかりなんだよ！」

母がめくじらを立てた。病的なきれい好きで、家の外も中も常にきれいにしておかなければ気がすまないのだ。

ぼくは靴下を脱いで濡れたバスケットシューズの中に放った。母が慌てふためいてそれを外に出した。短い廊下を歩くと、母が雑巾《ぞうきん》で廊下を拭《ふ》き、ぼくの足を拭き始めた。

「やめろよ」

「こんなに濡れている足で家に入ってどうすんのよッ。きれいにしてないと誰かにそれを見られて、あそこの家はだらしがないっていわれるんだからねッ。そんなのはとっても嫌だよ、私は！」

ぼくは母から雑巾をとって足を拭いた。それからおそるおそる居間を覗いた。坂崎熊夫が黒っぽい背広姿でコタツに入っていた。座っている姿はまん丸で、まるでボウリングのボールだった。

「何だ何だその顔は。いいからここにきて座れ。もうお母さんには話したからな。お母さんも喜んでくれたよ」

と坂崎熊夫はいった。

「ええ？」

ぼくはどうなっているんだと母を見た。

「お前がそんなに私のことを思っていてくれてるなんて……」

母は口を押さえて絶句した。目に涙を滲ませている。

「ええ？」

びっくりした。いったいこの男は母にどんなでたらめをいったんだろうと坂崎熊夫を見た。

「大丈夫だ。なあ。もうお母さんが、お前が東京へいくことを承知してくれたんだ。だからもうお母さんのことは気にしなくていいんだ。一生懸命相撲取って、立派な相撲取りになることだけ考えればいいんだ。なあ。一旗あげて親孝行ができるぞ。いいからここにきて座れ」

坂崎熊夫の分厚い唇が腹話術の人形のように忙しく上下に動いた。

「だけど俺は」

といいかけたけれど、

「大丈夫だ」

と坂崎熊夫はさえぎった。「工務店の社長の方にも話をつけてきた。なあ。社長もそういうことなら喜んで応援する、就職のことはなかったことにしようっていってくれた。なあ。これから寿司食いにいって、俺と一緒に工務店にいって挨拶すればいい」

「いや、だけど」

「親方はな、明日こっちにくることになってる。八戸から飛行機で東京にいこうといってくれたぞ。飛行機だぞお前。飛行機乗ったことないだろう。なあ」

「乗ったことはないけど、だけど」

「大丈夫だ。なあ。親方はちゃんと支度金持ってきてお母さんに渡すといってる。なあ。それだけでも親孝行できるじゃないか。三年一生懸命やってみろ。三年我慢すれば相撲が面白くて仕方がなくなる。もしも三年経って、どうしても相撲はダメだと思ったら、そのときはやめてもいい。ちゃんと退職金も出すと親方がいってる。なあ。だけど、お前は身体もいいし運動神経もよさそうだから、辛抱《しんぼう》すればぜったいに関取になれる。間違いない。そうしたらどんなにかお母さんが喜ぶことか。なあ。立派になってお母さんを喜ばせてやろう」

「いや、だけど」

「まあいいから、ここにきて座れ」

「俺は相撲取りになるっていってないっすよ」

ぼくはいった。さえぎられないように早口にいった。

「そんなこといったってお前、もう明日親方はくるし、工務店の社長は相撲取りになれといって喜んで就職を取り消してくれたし、お母さんは喜んでるし、飛行機は予約しているし、そういうことはいうもんじゃないぞ」

坂崎熊夫はニヤリと笑っていった。ちっとも動じなかった。

「だけど俺」

「いいからいいから、いいからここへきて座れって。なあ。よーっく、考えてみれば分かるって。なあ。これがどんなにいい話かってことがだ。幸せ者だぞお前は。こんないい話がどこにある。なあ」

「お前、相撲取りになるっていったんじゃないの？」

と母がいった。びっくりしていた。

「いってないよ」

「まあまあ、お母さん。息子さんは就職先のことをすごく気にしてたんですよ。それにさっきも話したけど、やっぱりお母さんを一人残して東京へいくということが、どうしてもひっかかっていましてね。それで相撲取りになるっていえなかったんですよ。なあ？」

坂崎熊夫は太い眉毛をグイとあげてぼくを見上げた。ぼくに同意を求めるようにうなずきながら笑った。

「いや俺は」

「いいからここにきて座れ。なあ。話せば分かるって。それとも寿司食いにいくか。うん。そうしよう。腹へったしな。寿司食いながら話そう。お母さんも一緒だ。なあ。好きなもの腹いっぱい食っていいぞ。カウンターに座ってひとつずつ注文していいんだ。ひとつずつ注文して食ったことないだろう。腹いっぱい食っていいぞ。相撲取りになるんだからな、いっぱい食って身体を作らなきゃな。これからは好きなもの腹いっぱい食えるぞ。なあ。相撲取りになるんだからな。さあ、寿司食いにいこう」

どうもこの男とはまともな話はできそうになかった。一方的にしゃべるばかりで、これでは話とはいえない。

「とにかくちょっとズボン穿《は》き替えなきゃ寒くて」

とぼくはいった。

「おお、そうしろそうしろ。寿司食いにいこう。早く穿き替えてこい」

ぼくは部屋にいってズボンを穿き替えた。

「あの子は本当に相撲取りになってもいいっていったんですか?」

という母の声がきこえた。

「やっぱりお母さんのことが心配なんですよ。ねえ。お母さん一人を残していくことになるからねえ。そのことがひっかかって相撲取りになるってはっきりいえないんですよ。お母さんにとっても息子さんにとってもこんないい話はないですよ。明日はあの有名な親方が直接くるっていうし、こんなに晴れやかなことはないじゃないですか」

「それはありがたいことですけど、でも恥ずかしいですよ。あの有名な親方がこんなボロ家にくるなんて」

「いやいやお母さん、いまに息子さんが立派な相撲取りになったら、新しい家の一軒や二軒、すぐに建ちますよ。相撲取りはみんな親に家を建ててやってますからね」

「そうしてくれるようになるとうれしいんですけどね、ウフフフフフ。あの子はちゃんとした関取になれるでしょうか?」

「まあ、そのことは親方がいってくれるでしょうけど、私はまず大丈夫だと思いますよ。背も高いし、ピッチャーやってたくらいだから運動神経もある。何年間か辛抱すればきっと関取になれますよ。お母さんが頑張ってきなさいとひとことといえば、それで息子さんも決心がつきますよ。ねえ」

居間での二人のやりとりにきき耳を立てながら、三沢市の小学校で行われるバスケットボールの試合の準備をした。ユニフォーム、トレパンと下着と靴下、タオルと室内用のバスケットシューズをバッグに詰めた。

机の引き出しから金を入れておいた封筒を取り出し、着替えたズボンのポケットに突っ込んだ。封筒には卒業祝いや就職祝いに親戚からもらった二万二千円が入っていた。太田博美と滝内景治と一緒に筆下ろしをしなければならなかった。二人は五千円ぐらいだといっていたけれど、もしかしたらもう少しかかることになるのかもしれないと全部持っていくことにした。

居間の二人に気づかれないようにそうっと部屋を出た。

母と坂崎熊夫は話に夢中になっていた。

兄弟子にいじめられないかと母が心配し、男の世界だからぺーぺーの新弟子の頃は少しはあるだろうけど、何年かすれば兄弟子になっていくんだからなくなる、高校の運動部と同じようなもんだと坂崎熊夫がいっていた。そのことをききながら玄関でボロボロのバスケットシューズを履いた。布地のコンバースで、学校で上履きとして使っていたものだった。踵をつぶして履いていたので黒く汚れていた。踵を引き起こして足を入れた。ところどころの破れた穴から青い靴下が見えた。音を立てないように注意して玄関を出た。

家の脇に回ってホンダのカブの荷台にバッグをくくりつけた。ギヤをニュートラルに入れて裏道まで押した。後ろを振り返っても坂崎熊夫と母は家から出てこなかった。急いでヘルメットを被ってエンジンをかけた。

ぱっと砂利道の水たまりが明るく輝いた。空を見上げた。雲の切れ間から太陽が現れていた。何日振りかの陽《ひ》の光だった。何だか気分が晴れていくようで、何も考えずに意味もなく笑った。

スロットルを回した。エンジンが軽快な音を奏でた。太陽を背に受けてオートバイをスタートさせた。

7

空に晴れ間が見えて明るくなったというのに、街には相変わらず物悲しい演歌が大音量で流れていた。明るい空に物悲しい演歌はまるで合わなかった。楽しい気分と物悲しい気分が入り交じって妙な雰囲気だった。

誰かに会えるかもしれないと当てもなく街を流した。二瓶みどりに会えればいいと思った。そう思っただけで胸が高鳴った。

それにしても、工務店への就職が取り消しになったというのは本当なのだろうか？

とぼんやりと考えた。

働き口がなくなってしまうという不安はあまり感じなかった。もともと働いていた訳ではないし、どうしてもそこで働きたいと思った訳でもない。それに坂崎熊夫のいうことはどうもでたらめくさかった。

たぶん、でまかせをいっているのに違いない。だけどもし本当だったら、明日のここ出社したら、みんなに笑われて恥をかくことになるだろうなあ、とそっちの方が不安になってしまった。

確かめた方がよさそうだった。

四丁目の交差点を右折した。真っ直ぐに進むと、幕末に街を作った南部《なんぶ》藩の家老を祀《まつ》っている太素塚《たいそづか》へと続いている。道の両側は歓楽街だった。工務店は太素塚の側にあった。

一本目の裏通りを突っ切ると、見覚えのある後ろ姿のカップルに出くわした。伝法寺と坂崎洋子の駆け落ちカップルだった。

伝法寺と坂崎洋子の駆け落ちカップルは、のんびりとした雰囲気を作ってブラブラと歩いていた。平和そのものという感じだった。ぼくは二人の側までいってオートバイを停めた。

「おい、お前ら」

といきなり声をかけた。

伝法寺は一瞬ギョッと目を見開いた。坂崎洋子は曖昧《あいまい》に笑ったままで表情を変えなかった。

「いやいやいや、びっくりさせるんじゃないよ、この唐変木。お前は何をうろうろしているのかね？」

と伝法寺は顔を赤らめた。

「お前らこそ何してんだよ？」

「何してるって、見れば分かるだろう。洋子ちゃんとデートしてるんだよ。人もうらやむ似合いのカップルのデートだよ、ねえ洋子ちゃん」

伝法寺は坂崎洋子にとろけたような笑顔を作っていった。坂崎洋子は返事の代わりに気のなさそうなぼやけた笑顔で応《こた》えた。

「デートって、あのなあ、駆け落ちするんだろう？」

「もうしたんだよ」

伝法寺は胸を張った。

「駆け落ちって、知り合いがうろうろしているところでのんびりデートしてていいのかよ？」

「デートを楽しんで何が悪いんだよ。何か文句あんのかね？　これから二人で映画館に入ってだね、あー、まあ、映画を見ながら手をつないだり、あれやこれやとつねったりさすったり引っ張ったりと、ねえ洋子ちゃん。うえっへっへ」

「フフフ、馬鹿春美」

二人はうれしそうに笑い合った。

「デートはどっかに駆け落ちしてからすればいいんじゃねえか？　早く街から出た方がいいぞ」

「大丈夫だって。もう駆け落ちしたんだから焦ることはないじゃないか。しばらくはこの街に戻ってこれないだろうから、じっくりと街を楽しんでだね、それからおさらばしようって、洋子ちゃんと決めたんだよ」

伝法寺は誰をも魅了するテカテカに光り輝く笑顔を見せていった。ついつられて笑ってしまったけど、

「そんな暇はないぞ。彼女の兄貴がさっき俺の家にきたんだぞ」

とぼくはいった。

「うそ？　熊夫が？」

伝法寺の顔色が変わった。

「ふーん。お兄ちゃん、私を探しにきたのお？」

坂崎洋子はそれでものんびりとした口調だった。

「まさか お前、俺たちがまだ街にいるっていったんじゃないだろうね?」

と伝法寺はうろたえた。

「俺を相撲部屋にスカウトするためにきたんだよ」

「何だ、ああ、肝が冷えてしまったではないかね。てっきり俺たちのことを追っかけてきたのかと思って焦ってしまったではないか」

伝法寺はほっと吐息をついた。

「安心している場合じゃないぞ」

「何で?」

「俺、家から逃げてきたから、彼女の兄貴、街に俺を探しにくるかもしれないぞ。あの調子じゃ簡単にあきらめそうもなかったからな。だからお前ら街をうろうろしてたら、彼女の兄貴とばったり会うってことになるかもしれないじゃないか」

「あ、そうか。どうしよう洋子ちゃん」

「映画館に入っていれば、とりあえずはばったり会うことはないじゃなあい?」

と坂崎洋子はあまり関心なさそうに緩慢な口調でいった。

「あそうか。暗くて見えないしな。いやいやいやいや、洋子ちゃんはスタイルもいいし頭もいいんだねえ。悪いところはひとつもないではないかね」

と伝法寺は臆面《おくめん》もなく持ち上げた。

「そうでもないよ」

坂崎洋子はまんざらでもないという表情を笑顔の中に浮かべた。

「いやいやいやいや、またまた惚《ほ》れ直してしまったじゃないか。どうしてこんなにかわいいんだろうねえ、洋子ちゃんは」

伝法寺のやつはこういう言葉がすらすらと出てくる。ぼくには逆立ちしてもいえそうもなかった。それにしても、どう見ても坂崎洋子はスタイルがよくて頭もいいとは思えなかった。たぶん伝法寺以外の誰もが彼女のことをそう思うだろう。伝法寺のやつが本気でいっているのかどうかは分からなかったが、こういうことを臆面もなくすらすらいえるところが、こいつが女にもてる大きな要因には違いないのだった。

「じゃあな」

二人の返事さえきかずにオートバイをスタートさせようとした。この二人にはすぐにどこかでまた会えそうな気がしたので、くどくどと別れの挨拶を交わす気分ではなかった。

「おい沢木。お前、松橋グループのやつらと最近何かあったかね？」

と伝法寺はいった。

「何もないよ。今日の午前中、五丁目の交差点のところでオトとサイに会っただけだ」

「お前、そのときあいつらと何かあったかね？」

「何も。ちらっと見かけただけだ」

「ふーん。さっきな、あいつらが五人ぐらいで、血相変えてうろついていたぜ。もしかしたらお前をリンチするんで探しているんじゃねえかとちょっと心配だったんだ」

「松橋は一緒だったのか？」

ときいた。

「いや。松橋はいなかったな」

伝法寺は真面目くさった顔をした。「オトのやつ、泣きながら歩いていたしよ、まああいつはすぐ泣くけどよ、サイの服はボロボロになってたし、もしかしてお前と何かあったんじゃないかと思ってしまったよ。何にしてもお前は街をうろつかない方がいいぞ。あいつら何があったか知らねえけど、お前に八つ当たりしてリンチにするかもしれねえ、うん」

「あいつら、農業のユタカのグループ探してんじゃないかなあ」

とぼくはいった。

「まさか。松橋抜きでオトたちがユタカたちとやり合うはずはねえよ」

と伝法寺は否定した。

ぼくはユタカたちがガソリンスタンドの前で因縁をつけてきたこと、その最中にユタカたちがオトとサイを見つけ、オトたちの方に車を走らせていったことを話した。

「あの二人、ユタカたちにやられて、それで仕返ししようとして血相変えてうろついていたんじゃないか」

とぼくはいった。

「うーむ。高校を卒業したというのに、まだそんな馬鹿をやってるのかね、あいつらは。だけどボスの松橋がいなけりゃ何もできなかったあいつらが、自分たちだけでユタカたちとやり合えるかね？」

伝法寺は分別くさい顔つきでいった。坂崎洋子にいい格好を見せつけようとしたのは明白だった。だがまるで様になっていなかった。

「何、気取ってんだよ。そんな顔してもお前には似合わないよ」

ぼくは笑い出してしまった。

「いやいやいやいや、何をいうのかね君は。ぼくのこの男らしいきりりとした顔に洋子ちゃんは参ってしまったというのに。ねえ洋子ちゃん」

と伝法寺は目を見開いて抗議し、それから坂崎洋子を見やってにやけた。

伝法寺に笑顔を向けられて、坂崎洋子はつられてフフフと笑った。

工務店は太素塚を通り越して国道45号線へとぶつかる途中にあった。二階建てで、正面の壁は一面濃い緑のタイル張りだった。二階の窓の上の壁に、黄金の会社名文字が辺《あた》りを睥睨《へいげい》するように光っていた。

ガラス戸越しに事務所の中を覗いた。

事務所の中は不必要にがらんと広く、真ん中にピタリとくっつけられて並んだ事務机には女の事務員が二人と、作業服姿の男が一人座っているだけだった。三人とも何か書き物をしていた。空いている机がいっぱいあった。

事務机の横に安っぽい応接セットがあった。ソファーは黒いビニール張りだった。茶色いカーディガン姿の五十絡みの男が踏ん反り返って座り、頭の後ろに両手を組んでいた。社長だった。少し白いものが混じった無精髭をひくひくさせて、何やら上機嫌に笑っていた。向かい側には鼠色《ねずみいろ》の背広を着た男が前屈《まえかが》みになって座っていた。髪をオールバックに整え、太い黒縁のメガネをかけていた。

傍らの丸い大きな灯油ストーブの中で青い炎が揺れていた。ストーブの上には色あせた金色の大きなヤカンが載っていた。蓋《ふた》が少しずらしてあって、白い湯気が立ちのぼっていた。

ぼくはガラス戸を開けた。

「こんにちは」

中にいた人間がいっせいに振り向いた。

「はい。どちら様でしょうか？」

と女の事務員の一人が顔を向けた。

「沢木です。明日から就職することになっているんですけど。ちょっと」

「お、沢木か。挨拶にきたのか」

と社長がだみ声でいって笑った。両手は後頭部に組んだままだった。

「はあ、それで」

「まあいいからこっちへきて座れ」

と社長はいった。

「あの、忙しかったらまたあとできますけど」

ぼくはソファーの黒縁メガネの男を遠慮がちに見た。オールバックにきれいに櫛《くし》の入った男は、その工務店の社員のようには見えなかった。大事な商談の話をしているのではないかと気づまりになってしまった。

「ああ、この人は信用金庫の課長だ。世間話してただけだ。難しい話はしてないから気をつかわなくていいぞ」

「じゃあ社長、私はこれで」

とオールバック、黒縁メガネの男は黒いカバンを持って立ち上がった。

「おお。じゃあそういうことでよろしくな」

社長は相変わらず後頭部で両手を組んだまま男を見上げていった。

「あっちの方はいつでもいいですから、連絡ください」

「おお。日にちがはっきりしたら連絡するからよ。頼むな」

社長は少し横柄な口調でいった。高校生活で交わしていた会話とはまるで質が違う会話だった。大人の世界という感じがした。

「じゃ、失礼します。あ、どうも」

信用金庫の課長はぼくに軽く会釈して出ていった。

「おうおう、座れ座れ」

社長はぼくを促した。まだ後頭部に両手を組んだままだった。

社長と向かい合って、さっきまで信用金庫の課長がいた場所に座った。ソファーのビニールが少し生暖かかった。

「ミヤさん、ちょっとここのタバコケースにタバコ入れてくれや」

と社長は事務員の女の一人に声をかけた。それからぼくに向き直った。

「どうだ、調子は」

「はあ、いいですけど。あの、就職のことでちょっと」

「おう、分かってる分かってる、何もいわなくていい。よくきた」

事務の女がピースの丸い缶を持ってきて、テーブルに置いてあるタバコケースに入れ換え始めた。顔を真っ白に化粧した女だった。濃い紺色の事務服を着ていた。社長が何

もいわないので黙って女の作業を見ていた。タバコを詰め終わり、

「はいどうぞ」

と女がいって戻っていった。

「よかったな、おい。そういうことなら遠慮することはないぞ。さっき坂崎熊夫がきたんだ」

社長はタバコケースからタバコを取り出しながらいった。金ぴかの大きな卓上ライターで火をつけた。こっちを向いたまま煙を大きく吐き出してからいった。ぼくは煙が消えるまで息を止めた。

「喜んで取り消しにするから、就職のことは気にするな。相撲取りもいい商売だ。思い切りやってこい」

「はあ。坂崎熊夫さんとは知り合いなんですか？」

就職を取り消されたときいてもたいして驚かなかった。がっかりもしなかったし、これはどうも大変なことになったと焦りもしなかった。野球という夢が消えてしまって以来の無気力の成せる業だったのだろう。

「ああ。あいつとは市長選挙の応援で一緒になったんだ。なかなかいい男だ」

「俺がこなくても会社には迷惑かけないですか？」

「お前が？」

というと、社長は鼻でフンと笑った。「フフ、大丈夫だよ、心配すんな。新人の一人や二人、どうってことない。そんなことより、一生懸命稽古してちゃんとした相撲取りになるんだぞ。立派になってお母さんを喜ばせてやれ。関取になったら化粧回しの一本や二本、バーンと作ってやる。まかせておけ」

「あの、相撲取りになる話ですけど、いや、いいです」

ぼくはいいたいことを途中でやめてしまった。坂崎熊夫の話はでたらめで、予定通り明日から就職してもいいだろうかといおうとしたのだが、途中で気力が失せてしまった。もうどうでもいいやと自棄《やけ》っぱちな気分になったからではない。何となく、会社は困らないというし、まあいいかあ、と思ってしまった。

そう思ったとたんにいきなり猛烈な空腹感を覚えて、居ても立ってもいられないという状態に襲われた。坂崎熊夫の突然の出現に家から逃げ出したので昼飯を食い損なっていた。

「うん、何だ?」

と社長はタバコの煙に目を細めていった。

「いや、そうですか、分かりました。どうもすみませんでした」

何でもいいから食える物を腹に入れなければと考えていた。

「いいってことよ。若いうちだ。好きなことをできるのはな。可能性を試せるのは若いうちだからな。思いっきりやってみな」

横柄な社長に似つかわしくない言葉が飛んできた。

「はあ。じゃあどうも」

ぼくは立ち上がった。

「頑張れよ。握手だ」

社長は座ったままごつい右手を差し出した。握手した。社長はぎゅっと力を入れて手を握った。ぼくは全然力を入れなかった。

「ちゃんと挨拶にきてくれて見直したぞ。最近の若いのはろくに挨拶できないからな」

「はあ。じゃあ」

「うん。頑張れよ」

と社長はいってもう一度ぎゅっと力を入れて握り、手を引っ込めた。

事務所の中にいた男と女が頑張れと声をかけてくれた。ぼくは会釈して事務所を出た。

就職を取り消されたというのに、事務所を出ても感情は高ぶらなかった。吐息も出なかった。就職というものは簡単に無しになるんだなあと思っただけだった。ふうん、そういうことになったかと軽く思いながら、テカテカ光る趣味の悪い社屋を眺めた。どうしようかと我が身の不幸を嘆いたり、先行き不安になるという感情はわかなかった。ま、しょうがないかとあっさりと片づけてしまった。

そんなことより、空腹を何とかしなければと頭の中がいっぱいになった。そっちの方が切実な問題だった。近くの商店でカレーパンとコロッケパンでも買おうかと思ったけど、中央停留所のバスターミナルまでいって構内にある立ち食いそばとおにぎりを食べようと思い直した。その方が腹にたまりそうな気がした。

ヘルメットを被ってオートバイにまたがった。光がまぶしく弾《はじ》けた。パッと周囲が明るくなった。足早に流れ去っていく雲の切れ間から太陽が顔を覗かせていた。

「ま、そういうことかあ……」

太陽を見上げながら何となくそうつぶやいた。

8

中央停留所のバスターミナルはバスを待つ年寄りたちでいっぱいだった。近郷の年寄りたちのようだった。病院へきた帰りか、買い物の帰りかなのだろう。構内のベンチをいくつも占拠してよもやま話に花を咲かせていた。年寄りたちの話す方言が柔らかなざわめきとなって、構内をなごみの空気で満たしていた。立ち食いそばのコーナーに近づくにつれて、独特の醤油出汁《しょうゆだし》の匂いが食欲を刺激してよだれが出そうになった。

　立ち食いそばのカウンターに米田治《まいたおさむ》と戸川文生《とがわふみお》が座ってそばを食べていた。二人とも工業の同級生だった。戸川文生は隣町の十和田町に家があり、米田治はもっと先の奥入瀬渓流の入り口の集落に家があった。バスを待っている時間にそばを食べているというふうだった。

「よう、ガフタラ、自由共産党」

　ぼくは二人に声をかけた。

「おう」

　と米田治が笑った。

「何だ、沢木か」

　と戸川文生も笑った。

　ガフタラは米田治の、自由共産党は戸川文生のあだ名だった。

　米田治は長靴しか履かなかった。学校の近くの下宿屋にいた。雨でも晴れでも長靴で登校した。校庭での体育の授業も長靴だった。長靴を履いてガフタラと音をまき散らして走るのでそう呼ばれるようになった。毎年の体力測定の千五百メートル走も長靴を履いて走った。それでもいつもクラスで一番のタイムだった。体育の斉下《さいした》先生は長靴を脱いで走ればものすごい記録が出るのにといつもぼやいていたけど、とうとう三年間、ガフタラは校庭での体育の時間に長靴を脱ぐことはなかった。上履きはあるのだが、外用の運動靴は持っていなかった。体育の授業ぐらいは長靴で十分だといって通してしまった。

戸川文生も変わったやつで、入学式の日のクラスでの自己紹介で、

「俺は自由と共産党が好きです」

と宣言した。

以来『自由共産党』と命名されてしまった。ぼくたちは政治的なことには無関心だった。自由と共産党がどう結びつくのか、相容《あいい》れるのかそうではないのかを誰も考えなかったし、その後も自由共産党が学校の中で過激な運動を展開していくということはなかったので、深く考えずに戸川文生のことをずっと自由共産党と呼んでいた。ぼくは自由共産党という呼び名が好きだった。何だか、自由主義と共産主義が仲よく手を結んだという感じがしてなかなかいい命名だと思うようになった。戸川のやつもそう呼ばれることに不快感を示すようなことはなかった。やつも気に入っていたに違いなかった。

ぼくはガフタラの隣に座った。店のおばさんに大盛りの山菜そばとおにぎりを三つ注文した。おにぎりは梅干しとおかかと昆布の佃煮《つくだに》にした。

「二人とも家に帰るところか？」

「いや逆だ。出てきたばかりだ。俺はこれからバスで青森にいくんだ。自衛隊に入隊しにいくんだ」

とガフタラの米田治はいった。ガフタラは卒業したら自衛隊に入ると二年生のときには早くも宣言していた。自衛隊は働きながら電気関係の資格が取れるから、というのが理由だった。

「そうか。戸川は？」

「俺はガフタラを見送りにきたんだ」

と自由共産党はいった。

本物の日本共産党は自衛隊は違憲だと鋭く政府を攻撃していたが、自衛隊好きのガフタラと共産党好きの自由共産党は反目するどころかすごく仲がよかった。政治的なことは抜きにして、変わり者同士ということで馬が合ったのかもしれない。

「戸川は地元に残るんだったよな」

とぼくはきいた。自由共産党は隣町の小さな電気工事屋に就職することになっていたはずだった。

「まあ、しょうがないよな。兄貴が東京にいってしまったから、俺が家にいないとな。本当は東京で勉強して政治家になりたかったけどさ。沢木も市内に残るんだったよな。確か工務店で働くんだったよな」

と自由共産党はいった。

「まあな」

生返事をするしかなかった。

「じゃあ、時々どっかで会えるかもしれないねえ」

「まあな」

「今度の土曜日に、労働者の権利についての集まりがあるんだけど出てみないか?」

と自由共産党は出し抜けにいった。

「お前、何だか本物の共産党になったみたいだな」

「うん。入党しようと思っているんだ」

「自由はどうするんだよ。お前は自由共産党じゃないか」

「だから自由な共産党を目指すんだよ。いろいろ変えていかなくちゃな。これからは俺たちの時代になっていくんだから、政治も俺たちが暮らしやすいように変わらなくちゃいけないんだ」

「はいよ、山菜そば大盛り。それとおにぎり三つ」

店のおばさんがぼくの目の前にそばとおにぎりを置いた。うまそうに湯気が立っているどんぶりの汁の中にどっぷりと親指が浸《つ》かっていた。

小銭できっちりと料金を払った。

「その集まりにいく気はないよ。面白くなさそうじゃないか」

ぼくは七味唐がらしをそばにかけながらいった。

「面白いとかそんなんじゃなくて、お前も労働者になるんだから、労働者としての権利をちゃんと勉強した方がいいんじゃないか？」

「やめとくよ。ガフタラ、お前、電気関係の資格取ったら自衛隊やめるのか？」

急いで二口そばをすすってからきいた。すきっ腹にそばの熱さがしみた。

「分かんねえ。いまはとにかく資格取ることしか頭にない。でもいつかはアメリカにいってみたいと思っているんだ」

とガフタラは意外なことを口走った。

「アメリカかあ。何しにいくんだよ？」

「分からん。いってみたいと思うだけだ。せっかくこの地球に生きてるんだから、どういう所があるのか、いきたい所にいってみたいと思うだけだよ」

ガフタラはそういうと残ったそば汁を一気に飲み干した。

十分ぐらいしてからガフタラは青森行きの特急バスに乗っていってしまった。ぼくと自由共産党がバス停で見送った。

「じゃあな」

とガフタラはいっただけだった。小さなボストンバッグひとつがやつの荷物だった。

走り去っていくバスと入れ違いに、一台の白い乗用車がバス停の前を通りすぎようとした。見覚えのある乗用車だった。思った通りだった。農業高校の番長のユタカが運転していた。

　窓越しに見えるユタカのやつは緊張した顔で運転していた。助手席のやつも後ろの座席に座っているやつらも緊張した面持《おもも》ちだった。後ろの座席の真ん中に座っているやつと目が合った。意外なやつだったので、少しびっくりしてしまった。松橋のやつだった。両隣を挟まれて松橋のやつが座っていた。緊張しているという感じではなかった。平然としていたが無表情だった。じっとぼくを見ていた。何かを訴えるという表情ではなかった。ただじっと見つめて去っていった。

　何となく胸騒ぎがした。松橋が無表情というのがかえって気にかかった。松橋が敵対するユタカたちの車に乗っているのは変だと気になり始めた。

　走り去っていく車を見ていると、なぜか、松橋と決闘して勝負がつかなかったとき、オトたちが寄ってたかってリンチしようとしたのを止めた松橋のことが頭に浮かんだ。

「どうせ暇だしな」

　とぼくはつぶやいた。

　ヘルメットを被り、道を横切って反対側に置いてあったホンダのカブにまたがった。松橋を乗せたユタカの白い乗用車は信号を突っ切って太素塚方面に走っていた。ぼくはオートバイのエンジンをかけた。スタートさせ、交差点を真っ直ぐに進み、ユタカの乗用車のあとを追いかけた。

ユタカの乗用車はなだらかな丘陵地帯へと突き進んだ。広々と開けた気持ちのいい場所で、草地の中に点々と島のように小さな森が点在していた。葉を落とした広葉樹と、黒っぽい針葉樹が混じった森で、雪が消えた草地は枯れ野原で寒々しかった。馬放《うまはな》し平《たい》と呼ばれている地域だった。

その昔、この一帯は馬の放牧地帯だった。農耕馬や軍馬の一大産地で、どこもかしこも馬だらけだったらしいのだが、ぼくたちが中学生になった頃は、軍馬はもちろん、もう農耕馬もほとんど目にすることはなかった。自動車やオートバイ、農耕機器が馬に取って代わっていた。

市街地を抜け、舗装道路が途切れ、馬放し平に入ると、気づかれないように距離を開けて乗用車を尾行した。離れても見失う心配はなかった。ほとんど自動車が通らない少しぬかるんだ道で、ユタカの乗用車のタイヤ跡があるだけだった。タイヤ跡をつけていけばよかった。

土の道は大小の水たまりが連なって続いていて、ユタカの乗用車は水しぶきをあげながら走り続けた。

ホンダのカブを左右に切り返しながら、水たまりを縫うように走って尾行した。時々避けきれずに水しぶきをあげた。泥水が足を膝まで叩いて冷たく濡らした。

道路脇の木々の根元には薄汚れた残雪がへばりつくように残っていた。時々差し込む陽光にキラキラと光った。水たまりもまぶしく輝いた。

ユタカの乗用車は馬放し平の奥まで入り込み、灌木林《かんぼく》の角を、細い枝道に入って曲がった。曲がり角の手前でオートバイを停めてエンジンを切った。行き止まりの道のようだったので、ユタカの乗用車が停まっているように思えた。

読みはピタリだった。ユタカの乗用車は三十メートルばかり先で停まっていた。オートバイのエンジンを切ったのは正解だった。この距離ではエンジン音に気づいたかもしれなかった。

灌木を切り開いて作った細い道は、冬枯れの短い草地に吸い込まれて消えていて、車は草地に乗り上げて停車していた。その向こうは葉を落としたカラマツの林になっていた。

乗用車のドアが一斉に勢いよく開いた。ユタカたちが勇んで車から出た。緊張して固い表情だった。全員が車に向かって油断なく身構えた。ユタカが車の中の松橋に何かいった。早く出てこいと催促しているようだった。

ゆっくりと松橋が車から草地に降り立った。すっくと立つと、落ち着きはらってユタカたちを見回した。

ユタカのやつが何かいい、松橋に顎《あご》をしゃくった。開けた草地にいけと命令しているようだった。

松橋を取り囲むようにしてユタカたちが移動した。灌木の陰に消えて見えなくなった。ぼくはオートバイを押して灌木に隠れながら移動した。やつらが見えるところまでそうっと音を立てずに移動した。灌木が途切れたところから覗き見た。

ユタカたちが松橋を取り囲んでいた。ユタカと松橋が真正面を向いて対峙《たいじ》し、残りの三人は松橋の両脇と背後に陣取っていた。すぐにでも寄ってたかって袋叩きにしようという陣形だった。

そう思った矢先、

「この野郎！」

いきなり甲高い叫び声とともにユタカが松橋に突進して殴りかかった。

松橋はこの先制攻撃を予期していたみたいで、慌てもせずにさっと身体を引いて避けた。すぐに松橋の背後にいた一人が松橋に組みついた。はがい締めにして松橋の動きを封じ込め、そのすきにあとの三人でボコボコにやっつけてしまおうという作戦だった。

松橋ははがい締めにされる前にそいつの右手をねじ上げて思い切り足払いをかけてやった。そいつはいとも簡単に地べたに転がった。ユタカがまた殴りかかった。松橋はまた身をかわした。ユタカたちが次々に襲いかかっていった。松橋はことごとく身をかわして逃げ回った。

松橋は向こう側の森を目指して走った。向こう側の森は植林された鬱蒼と暗い杉林で、奥まで逃げ込めば身を隠す場所はいくらでもありそうだった。ユタカたち四人はそうさせまいと松橋を追いかけた。松橋の逃げ足は早かった。ユタカたちとの距離が開いていった。

さすがにケンカ慣れしているだけあって逃げ方を知っている、松橋が森の中に逃げ込めばユタカたちはあきらめてしまうだろうな、と思った矢先に、松橋の足がもつれて転んでしまった。ぬかるみか強い蔓草《つるくさ》に足を取られてしまったようだった。ユタカたちが一気に距離を縮めて殺到した。

「しょうがないな」

と舌打ちをしてからつぶやいてホンダのカブのエンジンをかけた。

二、三度大きく空噴《からぶ》かしをさせてから勢いよくスタートさせた。原っぱに飛び出すと猛スピードで松橋とユタカたちに迫っていった。

ちょうどユタカたちが松橋につかみかかってつるし上げようとするところだった。みんなが唖然《あぜん》として一斉にこっちを振り向いた。いきなり現れ、猛スピードで真っ直ぐに突っ込んでくるオートバイに度肝を抜かれたようだった。松橋までがびっくりした顔を向けていた。

ぼくは身を低くしてオートバイとひとつになり、やつらのど真ん中に突っ込んだ。やつらのかたまりが二つに割れ、松橋も含めて全員が飛び退《との》いて身をかわした。全員が草地に転がった。少しいってから急ブレーキをかけた。派手に横滑りをして転びそうになった。片足をついて何とか体勢を立て直した。

方向を変えるとやつらはやっと起き上がったところだった。右側に松橋とユタカともう一人がいた。そいつらに向かって猛スピードで突っ込んでいった。三人は散り散りになって逃げまどった。ユタカともう一人は何かを喚いていた。エンジンと排気音にかき消されてよく聞こえなかった。

ホンダのカブを素早くUターンさせて、もう一方にいる二人に向かって突進していった。一人は草地に身を投げ出して逃げ、もう一人はみんなと離れてあらぬ方向に走って逃げた。

もう一度Uターンして松橋に走り寄った。

「乗れッ」

「お前……」

松橋は目を丸くした。

「いくぞッ」

ぼくはかまわずにいってオートバイをスタートさせた。

松橋が飛び乗った。オートバイにガクンと重量がかかって思うようにスピードが出なくなった。

「この野郎ッ、ふざけやがって！」

ユタカの叫び声が背後に聞こえた。バックミラーにユタカが迫っていった。

ぼくは目一杯スロットルを回してエンジンの回転数を上げた。エンジンが唸《うな》り声を上げてグイと加速した。よしと思ったのも束《つか》の間《ま》だった。すぐにまたしてもスピードが鈍た。

「こらあッ、逃がすかあ！」

というユタカの声が耳元で叫んでいるように聞こえ、思わずチラッと振り向いて見た。ユタカが腕を伸ばして松橋の右肩をつかんでいた。引きずられながらも体重をあずけているので、その重さでオートバイにブレーキがかかってしまっていた。あとの三人が何かを叫んで迫ってきた。

突然、松橋が身体を大きく動かした。予期しないことだったのでバランスが崩れて転びそうになった。両足を地面につけて支え、危ういところで転倒を回避した。そのとたんにオートバイが軽くなった。

「スピード出せッ」

と松橋がいった。

後ろを振り向くと、草地にユタカが転がっていた。大きくバランスが崩れたのは、ユタカにつかまれた腕を松橋が振りほどいたためだと納得した。ユタカの横を三人が走り抜けて迫ってきた。

スロットルを目一杯回してスピードを上げた。真っ直ぐにユタカの車を目指し、横をすり抜け、道に出ると街へとカーブを切った。大きな水たまりは避けて小さな水たまりはそのまま突っ切った。

背後にユタカの乗用車が追いかけてくるのをひしひしと感じた。松橋も同じ思いだったみたいで、ひっきりなしに後ろを振り向いていた。

もうすぐ舗装道路に出ようとすると、

「きたぞッ」

と松橋が短く叫んだ。

バックミラーに小さく乗用車が現れた。水たまりを蹴散《けち》らすように盛大に水しぶきを上げている。

「右だッ、右に曲がれッ」

と松橋がいった。

「まだ真っ直ぐだッ」

ぼくは首を振った。曲がってもよかったけれど、松橋の命令なんかに従いたくなかった。

「馬鹿野郎ッ、右だ！　右に曲がれってば！」

「もう少しいってから曲がった方が道が入り組んでやつらをまきやすいんだよ！」

「馬鹿ッ、今すぐ曲がった方がいいんだよッ。曲がれってば！」

「うるせえぞッ。文句あるなら降りろ！」

松橋は何かをいいたそうにうめいた。それっきり何もいわなくなった。

舗装道路をすっ飛ばした。それでもユタカの車がバックミラーで見る見る大きくなってきた。

「曲がれこの野郎ッ。もうすぐケツに噛みつかれそうだぞ！」

たまらずという口調で松橋が早口に喚いた。

「やかましいッ。分かってるよ！」

太素塚にさしかかる手前の細い道を左にハンドルを切って身体を傾けた。

「馬鹿野郎ッ、右だってば！」

すかさず松橋が叫んだ。

「こっちの方がいいんだよ！」

松橋のいう通りに右に曲がるのはしゃくだった。

「アホ！　丸見えじゃねえかッ、馬鹿野郎！　アホだお前は！」

と松橋は怒鳴った。

「やかましいッ」

と怒鳴り返したけれど、確かにユタカたちからは丸見えだった。道に沿って新しい住宅がポツポツと建ってはいたが、更地の方が多くてどこまでも見渡せる地域だった。それに道は長く真っ直ぐで、交差する道も多くはなかった。ユタカの乗用車をまいてしまうにはいい地域とはいえなかった。そのことは分かっていたが、松橋の指示に従いたくはなかった。

ユタカの乗用車がブレーキ音をきしませて曲がってきた。

「飛ばせッ、この大馬鹿野郎！」

と松橋が叱《しか》りつけるように喚いた。

「うるせえ！　キャンキャン喚くな！」

叫び返しながらギヤを素早く入れ換えてスピードを上げた。

「すぐ後ろまできたぞッ。どこでもいいから曲がれ！」

と松橋がいい終わらないうちに、

「右に曲がるぞッ」

小さな路地を見つけて叫んだ。奥に一軒の家があり、その家の私道のようだった。

ブレーキを踏み、ハンドルを切って思い切り身体を右側に倒した。松橋も一緒になって右に身体を傾けた。ギャッと叫ぶようにタイヤが悲鳴を上げて横滑りした。倒れないように右足を出して踏ん張った。

すぐにユタカの乗用車が通過して急ブレーキをかけた。ブレーキ音が辺りの空気を切り裂いた。

やつらは開け放した窓から顔を出し、真っ赤になってこの野郎とか馬鹿野郎とかぶっ殺すとか喚いて威嚇した。そのままバックして戻ってきた。

ぼくは狭い道に入っていった。すぐに行き止まりになっているのが分かった。やっぱり私道だった。

「この馬鹿野郎ッ、行き止まりじゃねえか！」

松橋が喚いた。

「クソ……」

引き返そうとバックミラーを見た。バックミラーにユタカの乗用車が入ってきた。もう引き返すことはできなかった。

「つかまれッ」

ぼくはいった。

道は一軒の家で行き止まりになっていたけれど、その先は枯れたままの背の高いすすきの壁で、その向こうにブルドーザーとショベルカーが何台か動いているのが目に入った。きっと宅地の造成中で更地になっているに違いなかった。すすきの手前に残土が小山となって盛り上がってあった。逃げる手だてはひとつしかなかった。スピードを上げて真っ直ぐにすすきの壁に突進した。

「何？　まさかお前！　やめろッ」

松橋がびっくりして怒鳴った。

「いくぞッ」

身を低くして叫んだ。

「馬鹿野郎ッ、止まれ！」

ぼくは耳を貸さずにスピードを上げ続けた。小山が目の前に迫った。

「うわあああああ！」

「ああああああ！」

ぼくと松橋は同時に叫び声を上げた。雄叫《おたけ》びと悲鳴が入り交じった叫び声だった。松橋がものすごい力でしがみついてきた。

小山に乗り上げてホンダのカブが勢いよく宙に飛び出した。

「うわあああああ！」

「ああああああ！」

枯れすすきの壁に突っ込んでドスンと着地した。両足をついて倒れないようにバランスを取った。少しよろけただけで転ばないで済んだ。空中でバランスを崩さなかったのがよかったようだった。それにすすきの地面が思ったよりも平らだったので救われた。

ほっとしたのも束の間だった。枯れすすきが顔といい身体といい、ところかまわず全身に容赦《ようしゃ》なく打ちつけてきた。

「うわあああ！」

「あああああ！」

ぼくと松橋は叫び声を上げ続けた。ほとんど悲鳴だった。

もう少しで枯れすすきの壁を抜け出ようとしたとき前輪がすすきの大きな株に乗り上げてグラリと揺れた。

あっと思ったときには、ホンダのカブは真横に傾いていた。真横になって空中を飛びながら、枯れすすきの壁からポン！　と抜け出した。

「うわあああ！」

「あああああ！」

ぼくと松橋とホンダのカブは草地に転がった。衝撃が大きくて一瞬ボーッとしてしまった。慌てて起き上がった。膝を打ったみたいで少しぎくしゃくした感じがしたけれど、痛みは感じなかった。その他は顔がヒリヒリするだけでどこもぶつけたところはなかったようだった。違和感も痛みもなかった。顔がヒリヒリ痛いのはどうしてだろうと思いながら松橋を見た。やつはすでに起き上がっていてユタカたちの襲撃に備えて、突っ切ってきたすすきの壁を向いて身構えていた。

「大丈夫か！」

とぼくは松橋に声をかけた。

「馬鹿野郎ッ、この野郎！　死ぬかと思ったじゃねえか！　ふざけんじゃねえ！」

松橋はものすごい形相で怒鳴った。

「しょうがねえじゃねえか馬鹿野郎！　転びたくて転んだんじゃねえッ」

「オートバイはどうしたッ。やつらがやってくるぞ！」

ぼくは倒れているホンダのカブに駆け寄った。引っ張り起こしてエンジンをかけた。一発でエンジンがかかった。別段何ともないみたいだった。

「乗れッ、いくぞ！」

「おう！　あいつら追っかけてこねえぞッ。回り道して向こうの道に出るつもりだッ。あいつらより先に向こうの道に出て突っ走れッ」

と松橋はいいながら後ろに座った。

「命令すんじゃねえ、馬鹿野郎！」

ぼくはオートバイをスタートさせた。造成中の土地を猛スピードで突っ切った。ブルドーザーとショベルカーを運転していた男たちが、呆気にとられて見ていた。

道に出てすぐさま右に曲がった。

「馬鹿野郎ッ、街は逆だ！」

松橋が吠えた。

「馬鹿野郎はお前だ馬鹿野郎！　あいつら俺たちが街の方に逃げると踏んで、先回りして街にいく方の道に出るに決まってんじゃねえかッ。逆にいってどっかに隠れて時間をやりすごす方が利口なんだよ！」

「お前、馬鹿野郎だけど、ちゃんと頭使えるじゃねえか！」

と松橋は感心したようにいった。声から刺が消えていた。

「お前と違うんだよ！　馬鹿野郎！」


馬放し平の小さな森の中でオートバイを停めた。道から外れた草地の中の森で、小さな沢が流れていた。

「降りろよ」

とぼくは松橋にいった。「この辺りで時間を潰《つぶ》して街に戻るんだな。ここならあいつらもやってこねえよ」

「何だ、街まで乗せてってくれねえのかよ」

不満げにいいながら松橋はオートバイから降りた。

「借りは返した。もう借りはねえんだよ」

ぼくはいった。

「借りだと？　お前に何か貸した覚えはねえぞ」

「お前にたったひとつだけ借りがあったんだよ。じゃあな」

「待てよ。何の借りか知らないけどよ、俺を助けて借りを返したと思うなよ。お前が現れなくたって、逃げる自信はあったんだ。だからあいつらのいうなりになって車に乗っていったんだよ」

と松橋はいった。

「ふん。その割りには逃げ回ってばかりいたじゃないかよ」

「当たり前だ。もうぶん殴ることができなくなったんだよ」

と松橋はおかしなことをいった。

松橋の顔には、引っかき傷のような切り傷が何本も走っていた。うっすらと血が滲んでいた。

顔がヒリヒリする理由が分かった。枯れすすきに当たって切れてしまい、いくつも切り傷ができたせいだった。頬に手を当てて見た。手の平に少し血が付着した。血を見たらやけに顔が痛痒《いたがゆ》くなってしまった。

「だいたい、何だってあいつらにつかまるなんてドジ踏んだんだよ」

とぼくはいった。

「もう卒業したからと思って油断してたんだよ。まさかあいつらがまだつるんで馬鹿やってるとは思わなかったからな。それに街のど真ん中でつかまって騒ぐのも格好悪いし、警察沙汰《けいさつざた》になるとちょっとやばいし、それでおとなしく車に乗ってやったんだよ。逃げられる自信はあったしな」

「何でぶん殴ることができなくなったんだよ？　ケガでもしてるのかよ」

「お前には関係ねえよ。いや、ちょっとはあるかもな。お前がきっかけになったからな」

と松橋はまたおかしなことを口にした。

ぼくは黙って松橋を見た。

お前がきっかけとなってもうぶん殴ることができなくなった、という松橋の言葉の原因を探してみた。さっぱり分からなかった。これといった出来事や思いは皆無だった。

「俺をぶん殴ったときに拳を痛めたのか？」

当てずっぽうにいってみた。

「お前をぶん殴ったぐらいでケガするかよアホ。そんなにヤワじゃねえやい」

と松橋はふんと笑っていった。

「だろうな。ケンカしか能がないお前だから、拳を痛めるようなドジは踏まないだろうからな」

ふんと笑い返してやった。

「好きでケンカしてたんじゃねえんだよ」

「冗談いうない。誰が信じるかよ。飯より好きじゃねえか」

「俺は売られたケンカしかしたことがねえんだよ」

「笑わせるなよ。俺をやっつけたのはケンカを売られたからなのかよ。俺はケンカを売った覚えはねえぞ」

「ふざけんな。お前がオトのやつをやっつけて俺たちにケンカを売ったじゃねえか」

「オトの馬鹿が俺の胸ぐらをつかんで先にケンカを売ってきたんだよ」

「お前がいきなりオトをやっつけたんだよ、馬鹿野郎」

「オトの馬鹿のいうことを信じたのか？」

「当たり前だろうが。仲間だからな」

松橋はぼくを睨みつけた。ただ睨みつけただけで、ぶん殴ろうという危険な視線は感じられなかった。

「まあいいや。もうすぎたことだしな」

とぼくはいった。

「あいつらはただの馬鹿じゃねえぞ。俺たちが仲間を組んでケンカしてたのだって、誰も学校を守るやつらがいなかったからだよ。そんな事情なんかお前は知らねえだろうが」

「学校を守るためにケンカしてたっていうのかよ」

「当たり前じゃねえか。農業とか商業とか三高とか沢高のワル連中が、工業を支配下におこうとしてケンカをふっかけてきたんだよ。俺は工業を守るためにやつらと闘っただけだ。こっちから手を出したことは一度もねえよ」

松橋は少し気色《けしき》ばんだけれど、なぜかすぐに落ち着きのない目つきになり、顔を赤くしてあさっての方を向いた。自慢するような話ぶりになって照れたようだった。

「支配下って、子分になるってことなのか?」

とぼくは訊《き》いた。

「ああ。そしたら工業はやつらのやりたい放題ってことになったんだよ。そんなことになったら胸くそ悪いじゃねえか。だから俺たちがやつらと闘ったんだよ」

「それはお前らケンカ集団の世界だけだろうが。俺たちは関係ないじゃねえか」

「馬鹿野郎。誇りってものがあるだろうが。他の学校の子分になったなんてことになったらかっこ悪いだろうが」

笑い出しそうになったけど、松橋のやつが真面目くさっていうものだからこらえてやった。ワルにはワルの哲学があるのだろう。

「じゃあな、俺はいくぞ」

「ちょっと待てよ。ここから街まで歩くのはかったるいぜ。乗せてけよ」

松橋はおずおずといった。

「あいつらまだその辺を流しているかもしれないぞ。俺一人なら逃げきれるけど、二人乗りだとスピード出ないから逃げきれねえぞ」

「大丈夫だよ。あいつらそんな暇ねえんだ。あいつらのうちの二人が明日就職で東京にいくから、たぶん今日が最後のつるむ日になるはずだ。十和田と三沢の街をうろついて三高とか沢高とか商業のケンカ相手を探してやっつけるつもりなんだ。たぶんな。それで俺がつかまってしまったということだよ。もうさっさと街に戻ってるよ」

「あいつらバラバラになるのか」

「ああ。ユタカのやつは学校やめて家で農業するらしい。卒業するのはあきらめたらしいや。噂じゃ同棲している女に子供ができたというし、馬鹿やるのは今日でお終《しま》いにするつもりなんだろうよ。他のやつらも就職したり、家の仕事手伝うことになったりしてバラバラになるみたいだな。東京とか他県に就職するやつもいるしな」

敵対しているグループのことなのに、松橋はやけに詳しく知っていた。ワル仲間の情報網が張りめぐらされているのだろう。

松橋を乗せてホンダのカブをスタートさせた。点々と水たまりが続く土の道をゆっくりと走らせた。雲の切れ間から太陽の光が射して明るかった。風はなく、冷気が心地よかった。

「おい、お前、俺に借りがあるといったけど、何の借りなんだよ」

と松橋はいった。

「もういいんだよ。俺が勝手にそう思っただけだしな」

「いいからいえよ。気になるんだよ」

「お前と決闘したことがあったじゃないか」

とぼくは話し始めた。ためらいもなくスラリといい出せた。やつの顔を見なくていいのでいい出せたのかもしれなかった。

「あのとき、オトたちにリンチされかかったとき、お前がオトたちを止めたんだよ。それで借りができたと何となく思ってしまったんだよ。それだけだ」

「そうか」

と松橋はいい、それから少し間をおいてからぼそりといった。

「俺、警察学校に入るんだ」

「何?」

思いがけないことを耳にしたので聞き違いかと思ってしまった。

「警・察・学・校、だよ」

松橋はゆっくりとしゃべった。

思わずブレーキをかけてオートバイを止めてしまった。松橋を振り向いてやつの顔を覗き込んだ。

「警察学校、っていったか？」

「ああ、警察学校だよ。いいから前向いて走れよ。わざわざ止まって不細工な面見せるんじゃねえよ、馬鹿野郎ッ」

松橋はまた顔を赤くしてぼくを睨んだ。

「刑務所学校の間違いかと思ったんだよ」

「何だそりゃ」

「刑務所の中の学校だよ。悪いことした良い子たちが刑務所で入る学校だよ」

「馬鹿野郎、そんな学校ある訳《わ》きゃねえだろう。ふざけんじゃねえよ。いいからさっさと走れッ。アホ！」

ぼくはオートバイをスタートさせた。

「警察学校に入るってことは、まさかお前、警官になるってことかよ？」

「当たり前じゃねえか。警察学校入ったら警官になるしかねえじゃねえか。アホ」

「本気かよ？」

「冗談でいえることかよ、馬鹿野郎」

「本当に本当かよ？」

「しつこいぞ馬鹿野郎ッ」

「だけどお前、お前が警官だなんて、信じられるかよ！」

まるっきり信じられない。ケンカに明け暮れていたワル仲間のボスが、百八十度反対側のワルを取り締まる警官になるなんて信じられる訳がない。

「ふん、何とでも思え。とにかく俺はお前がきっかけで警官になろうと思ったんだよ」

「だから俺の何だよ。さっきもそういったじゃないか」

「あの決闘したとき、お前が俺にいったこと覚えているかよ」

「俺が？　何かいったか？」

「覚えてねえのかよ」

「忘れた」

「『卒業したら何かやりたいことあんのかよ？』って、お前いったんだよ」

そういえばそんなことをいったかもしれないと、ぼんやりと思い出した。

「その言葉がやけに気になってよ、俺は卒業したら何をやりたいんだろうって思い始めてしまってよ。それで、笑うなよ、俺はガキの頃、白バイの警官が憧《あこが》れだったんだ。そのことしか頭に思い描くことができなくなってよ、それで白バイ乗りの警官になろうと決めたんだ。就職指導の憲兵のとこに相談にいって、白バイ乗りの警官になりたいっていったんだ」

「憲兵、冗談だと思ったろうな」

　誰だってそう思うだろう。

「初めはな。だけど俺が本気ということが分かって、警察学校に入らなければならないから勉強しろっていってくれて、ケンカもするなと釘刺《くぎさ》されたんだ。その頃は他の学校の番長グループが俺たちのグループを警戒してケンカをふっかけてくることもなかったし、だからずっと勉強していたんだよ」

「それで警察学校に入ることになったのか」

「ああ」

　そうか、だから決闘の後に、松橋のグループがちょっかいを出さなくなったのかと納得した。

「もう殴ることはできないというのも、警察学校に入るからということだったのか」

「ああ。傷害事件なんかおこして入学取り消しになりたくねえからな」

「そういうことか。オトたちはお前が警察学校にいくというのは知ってるのかよ？」

「いや。知らねえ」

「いわなかったのか」

「ああ」

「何でだよ？」

「何となくな……」

照れくさかったのだろう。

「それで、お前のやりたいことって何だよ?」

と松橋は訊いた。

「俺は……」

といったきり、言葉が出なくなった。何をやりたいのか、まるで思い浮かばなかった。

「何? 何だって?」

松橋はぼくが何かをいったと思ったみたいだった。

「分からないんだよ。さっぱりだ」

あっけらかんといってやった。

「野球はどうすんだよ。野球やるんじゃねえのか。肩はどうなんだ。ちゃんと病院にいってんのかよ」

「いってない。野球はもうあきらめた」

「そうか」

松橋はそれっきり押し黙ってしまった。

住宅地の舗装道路に入った。辺りに気を配って少しスピードをあげた。ユタカたちの白い乗用車に出くわさないように大通りを避けて走った。狭い住宅街の裏道を通って繁華街に向かった。

国道4号線と並行して走る三本目の裏道にさしかかると、

「止まれ。俺は降りる」

と松橋はいきなりいった。

ゆっくりとオートバイを停止させた。

「ここでいいのかよ」

「ああ。あとは歩いていく。ヘルメットなしの二人乗りは交通違反だからな。もしもってことがあるとまずい。いまつかまったらヤバイんだよ。二人乗りするときは、後ろに乗せるやつにもちゃんとヘルメット被らせなきゃだめだぞ、お前」

といって松橋は苦笑して見せた。

「ここまで堂々と違反して乗ってきたくせによくいうぜ」

「非常事態だったからしょうがねえだろう。まあ、これからは気をつけるさ」

「非常事態はとっくにすぎてるじゃないかよ。それとな、お前、警官にしては態度がでかすぎるし、言葉づかいも汚すぎるぞ。そんなんじゃ警察学校退学になっちまうぞ」

「ふん、お前にいうときは特別なんだよ」

「じゃな。白バイでこけるなよ。かっこ悪いぞ」

「馬鹿野郎、お前じゃあるまいし」

ぼくはアクセルをふかしてオートバイを勢いよく発進させた。

交差している大きな裏道を曲がろうとして、すぐに急ブレーキをかけてしまった。タイヤが小さく悲鳴をあげて車体ごとガクンと前につんのめってしまった。

どっきりだった。いきなりユタカの乗用車にそっくりな白い車が目に飛び込んできた。道に面した空き地にその白い乗用車が止まっていた。車体は泥まみれであり、バンパーの青い擦《す》り痕《あと》がそっくりだった。車内には誰もいなかった。ナンバーを確かめた。間違いない。ユタカの乗用車だった。空き地の隣はラーメン屋で、空き地とラーメン屋の境に大きな松の木が三本、四方に枝を広げていた。ユタカの白い乗用車は、松の木と古い材木が積み上げられている間に駐車してあった。

待ち伏せかとどっきりしたが、車内に人影は見えず、ほっと吐息が漏れてしまった。オートバイごとゆっくりと後ずさりした。

「どうした?」

と松橋がやってきて声をかけた。

「シッ」

松橋を黙らせ、それからユタカの乗用車を指さした。

「あいつらの車か?」

松橋は声を落としていった。

「ああ。あいつら乗ってないけどな。驚かせやがって」

「ほんとだ。誰もいねえな。その辺にもいねえか？」

松橋とぼくは建物の角に身を隠して顔を覗かせ、車の周りを見回した。ユタカたちはいなかった。車の周りに人がいる気配がしなかった。松や材木の陰にも人影は見えなかった。

「ラーメン屋に入ってるんじゃないか？」

ぼくはいった。

「だろうな」

松橋はそういうと、また辺りを注意深く見回した。左右に大きく顔を振って通りのずっと向こうまでも見ていた。人影はなく、一台の車が通りすぎただけで、道は閑散としたものだった。

「おい、ちり紙持ってねえか？」

「ちり紙だあ？」

松橋は怪しげに光る目つきでぼくを見た。何か腹に一物ありそうな目つきだった。

「あるのかないのか、どっちだよ」

「あるよ」

「ちょっと出せ」

「誰がお前なんかに」

「いいから出せよ。あいつらにプレゼントくれてやるんだからよ」

「プレゼントだあ？」

「別れの記念品ってやつだよ」

「それとちり紙とどう関係あるんだよ」

「いいから出せ」

ぼくは訳が分からないままちり紙を差し出した。

「よし。お前、手伝え。見張りやってくれ」

「何する気なんだよ？」

「いいからいいから。笑わせてやるからよ。そうだ、見張りなんかいいから、お前もプレゼント出せ。多けりゃ多いほどあいつらも喜ぶだろうからな」

そういうと松橋は笑いを堪《こら》えるように歯をくいしばり、クックと声を漏らして顔をクシャクシャにした。

オートバイを横町の細い路地の物陰に置き、ぼくたちはラーメン屋側の通りを歩いていった。空き地に駐車してあるユタカの車を通りすぎてそっとラーメン屋に近づいた。透明なガラス戸越しに、通りに背を向けてカウンターに並んで座っているユタカたちが見えた。ラーメンと餃子《ギョーザ》を口に運びながら、何かをしゃべって笑っていた。

「あの調子じゃしばらく出てきそうもねえ。ようし、プレゼント作戦決行だ」

松橋は気合いを入れるようにうなずいた。

ぼくたちは空き地のユタカの車まで戻った。松橋がドアを引くと、すんなりと開いた。

「思った通り鍵はかかってねえ」

松橋は独りごちてニヤリと笑った。それから振り向いていった。

「俺はこの中で直接プレゼント置くけど、お前はどうする？」

「どうするって、何をどうするんだよ」

「プレゼントだよ。お別れの記念品だ。一生忘れられない思い出に残るやつだよ」

松橋はニヤニヤ笑い続けていった。

「だから何のプレゼントだよ？」

「ホカホカのやつだよ。心からのあったかいプレゼントってやつだ」

「ホカホカ……。まさか？」

やっとピンときた。

「ああ。何といっても香りがいいのはホカホカに限るからな」

「エーッ、お前、フフフフ、本気かよ」

驚き、笑いがこみ上げてきた。

「ああ。馬鹿なあいつらのしけた未来に、運がつくようにという最高のプレゼントだ」

「フフフ、いや、だけど、それって犯罪じゃないのかよ」

「分からんよ」

「それにハレンチだぜ。警官になろうってやつがやるかよ」

「最後の、何というか」

「悪ふざけか」

「そういうことだ。明日から警官になるために心を入れ換える。そんなことより、早くしねえとあいつら出てくるぞ」

「俺たちの仕業だとすぐ分かるんじゃないか。カンカンになって探し回るぞ」

「あいつらに恨みがあるやつはいっぱいいるからな。俺たちの仕業じゃねえかと疑《うたぐ》るだろうけど、誰がやったかなんて確信できねえよ。証拠がねえからな」

「あいつらのさばってるし、いい気になってるから、ちょっと笑わせてもらっても罰《ばち》があたらねえかもな」

あまりにも馬鹿馬鹿しいことだったので、ふざけ心がムクムクと芽生えてしまった。

「そうこなくちゃよ。俺と一緒に車の中に直接落とすか?」

考えただけで鼻がひん曲がりそうになったので断った。それにその辺の物陰に隠れて出して車に持っていくにしても、野原ならまだしも街の中だし、緊張してうまくいかない気がした。ぼくの運をプレゼントするのは断念して見張り役を引き受け、松の木の陰からラーメン屋のユタカたちを見張った。

ユタカたちはおぞましい作戦が執《と》り行われていることなどまるで知らずに、平和な笑いを続けていた。

道は車が数台いき交っただけで、歩行者はどっちの方向からも一人もやってこなかった。

松橋は古い材木の陰に消えてから車に乗り込んだ。運転席と後部座席の間にすっぽりと収まって、プレゼント作戦を遂行していた。小はどうするんだろうかとぼくは考えた。うまくやらないと跳ね返ってビショビショに濡れるだろうなと想像して笑ってしまった。そのうちに松橋は車内でごそごそうごめき始めた。すぐに外に出て、引き上げようぜと手招きした。

ぼくが戻っていくと、松橋は屈託のない笑顔を向けて、

「さっさとずらかろうぜ、クククク」

と笑いを噛み殺した。

「出たのかよ?」

松橋のうれしそうな笑顔に釣られて笑いながら訊いた。

「ああ。ホカホカの、ものすげえ臭《にお》いのあったかいプレゼントがな、ククク」

「フフフ、小が跳ね返って濡れただろうが」

「そうなるだろうと思って、車に入る前に外で済ませたよ、ククク」

「プレゼントは目につくところに置いてきたのか、フフフ」

「いや、木っ端の上に載せて、運転座席の下に潜り込ませてきたよ、ククク。それと、アクセルとブレーキとクラッチペダルに、こってりと塗りつけてきた。ククククク」

何だか臭ってきそうな気分になって、思わず鼻を鳴らしてしまった。

ぼくたちは空き地から少し離れた場所に移動して、大きな看板の陰でユタカたち四人がラーメン屋から出てくるのを待った。

待っている間も、やつらが出てきてからも、笑いを噛み殺すのに必死だった。

やつらは車に乗り込むと、空き地から勢いよく通りに出た。少し走ってテールランプが点灯してスピードがゆるんだ。と思ったらいきなり急発進し、今度は急ブレーキがかかった。プレゼントがこってりとついているペダルに、踏みつけた足が滑ったみたいだった。

やっとという感じで車が停車すると、すぐに中の四人が外に飛び出し、車から遠ざかった。みんな鼻をつまんだり押さえたりしていた。

運転席から飛び出したユタカのやつが、しきりに足をバタつかせた。

9

「じゃあな」

松橋は子供のような屈託のない笑顔でいった。

ぼくたちは裏道をオートバイの所まで引き返していた。いまにも身をよじって哄笑《こうしょう》しそうになるのを必死にこらえて後ずさりし、角を曲がってからひとしきり大笑いしたあとだった。松橋のやつなんかに天真爛漫《てんしんらんまん》な笑顔を向けられるなんて思ってもみなかったので、どう反応していいか戸惑ってしまい、曖昧に笑って見返した。ぼくが黙っていたので松橋は続けた。

「あいつらに捕まらないようにしろよ」

「ああ。お前もな。今度は助けねえぞ」

「誰がお前なんかに助けてもらうかい」

「街をうろつくなら一人じゃない方がいいぞ」

「ふん。あいつら、車洗うのに忙しいから、しばらくは街をうろつかねえだろう」

「じゃあな」

「俺たちは貸し借りなしってことだよな？」

松橋はいつものニヒルな笑い顔になっていった。

「まあな」

「じゃあな」

と松橋はもう一度いった。今度はそっけない口調だった。

「おう。じゃあな」

松橋はズボンのポケットに両手を突っ込んだ。それからククと思い出し笑いを漏らし、そのままスタスタといってしまった。去っていく松橋の後ろ姿からは、警察官というイメージがわいてこなかった。取り締まる側の人間よりは取り締まられる側の人間にしか見えなかった。どんな警察官になるんだろうと少し想像してみた。やはりイメージはわいてこなかった。

松橋がいってしまうと、なぜかポツンと取り残されて独りぼっちになった気分がした。何だか突然空《うつ》ろになった気分だった。相変わらず雲が足早に流れ、忙しく陽が照ったり陰ったりした。太陽は少し低くなって西に傾きつつあった。表通りの国道4号線沿いの商店街の方から、女の演歌の歌声が風に乗って大きくなったり小さくなったりして流れてきた。その切ない声とメロディーのせいかもしれなかった。

オートバイにまたがり、どこへいくともなく走り始めた。

三沢市にいくのはまだ少し早すぎた。バスケットボールの試合まではまだ少し時間があった。どうしようかと思案していて、そうだ前山《まえやま》さんの所にいってみようと閃《ひらめ》いた。

前山さんは同じクラスだった。一年先輩だったのだが、三年のときに落第して卒業できずにぼくたちのクラスにやってきた。前山さんがどうして落第してしまったのか不思議でしょうがなかった。化学と物理の単位が足りなかったということだったが、勉強が苦手というタイプには見えなかった。それどころか、運動は苦手だけれど勉強ならまかせておけ、というタイプの典型のような人だった。物静かで、休み時間はいつも一人で電気関係の専門書を読んでいた。少しして、この人は好きなことだけにしか一生懸命になれない人なのだな、ということが分かった。好きな電気関係のことにはやたらと詳しいけれど、興味のないことにはまるで無関心だった。だから電気関係の授業以外はまるで上の空で、その中でも興味のない化学と物理の単位をものにできなかったのだ。

電気科のぼくたちは、電気関係にやたらと詳しい前山さんのことを、同級生になったとはいえ畏敬《いけい》の念を込めてさんづけで呼んでいた。何となく気が合って、たまに前山さんの家に遊びにいったりしていた。前山さんの部屋はまるで電気器具の修理工場だった。工具や計測器機、部品、修理中のテレビやラジオ、ステレオ、台所電化用品が所狭しと並べられていた。落第する前の同級生の一人が市内の大きな電機屋に就職し、前山さんに修理を頼んで故障した家庭用電化用品を置いていくからだった。

前山さんは卒業しても就職はせず、こうした修理の仕事を自宅でやっていくことにした。修理の仕事をしながら好きな電気の勉強を独学で続けていくことにしたのだ。そういう仕事の仕方もあるんだなと妙に感心し、就職しないで我が道をいく前山さんにますます畏敬の念を強くした。

前山さんは一人、家族と離れて祖父母の家で生活していた。修理のアルバイトが忙しくなったので広い部屋が必要になり、大きな部屋が空いている祖父母の家に仕事場を移してしまい、そのまま寝起きを共にするようになった。夏休み中のことだったので引っ越しを手伝ってやった。リヤカーで何往復もした。前山さんはお礼だといって、自分で組み立てた小さなラジオをくれた。オレンジ色に発光する真空管が剝き出しのラジオで、シンプルでなかなか洒落《しゃれ》たものだった。

「これ、本当に前山さんが作ったの？」

とぼくは感心して訊ねた。

「そうだよ。たいしたものじゃなくて悪いけどさ。邪魔にならないなら受け取ってよ、気持ちだから」

前山さんは柔和な笑いをこぼした。

「すごいなあ。よく作れるなあ」

「たいしたことないよ。仕組みを覚えれば誰でも作れるよ。それにわざわざ部品を買った訳じゃないんだ。その辺に転がってる部品を適当にくっつけて作ったんだ」

「前山さん、これ売れるよ。どんどん作って売り出せば？」

「同じものをいっぱい作るのは好きじゃないんだ」

少し困ったように笑う前山さんだった。

卒業式のときに、

「何だか仕事が立て込んでさ、当分部屋から出られないんだ。電機屋がさ、俺が学生じゃなくなるから遠慮なしに仕事を出せるという感じで、どさっと修理を持ってきてさ。まあ、仕事だからしょうがないけどさ」

と大人びた口調でいって苦笑いしていたので、いまも部屋に籠《こ》もって仕事に精を出しているはずだった。

裏道を真っ直ぐに南下して国道45号線を右折した。街の中心を貫いて走る国道4号線を突っ切り、南小学校方面へとオートバイを走らせた。

前山さんの祖父母の家は南小学校の西側にあった。防風林が東西に一直線に並んでいて、八甲田山からの強烈な西風を受けないように防風林の東側の際に建てられた古い木造の平屋だった。前山さんの部屋は南西の角に突き出た部屋だった。十畳はあろうかという広い部屋で、その部屋だけが他よりはちょっとだけ新しかった。元々あった家に付け足したという感じだった。

南側の広い前庭に入ると、前山さんの部屋の前にホンダの黒いCBが止まっていた。電機屋のオートバイじゃないかと思った。修理が終わった何かを引き取りにきたのか修理する何かを持ってきたのだろう、と思いながらガラス張りの引き戸越しに部屋を覗き見た。

修理工場と化している雑然とした部屋の中に前山さんとベラマッチャがいて、二人はコタツに入って向かい合わせに座り、ニヤニヤ笑ってこっちを見ていた。向こうの方が先に気づいていたようだった。ぼくはガラス張りの引き戸を開けた。

「やあ。入ってよ」

と前山さんがいった。黄色い大きな花柄の派手な綿入れ半纏を羽織っていた。

「よう。何だ、お前もきたのか」

ベラマッチャは何だかバツが悪いというように顔を真っ赤にして照れ笑いをした。明るい紫色の新品らしいカーディガンを着ていた。坊主頭の赤ら顔にはまるで似合わないカーディガンだった。

「お前が前山さんとこにいるなんて珍しいじゃないか。何か修理を頼みにきたのかよ」

ベラマッチャに声をかけて部屋に上がり込み、コタツに入った。

「いや、ちょっとさっき、前山さんとばったり街で会ったんだよ。それで誘われてよ、俺はめでたく大学に進学するし、東京にいく用意もしなくちゃでいろいろ忙しかったけど、まあ、前山さんの誘いだからついてきたんだよ」

とベラマッチャはいつものいい訳がましい口調でいってにやけた。

ベラマッチャは坂松《さかまつ》という名前なのだが、軽薄なやつでベラベラとトンチンカンでいいかげんなことをいってはみんなに馬鹿にされ、すると今度はいい訳がましくまたベラベラしゃべり始め、それでまたまたみんなに馬鹿にされ、ベラベラしゃべって目茶苦茶なのでベラマッチャと命名されてしまった。

ぼくと同じ正真正銘の非優等生その他大勢こっち側グループの一人なのだが、それでもれっきとした生徒会長だった。

生徒会長というのは大体が勉強ができる頭のいいやつで、真面目で、そのことを認められてなるものだった。当然三年生になったときにもそういうやつが先生たちに推薦される形で立候補した。薄衣《うすぎ》というやつでこいつは学年で一番勉強のできるやつではあったものの、しかしいやらしい偽善者ではなかった。

「俺は勉強ができる。なぜならばガキの頃から真面目に勉強してきたし、いまもしているからだ。お前らは勉強しないからできないだけなんだ。頭が悪いんじゃない。ガキの頃から勉強しなかったしいまもしていないからだ」

とごもっともなことをはっきりきっぱりというやつだった。

勉強が好きか嫌いかということもあるんじゃないか、と薄衣に議論をふっかけてみようとしたこともあったけど、嫌いなら何で高校に進学したんだッ、と直球一直線的詰問でバシバシ責められそうで、そうなると面倒くさいことになりそうだなとバッターボックスに立つのをあきらめた。

薄衣の他に立候補したのは自由共産党の戸川文生だけだった。まあ、薄衣のやつが生徒会長で決まりだよなあ、と誰もが納得しかけたそのとき、

「あー、君たちね、せっかくの選挙という催し物をするんだから、どうせやるなら面白おかしくやらないかね?」

と伝法寺のやつが教室の中のその他大勢こっち側グループの一団に提案したのだった。

「勉強ができるやつとか真面目なやつだけが立候補しちゃったら面白くないでしょうが。アホなやつが立候補してこそ、全校生徒参加の実りある選挙になるというものではないかね。そうしないと俺たちが楽しめないではないか」

要するに、俺たちアホグループも選挙に参加して楽しみましょう、と何とも面白そうで無謀な提案をしたのだった。

そこで白羽の矢が立ったのがベラマッチャこと坂松だった。口からでまかせにアホなことをいうのはこの男をおいて他にはいない。こいつに演説会でしゃべらせて大いに笑おうというだけの、いわばレクリエーション用候補だったのだ。応援演説はもちろん伝法寺が務めた。

ベラマッチャは体育館での演説会で、

「諸君！　我々若者はいま、世界の東西冷戦、日本の赤線問題、この問題を真剣に考えなければならない。あー、そこで、私が生徒会長となった暁には、えー、二時間目と三時間目の休み時間を十五分間として、おやつタイムを設けることを学校に提案したい。早弁でコソコソ弁当食うのは、よく噛まないで飲み込むので身体によくない。将来ある我等は、健康のためにもおやつなり早弁をゆっくりと堂々と食わなければならないのであります。次に、月一回は先生方と鍋《なべ》を囲んで大いに語ろう会を催したい。先生たちのいいたいこと、俺たちのいいたいことをもっとお互いに分かる必要があるのではないか。あー、それから、八戸か青森の女子校と、年に三回は懇親会を開催したい。懇親って分かるか？　ねんごろに親しむ、ってんだぞ。ねんごろってのがいいだろう？」

とアホな公約を延々とベラベラしゃべり立ててヤンヤの喝采《かっさい》を浴び、伝法寺は、

「私が坂松君を推薦するのは彼がアホだからであります。踊るアホウに見るアホウ、♪あ、同じアホなら踊らにゃソンソン、というではないか、関係ないけど。あー、いいたいことはだな、つまり、安心してまかせておけない、というのが坂松君の生徒会長としての大きな力なのであります。まかせておけないから、俺たち一人一人があれやこれや真剣に考えなければならないということであります。みんなが生徒会に参加できるという意識が持てるということであります。すなわち、全校生徒のためになるということ

である。これ以上の全校生徒のためになる生徒会長がおりますでしょうか？　それにだ、アホが生徒会長になったらきっと毎日が笑いの連続で面白いじゃないか。先生たちもアホの生徒会長に困った困ったと手を焼くだろうしよ。それを見るだけでも面白いではないか。せっかく生きているんだからよ、毎日を楽しまなくちゃ御天道様《おてんとさま》に申し訳ないだろ？　え？　君たち」

と訳の分からない応援演説をぶちかまして先生たちを唖然とさせ、ぶっちぎりの大差で勉強の薄衣と真面目の自由共産党の戸川文生を破って当選してしまったのだった。

しかしながら、公約はひとつとして守られなかった。生徒会長に当選したとたんに、ベラマッチャは真面目な良い子に化けてしまったのだった。根がアホなこっち側の人間が、一生懸命真面目で良い子を演じている姿はトンチンカンで滑稽であり、それはそれで伝法寺のいうように確かに面白かった。

「前山さん、ベラマッチャのやつを何に誘ったの？」

と前山さんにきいた。

「街で会ったらさ、坂松君がこれから何するんだってきくから、家に帰って空気銃で雀撃つっていったら、俺にもやらせろってついてきちゃったんだよ」

と前山さんは笑顔を消さずにいった。

「何だ、誘ったんじゃなくて勝手についてきただけじゃないかよ」

ぼくはベラマッチャを見やって笑った。

「そうじゃないって。空気銃で雀撃つっていったとき、お前も一緒にどう？　って表情したんだよ前山さんが。ねえ？」

「そうかな」

前山さんはにこやかに笑っていった。

「そうだよ。絶対にそうだったって。そうじゃなければ俺はのこのこついてこなかったよ。大学にいくんでいろいろ忙しいんだからさ」

「ところでよ、俺、ききたいことがあったんだ」

とぼくはベラマッチャを見据えていった。

「何だよ？」

「お前、何かやりたいことがあって大学いくんだよな？　何やりたいんだ？」

「いや、それはさ、ほら、俺って生徒会長だからさ、生徒会長は大学にいかなきゃいけないからさ、それでいくことにしたんだよ、大学。当たり前のことだろう、そんなことは。何いってんだよお前は」

「あ、そうか。生徒会長だからいくことにしたのか」

「ああ。やっぱりなあ、学校としてもまずいんだよ、生徒会長が大学いかないっていうのは」

「そうか？」

「そうに決まってるじゃないか。先生たちもそんな顔つきしてたしさ。だから大学にいきたいんだけどっていったとき、先生たちほっとして笑ってたんだぞ。いや本当だぞ」

とベラマッチャは少し意気込んでいった。

それは苦笑いじゃなかったのか、といおうとしてやめた。

「そうか、それも大変なことだな」

と真面目な調子でいってやった。

「そうだぞ、お前。工業のために大学にいくんだからな」

「そうか。俺はまた、何かをさ、ヨシッ、やるぞ！　って一念発起《いちねんほっき》して、それで勉強したくて大学いくのかと思っていたんだ。昨日までの俺とは違うんだぞって感じでさ」

「まあ、これからそれは考えるよ。何しろ学校や先生のためのことしか考えられなかったからなあ。ああ。生徒会長なんかになるもんじゃねえぞ。自分のことより周りのみんなのことをまず考えなくちゃならねえからなあ。それってけっこう大変なことなんだぞ。すごいことなんだぞ」

ベラマッチャはまた意気込んでいうのだった。

「ところでさ、もう空気銃で雀撃ちにいってきたの？」

と前山さんを見た。

「いや、まだだよ。ちょっと寒かったんで、少し身体をあっためようってことにしたんだよ。手がかじかんでちゃ狙いが定まらないからねえ。でも、どう坂松君、もうあったまった？」

と前山さんはいった。

「うん。そろそろいこうか」

ベラマッチャは目を輝かせた。

「空気銃って、前山さんが持ってるの？」

「俺の兄貴のやつだよ。借りたんだよ」

前山さんは傍らに転がしてある空気銃を手に取っていった。

「免許っていうか、許可証みたいなのいるんだよね。持ってるの、前山さん」

「空気銃の許可証も兄貴から借りてきたから大丈夫だよ」

「俺たちが撃ってもいいの？」

「いいんじゃないの？　許可証はあるんだしね。だけどちょっと問題があってさ、勢いがないんだよ、この空気銃」

「勢いって？」

「弾の出がさ、弱々しいんだよね。古いやつだからガタがきてるんだよ。どっか空気漏れしてんだね、きっと。それで弾がさ、飛んでいくのが見えるんだよ。だから遠くから狙ってもだめなんだよね。なかなか当たらないし、当たってもさ、弾が中に入っていかなくてはね返されるの。雀はびっくりするだけで元気よく飛んで逃げていってしまうんだ、ハハハ」

　前山さんは鷹揚に構えて笑うのだった。

「まさか？」

「いや本当なんだよ」

「じゃあ雀仕留められないじゃないかよ」

　とベラマッチャが鋭く突っ込んだ。

「ものすごく近づけば仕留められるよ。逃げられないように近づくのが難しいんだ」

「仕留めた雀はどうすんの？」

「焼き鳥にして食べるんだよ。おいしいよ。祖父《じい》さんと祖母《ばあ》さんが好きなんだよ。君たちは食べたことある？」

「俺はないな」

　とベラマッチャは首を振った。

「俺はあるよ。小学生の頃だけどな。伯父さんが空気銃で雀いっぱい仕留めてきて、それを貰《もら》って焼いて食ったことがある」

　とぼくはいった。

「おいしかったでしょう？」

「どんな味だったか、もう忘れてしまったよ。ガキの頃に食ったきりだもんなあ」

「こんがり焼いてさ、醬油つけてね、それで山椒《さんしょう》とか唐がらし振って食べるんだよ。カリカリしていい味がするんだ。ちょっと小骨があるけど、おいしいよ」

「とにかくいってみようじゃないか。俺、空気銃撃ったことないしさ、一回撃ってみたかったんだ」

　ベラマッチャは待ちきれないというように勢い込んで立ち上がった。


　ぼくたちは前山さんの部屋を出た。

　前山さんが空気銃を持ち、ぼくとベラマッチャはジャンパーのポケットに手を突っ込んで並んで歩いた。空気銃は銃身が長く、あまり手入れされていないような古ぼけた感じがした。

「沢木君、それ、どうしたの？」

　と前山さんがいった。

「何が？」

「部屋にいるときは薄暗くてよく分からなかったけど、顔、細かい傷が何本も走ってるじゃない」

「そんなに目立つ?」

「ヤヤッ、本当だ。何だよその傷は」

ベラマッチャが大袈裟《おおげさ》に目を剥いた。ベラマッチャはどんな小さなことでも大袈裟に目を剥いて驚いてみせる。

「そんなに目立つという訳じゃないけど、でもどうしたのかなって思えるぐらいに目立つよね」

と前山さんはいった。

「オートバイで山道走っていたら、藪みたいな所で知らないうちに切ってしまっていたんだよ」

ぼくはいった。ヒリヒリ感はもう治まっていたが、意識してしまうと何となく痛痒く思えてきた。

「ナニナニナニッ、山道だってえ? 何だってそんな所走っていたんだよ。何か大事件でもあったのかッ」

「ただ走っていただけだよ。前山さん、どこまでいくの?」

「その辺でもいいんだ。雀がいればね。どこでもいいんだ」

「こっち側、陽が陰っているから見つけにくくない? 向こう側の方が明るくて見つけやすいんじゃないかなあ」

「そうだね。向こう側の方がいいだろうね」

「だめだよお前ら。こっち側の方がいいに決まってるじゃないか。見つけにくいということは、雀の方も俺たちを見つけにくいということだろうが。ということは近くまで近づけるということで、仕留められる確率も高くなるということじゃないか。何いってんだよお前らは」

　とベラマッチャは眉を吊《つ》り上げていった。

「いなけりゃ近づくも何もないだろうが。こっち側は陽が当たらなくて寒いからいないんだよ。向こう側の陽当たりのいい方がいそうじゃないかよ」

「違うってば。馬鹿だなお前は」

「馬鹿はお前だろうが」

「俺が馬鹿な訳ないじゃないか。俺は生徒会長だったんだぞ」

「最高で最低のな」

「最高で最低って、どういうことだ？　最高にいいやつで、悪いところは最低にないってことか？」

「最高に面白いけど最低の能なし生徒会長だったってことだよ」

「ハハハハ」

　それまで黙っていた前山さんが笑った。

「なッ、お、お前、そ、そりゃどういうことだよ?」

ベラマッチャは目を剝いて顔色を変えた。

「馬鹿だってことだよ」

「バ、バッカヤロー、馬鹿で生徒会長ができるかよ」

「いいじゃないかよ。馬鹿で生徒会長になったのは世界の歴史上初めてのことなんだからよ。快挙だよ。すごいことなんだぞ」

「そうか? だけどお前、馬鹿はないだろう馬鹿は」

「馬鹿だなお前は。普通の生徒会長は掃いて捨てるほどいるけど、お前は世界でたった一人の貴重な存在じゃないか。全世界の馬鹿の希望だ、夢だ、太陽だ」

いっているうちに馬鹿らしくなってきた。やけくそになって続けた。

「ヒーローだ、スターだ、開拓者だ、ジャンヌ・ダルクだ、社長だ、会長だ、総理大臣だ、大統領だあ」

「そ、そうかあ?」

「まだまだ。皇帝だ、王様だ、王子様だ、お妃様《きさきさま》だ、女王様だ、神様、仏様だあ。どうだ、参ったか」

「いやいや、そういわれると照れくさいじゃないかよ。それほどでもないけどよ。だけど仏様はないだろう、仏様は」

ベラマッチャはまんざらでもないという笑顔を見せた。

アホな会話をしているぼくたちにはかまわず、前山さんは軽い足どりでスタスタと歩いていった。防風林を横切る小道を西側に曲がって見えなくなった。ぼくとベラマッチャは急ぎ足で前山さんのあとを追った。防風林の西側に抜けると陽が差し込んでいて暖かく感じられた。防風林の西側はまだ田起こしの始まっていない寒々とした田んぼが広がっていた。

雲が足早に流れ続けていた。それでも風はまだ下りてはこなかった。西から東に流れる雲が小さくなっていて、遥《はる》か遠くに真っ白に雪をかぶった八甲田連峰のなだらかな山並みが見えた。

ぼくたちは雀を探して防風林の西側のへりを南下した。防風林の中にはまだ薄汚れた残雪があった。雀は見つからなかった。雀なんてどこでもいつでも見かけるのに、探すとなるとなかなか見つからなかった。

しばらくしてやっと遠くに二、三羽見つけたけれど、近づいていこうとしたらどこかに飛んでいってしまった。

「今日はなかなかいないねえ。白上《しらうえ》の方までいくといるかもしれないけど、どうする、いってみる?」

と前山さんはいった。

白上は奥入瀬川にほど近い地区で、養魚試験場を囲んで一帯が大きな森になっている。

「どうせいくなら、このまま防風林に沿っていってみようよ。雀、いるかもしれないじゃないか」

ぼくはいった。

「いや、いますぐいった方がいい。このままいったら遠回りになるじゃないか」

とベラマッチャはすぐさま反対した。

「シッ。静かにして」

前山さんが緊張した声を出した。

「オッ、きたきたッ、雀の群れだッ。こっちにくるぞッ。ほら、あそこだあそこッ」

ベラマッチャのやつが興奮して声をあげた。

「馬鹿、声出すな。前山さんはこっちくるの分かったから静かにしろっていったんだよ」

「シッ、シッ。動かないで。じっとして」

前山さんは左手でぼくたちを制した。

雀の群れは五十メートルほど先の防風林の中に消えた。前山さんは空気銃を折り曲げて空気を詰め込んだ。ポケットから空気銃の弾を取り出した。タコの足の吸盤のような形の弾だった。一度口に含んでから銃身に詰め、銃身を元の位置に戻した。

ぼくたちはそっと近づいていった。防風林の中の灌木の茂みに雀たちはいた。前山さんはゆっくりと慎重に間を詰めていった。ぼくとベラマッチャは前山さんの背中にくっつくようにして続いた。

雀たちは一休みという感じで、灌木の中に点在して羽を休めていた。前山さんは一番手前にいる雀に狙いを定めてジリジリと近づいた。雀に逃げられることなく七、八メートルの距離まで近づいて空気銃を構えた。

雀はせわしなく頭を動かして辺りを警戒していたが、まったく逃げる気配は見せなかった。雀にとって、ぼくたちはまだ危険区域まで足を踏み入れていないということだったのだろう。

前山さんが空気銃を撃った。

カフ、というまるで元気のない音を発した。何だか間抜けな音だった。飛び出した弾もまるで勢いがなかった。糸を引くような光跡が目に見えた。それでも弾は狙いを定めた雀を捉えた。と思った瞬間、雀が首を引っ込めた。弾は雀の頭があった空間を通過して消えた。雀は何事もなかったかのように毛繕いを始めた。雀の群れも空気銃の音に驚いて逃げるようなことはしなかった。雀を通過した弾は、すぐに勢いをなくして落下してしまった。

前山さんは、しょうがないな、というようなしぐさで頭を掻いた。

「ハハハハ、何だよその空気銃は？」

ベラマッチャが笑い出した。

ベラマッチャの笑い声に驚いて、雀たちがいっせいに飛び立った。

「いま雀のやつ、弾を避《よ》けて頭引っ込めたよな？」

とぼくも笑ってしまった。

「引っ込めた引っ込めた。完全に弾が見えてるって感じだったよ。雀に弾を避けられる空気銃なんてきいたことないぞ、ハハハハ」

「それに、普通空気銃撃ったら、音に驚いて雀は逃げるもんじゃないか？　あいつらまるで驚きもしなかったよな」

「前山さん、それぶっ壊れているよ。雀がひょいって頭を下げて弾を避けるぐらいに勢いないし、音もスカシッペみたいだしさ。ハハハハ」

「そうなんだよね。どっかで空気漏れしてるんじゃないかと思うんだけどさ」

と前山さんは苦笑した。

「絶対ぶっ壊れてるって。それじゃ雀なんか獲れないよ、ハハハハ」

ベラマッチャのやつは笑いが止まらなくなってしまった。

「でも時々、ちゃんと勢いよく弾が飛び出すんだよ。いつちゃんと飛び出すかは分かんないけどね」

「前山さん、それ修理に出した方がいいよ。それじゃ使い物にならないよ」

とぼくはいった。

「そうなんだよね。出そうとは思っているんだ」

「ハハハハ、笑い話だよ、雀に簡単に弾を避けられてしまう空気銃なんてよ、ハハハハ」

ベラマッチャは笑い続けた。

それから防風林沿いに歩き続けて白上の冬枯れの森に入った。防風林の途中と白上の森で、ぼくとベラマッチャが三回ずつ空気銃を撃った。雀がいなかったので、落ちている目立つゴミや残雪の固まり、木の幹を狙って撃った。空気銃は元気のない間の抜けた音しか出さず、弾もまるで勢いのないものだった。時々出るという、ちゃんと勢いのあるやつは一発も出なかった。弾はみんな外れて命中しなかった。こんな調子では雀は獲れそうもないと、ぼくたちは雀撃ちをあきらめて家路についた。白上の森を抜け、南中学校の通りに出て並んで歩いた。道は土の道で、ところどころに大小の水たまりができていた。陽が防風林に見え隠れしそうになっていて、八甲田山の方にだいぶ傾いていた。それでも風がないので、そう寒くはなかった。

雀が頭を下げて弾を避けた場面をベラマッチャが面白おかしくしゃべり続け、ぼくたちは笑いながら歩いた。

背後からオートバイのエンジン音が迫り、ぼくたちを追い越していった。ヘルメットをかぶった制服警察官だった。じっとこっちを見ていた。その視線は前山さんが持っている空気銃に注がれていた。陰険な目つきで何だか嫌な気分がした。

警察官はすぐにオートバイをUターンさせて戻ってきた。

「おい、お前たち、どこの高校だ？」

と警察官はいった。年配の警察官だった。

「工業だけど、三日前に卒業しました」

と前山さんがいった。

「工業か。その空気銃は誰のだ？」

「俺のですよ」

と前山さんはいった。

「俺のって、お前歳《とし》いくつだ？」

「二十歳です」

「二十歳？　三日前に卒業したっていうのに二十歳か？」

「いや、この人は一年落第したんですよ」

ベラマッチャが機嫌をとるように、とりつくろった笑いを警察官に向けた。

「それでも歳が合わないじゃないか」

「一年、三本木《さんぼんぎ》高校に入っていたんです。それで工業に入り直したから」

と前山さんはいった。

「ふうん。空気銃の許可証は持ってるか？」

「ええ。これです」

前山さんはポケットからたたんだ紙切れを取り出して警察官に渡した。

「ふうん、前山っていうのか」

「ええ、そうです」

「ん？　歳が違うんじゃないか？　二十歳だっていったよな」

「ええ」

「それじゃ、この前山博之《ひろゆき》っていうのはお前じゃないのか？」

警察官は少したるんだ目尻《めじり》を吊り上げて、鋭い視線を前山さんに投げつけた。

「それは俺の兄貴ですよ」

「あーん？　するとその空気銃はお前の持ち物じゃないということになるじゃないか」

「俺のですよ。兄貴が貸してくれて、俺が持ってるんです」

と前山さんはいった。

「だから、それはお前のものじゃないということなんだよ。どれ、その空気銃よこせ」

警察官はごつい手を差し出して前山さんから空気銃を受け取った。ためつすがめつな

がめてから、

「ふうむ、手入れが悪いな」

といった。

「そうなんですよ。分解点検に出そうと思っているんですよ。どこかが壊れていて弾がちゃんと発射されないんですよ。空気漏れしてるみたいなんですけどね」

前山さんはそういって、返してくれというように警察官の持っている空気銃に手を伸ばした。

「こらこらこら、何するんだ。触るな。この銃は取り上げるぞ」

警察官は空気銃を小脇に抱えた。

「え？　どうしてですか？」

と前山さんはあっけらかんときいた。

「どうしてもこうしてもあるか。他人の空気銃を持ち歩くのは禁止されているんだぞ」

「兄貴のものでもですか？」

「兄貴だろうが誰だろうが、許可証を持っている人以外に貸してはいけないことになっているんだよ。お前たちのしていることは法律違反なんだぞ。銃は警察で預かっておく。いま預かっているという証明書を書くから。それとこの許可証の当人が警察に出頭するようにという連絡書も書くから、ちゃんと渡しておけ。分かったな」

「はあ」

前山さんはぼんやりと返事した。

警察官はオートバイの荷台にくくりつけられてあるボックスを開けて用紙を探し出し、ボックスの蓋の上で何やら書き始めた。ぼくたちは無言で突っ立ったまま、警察官がすることを見ていた。警察官は書き終えると、二枚の用紙を前山さんに渡した。

「いついつまでに出頭しろと書いてあるから、そのときまでに出頭するようにと兄貴に伝えておけ。で、お前たち、空気銃撃ってみたのか？」

警察官はぼくたちを見回した。

「ええ。だから故障していてうまく弾が飛ばなかったんですよ。修理に出さなきゃだめですね、その空気銃」

と前山さんはいった。悪びれた様子はまるでなかった。

「そういうことじゃない。お前たちのしていることは犯罪なんだぞ。そっちの二人も撃ったのか？」

と警察官はぼくとベラマッチャを交互に見ていった。

ベラマッチャのやつは顔を真っ赤にして、困ったような、お愛想のような、照れたような、複雑な笑いを作った。

「どうなんだ？　撃ったのか？」

「はあ、撃ちました」

ぼくはいった。

「そっちは?」

と警察官はベラマッチャにいった。

「いや、俺は、撃ってみろっていうから、ちゃんと証明書もあるから大丈夫だっていうから、そんな、犯罪になるなんて知らなかったし、だから、何にも知らなくて、大丈夫だっていわなけりゃ撃たなかったし」

ベラマッチャはベラベラとしゃべり始めて逃げをうった。

「撃ったのか撃たないのかどっちだ。撃ったんだな」

と警察官は顔をしかめた。

「いや、だから、撃ってみろっていわれて、俺は撃つ気はそんなになかったけど」

「分かった分かった。一人ずつ名前と住所をいえ」

と警察官は手帳を取り出しながらいった。

「え、何で?」

ベラマッチャは目を剥いて呆気にとられた表情を作った。

「あとで警察に出頭しなければならないことになるかもしれないからだ。お前たちのやったことは法律違反なんだぞ。いいから名前と住所」

ぼくたちは名前と住所をいった。警察官が手帳に書き留めた。手帳をポケットにしまいながら、

「あとで呼び出しがあるかもしれないから、そのときはちゃんと出頭するんだぞ。分かったな」

といって警察官は空気銃を荷台のボックスの上に縛りつけた。それから、

「ちゃんと兄貴にさっきの用紙を渡すんだぞ」

と前山さんにいい、前山さんがうなずくのを見とどけるとオートバイを発車させていってしまった。

「どうするよ、おい。大変なことになってしまったじゃないかよ」

ベラマッチャは目をひん剝いて喚いた。真っ赤だった顔が蒼白《そうはく》になっていた。心底心配しているようだった。

「どうするって、いまさら仕方ないだろう。どうもこうもできないだろうが」

「仕方ないって、馬鹿いうなってば。犯罪者になってしまったんだぞ」

「だからって、いまさらジタバタしたってしょうがないだろうが」

「何いってんだ。しょうがなくないぞ。犯罪者なんだぞ。卒業取り消しになるかもしれないじゃないか」

「何でだよ。もう卒業したんだから学校は関係ないじゃないか」

「馬鹿だな、そんなの分からないじゃないか。犯罪者になったから卒業取り消しにするってことになるかもしれないじゃないか。そうなったらどうするんだよ。俺は大学にいけなくなるじゃないかよ」

「大袈裟すぎるんだよ、お前は。その辺で空気銃撃ったぐらいでそんな大袈裟なことになるかよ。人を撃ったというならどうか分からないけどよ」

「お前、そんな呑気《のんき》なこといってられないぞ。お前の就職取り消しってことになるかもしれないし、俺の大学入学取り消しってことになるかもしれないいんだぞ」

ベラマッチャはほとんど目の玉が飛び出すぐらいに目をひん剝いていった。

「大丈夫だよ」

と前山さんがいった。「警察で俺が全部悪いっていうから、心配しなくていいよ」

「いや、それはそういってもらわなくちゃ。当たり前だよ。そうだけどさ、俺が撃ったってことは事実なんだし、これはちゃんと先生にいっておいた方がいいよな？」

ベラマッチャは一転して顔を強張《こわば》らせ、心細そうな表情でぼくと前山さんを見た。

「どうして先生にいわなくちゃならないの？　もう卒業したんだから、先生は関係ないと思うよ」

前山さんは微笑していった。

「いや、だから、先生にいっておけば何とかしてくれるはずだよ。生徒会長が犯罪者になっちゃ学校も困ることだしよ」

「先生にすがって助けてもらおうっていうの?」

前山さんは苦笑しながらいった。

「いや、助けてもらおうっていうか、学校としても困るじゃない、何も知らなくて、事件になって騒ぎになったらさ。一応話しておいて、それで先生の意見をきいて、どうした方がいいか考えればいいじゃない。俺たちがあれこれ心配しなくても、学校で何とかしてくれるということになるかもしれないしよ」

「沢木君はどうする?」

「卒業したんだから、もう学校は関係ないんじゃないかな。俺は相談する気はないな」

「坂松君だけいってみてよ。俺が全部悪いって先生にいっていいから」

「先生って、誰に相談するつもりなんだよ?」

とぼくはベラマッチャにきいた。

「そりゃあ、やっぱり佐藤《さとう》先生がいいよなあ、生徒会の顧問なんだからよ」

とベラマッチャはいった。

「とにかく俺はいかないから。仕事もしなくちゃならないし」

前山さんはいった。

「前山さん、あの先生面白いからちょっといってみようよ」

とぼくはいった。

「本気なの、沢木君？」

「うん。今回の空気銃のことなんかはどうでもいいけど、佐藤先生のとこに遊びにいってみたかったんだよ。絵を見たいっていったら、いつでも下宿に遊びにこいよっていってくれてたんだよ。いっぱい描いてあるらしいんだ」

「ああ、あの先生前衛芸術やってるもんねえ。沢木君も絵を描くのが好きだもんねえ。うん、あの先生、面白いよね。楽しいってのは好きなことをやることだっていうし、どうせやらなきゃならないなら楽しくやろうっていうのが口癖だよね」

「いってみようよ。三年生の授業がなくなると暇だから、下宿で絵を描いているっていってたから、きっと下宿にいるよ」

「うん。遊びにいくっていうのならいってもいいよ」

前山さんはニッコリと笑っていった。

「いいぞ。じゃあいこう。とにかく、何でもいいけど三人でいかなきゃいけないことなんだしさ」

ベラマッチャはほっとしたように表情を和《なご》ませた。

ぼくたちは街へと向かって歩き出した。

10

佐藤先生の下宿は街の北東側にあった。

田んぼが広がる地域の中にぽつぽつと建っている二階屋のひとつで、モルタル造りの比較的新しい家だった。玄関先に佐藤先生が学校に乗ってくる、内装三段式のしゃれた自転車が置いてあった。自転車があるということは、どうやら部屋にいるみたいだった。佐藤先生の移動手段はほとんどこの自転車だったからだ。

佐藤先生はぼくたちが工業に入学した同じ年に新任の先生として学校にやってきた。大学を卒業したての若い先生だった。電子工学を教えていた。一年前に市内のデパートでいきなり絵の個展を開いた。油絵だった。抽象画で何が何だかさっぱり分からなかった。

三年生の運動会のとき、ぼくが描いた巨大な応援の人物像を個性的だといって面白がってくれた。目と口と、それに筋肉を極端にデフォルメした威勢のいい絵だった。油絵を描いてみないかといってくれた。やる気があるなら油絵の描き方を教えてやるともいってくれた。ぼくは曖昧に笑って返事を濁した。やってみようかなと少し心が動きかけたけど、絵具や道具を揃えるのに大金が必要だったので無理だと思ってしまったのだった。

　ぼくたちはオートバイを玄関先に停めて降りた。前山さんはベラマッチャのオートバイの後ろに乗ってやってきた。ヘルメットをとった前山さんの顔を赤みを増した太陽が照らした。

　太陽は遥か遠くの八甲田山に傾いていた。なだらかな稜線《りょうせん》がくっきりと空に浮いていた。平べったい市街地の明暗もくっきりとしていた。光と影の対比が際立っていて、佐藤先生の描く抽象画のようだった。雨上がりなので空気が澄んできれいだった。

　佐藤先生の部屋は二階だった。窓のカーテンが開いていた。

「先生！」

　ベラマッチャは部屋を見上げ、手でメガホンを作っていった。

「先生！　いる？」

　窓が開いた。佐藤先生は丸刈りに髪を切ってさっぱりとした頭髪になっていた。

「おお、坂松君か。前山君に沢木君も一緒か。遊びにきたのか？」

「いや、まあ、そうだけど、ちょっと相談というか、話したいことがあって」

　ベラマッチャは照れ笑いみたいに笑いながらいった。

「まあいいからあがってこいよ。玄関入ってすぐの階段だからな」

ぼくたちはヘルメットを手にして少し急な階段を昇っていった。部屋に入っていくと、佐藤先生は画材を片づけていた。

部屋は暖かく、ラッカーのような絵具の匂いがプンと鼻を突いた。部屋は六畳間で、机がひとつとタンスがひとつあるだけだった。壁に立てかけてキャンバスがいっぱい並べてあった。小さいのも大きいのもあった。抽象画で何をどう描いているのかさっぱり分からなかった。平面的だったり立体的だったり、形があるようでないようで、とにかくよく分からない絵ばかりだった。イーゼルに描きかけなのか完成品なのか、真っ赤に絵具が塗ってあるだけのキャンバスが載っていた。小さな灯油ストーブの上で、赤いヤカンが湯気を立てていた。

「まあ適当に座ってよ。いまコーヒーを淹《い》れてやる。というか、コーヒーしかないんだ。インスタントだけどな。豆を切らしてしまってさ。だけど寒いから街まで買いにいくの面倒くさいんだ」

と佐藤先生は笑った。口の脇にエクボがふたつ現れた。

「髪切ったね、先生。なかなかかっこいいじゃない」

ベラマッチャはおべっか笑いを浮かべた。

「そうか？　生徒と見分けがつかないって冷やかされてるけどな」

佐藤先生はインスタントコーヒーをカップに入れながらいった。コーヒーカップはふたつだけで、あとは湯飲《ゆの》み茶碗《ちゃわん》とマグカップだった。

「先生、これはどう見るの？　どっちが上でどっちが下？」

　前山さんが赤と青の線が入り組んだ一枚の絵を指さしていった。興味津々という顔つきだった。

「どうでもいいんだ。見る人の好きにしていいんだよ。そのときの気分でどう見てもいいんだ。こう見てくれって決まりはないんだ」

「ふうん。これって、何を描いたの？」

と前山さんはきいた。太さの違う線がカーブを描いたり、直角に曲がったりして入り乱れ、まるでチンプンカンプンな絵だった。

「楽しい生活、って題だ。それは下絵でさ、ちゃんとしたやつは２００号ぐらいで描こうと思ってる」

「それってすごく大きいんじゃない？　だって鉄人だって28号なんだから、ものすごい大きさだよな」

　ベラマッチャはいった。真面目くさった口調だった。冗談をいっているようには見えなかった。

「ハハハハ、鉄人28号よりは小さいよ。この部屋よりちょっと大きいぐらいのもんだよ」

佐藤先生は笑った。ふたつのエクボが大きくなった。

「馬鹿かお前は。鉄人28号は名前じゃないか。大きさじゃないんだよ」

ぼくはいった。

「本当か？　あれってだんだん大きくなって28号って大きさになったんじゃなかったっけ？」

ベラマッチャはやっぱり真面目くさった顔だった。

「もういいよ。だいたい鉄人28号と比べる方がおかしいんだよ。で先生、何で『楽しい生活』って題なんだ？」

「楽しい気分で描いたから、だな。題なんてどうでもいいんだよ。ピッと感じる言葉をつけてやればいいんだよ。ほい、コーヒー。砂糖とクリームは好きなだけ入れて飲んでな」

佐藤先生はコーヒーが載った盆をぼくたちの前に置いた。ベラマッチャが真っ先に手を伸ばしてコーヒーカップを取った。ぼくはもうひとつのコーヒーカップを前山さんに勧めて湯飲み茶碗を手に取った。

「先生、この茶碗、お茶飲んだあと、ちゃんと洗っているんだろうな」

ぼくはいった。茶碗の飲み口が茶渋で黒ずんでいた。病的にきれい好きな母のせいで、知らず知らずのうちに汚れに対して神経質になっているような気がした。そんな気分になった自分に少し嫌悪した。

「汚いか？　大丈夫。ササッと洗っているから、まあ、死にはしないだろう」

佐藤先生は笑いながらいってマグカップのコーヒーを飲んだ。細かいことを気にしない佐藤先生がかっこよく思えた。

「で、坂松君、相談ってなんだ？」

佐藤先生は笑いながらベラマッチャにいった。

「相談っていうか、ちょっと困ったというか、どうしたらいいかというか」

とベラマッチャが空気銃事件のことをしゃべり始めた。先生は笑いながらきいていた。

何だか面白そうに笑いながらきいていた。

ベラマッチャが顛末《てんまつ》をしゃべり終えると、

「で、それがどうしたんだ？」

とエクボを作ったままあっさりといった。

ベラマッチャは、佐藤先生が少しも深刻な感じにならないので拍子抜けしたみたいだった。目をパチクリさせてからいった。

「いや、だって、生徒会長が逮捕されたら学校が困ると思って。だから、俺は学校のことを考えて、すぐに先生の方で警察に話をしたらどうかと思って」

「話すって、何を話すんだ？」

「いや、だから、生徒会長が逮捕されたら学校だって困るじゃない。騒ぎになっちゃうし、かっこ悪いし、だから逮捕しないようにって話をつけた方がいいんじゃない？」

「そのくらいで逮捕される訳ないよ。心配しなくていいって」

「だけどもしもってことがあるから、この事件がどういうふうになるのか、警察にきいて事前に手を打っておいた方がよくない？　そうじゃないと、逮捕ってことになったら大学の入学取り消しになってしまうかもしれないじゃない」

ベラマッチャは深刻な顔つきで食い下がった。

「そんなことで逮捕されたり、大学の入学を取り消されたりしないよ。事件をおこしたというならともかく、ただ空気銃を持っていたというだけじゃないか。それで雀を獲るために二、三発撃ったってだけだろう？　まあ、前山君のお兄さんが罰を受けるだけなんじゃないか。どういう罰かは分からんけど、厳重注意か、罰金か、免許取り消しぐらいのもんだろうな」

と佐藤先生はいった。

「とにかく」

と前山さんはいった。「呼び出しがあったら、俺が全部悪いっていうから、安心していいよ、坂松君」

「いや、そりゃあ、もちろんそういってもらわなきゃ困るけどさ。でないと、生徒会長の俺が逮捕なんかされたら、大学の入学も取り消しになるかもしれないし、学校も困る訳だしさ」

ベラマッチャは大学のことだけが心配のようだった。

「うーんと、坂松君は東京の大学だったよな?」

と佐藤先生は話題を変えるような口調でいった。

「まあ、一応そうだけど」

「俺も四月に東京にいくことにしたんだ。どっかでばったり会うかもしれないなあ」

「研修か何かで?」

ベラマッチャはいった。

「いや、東京に移り住むんだ。俺、先生をやめることにしたんだ」

と佐藤先生は笑って軽い調子でいい、そのままエクボを作り続けた。

「え、何で?」

ベラマッチャは目を丸くした。

「へー、仕事を変えるのか」

とぼくはいった。突然だったので少しびっくりさせられた。

「仕事を変えるというんじゃないんだ。先生をやめて絵を描こうということなんだ。だから先生が嫌になったということでもない。ただ、猛烈に絵を描きたくなったんだ。先生やってるとなかなか絵に没頭できないからなあ。それで先生やめることにしたんだよ」

　佐藤先生は何だかうれしそうにいって、ゆっくりした所作でコーヒーを飲んだ。

「もったいないよ、先生。収入が安定している公務員をやめるなんてさ。もったいないじゃない」

　とベラマッチャはいった。信じられないという顔つきだった。

「坂松君は収入が安定している職業が好きなんだな」

　佐藤先生はいった。

「そりゃそうだよ、そのために大学いくんだからさ」

「それもひとつの人生だよな。俺も先生になったのはそういう理由がひとつあったんだ。普通の会社員よりは時間がとれそうで絵と両立できると思ってさ。だけど絵が描きたくてしょうがなくなってさ、この際バリバリ描いてみようと決心したんだよ」

「先生の絵は売れてるんですか？」

　と前山さんがきいた。

「まだほとんど売れないなあ」

　佐藤先生は苦笑した。

「こういう絵は売れにくいんじゃないですか？」

前山さんは柔和な笑顔でずばりと切り込んだ。

「まあそうだなあ。具象画よりは売れないだろうな」

「絵を描いて生活できるんですか？」

「まあ、何とかなるんじゃないか」

「でもさ、先生、絵が売れるという保証はないよな」

とベラマッチャはいった。

「ないなあ」

「じゃ、どうやって食っていくんだよ。金がなきゃ生活できないじゃないかよ」

「生活は何とかなるよ」

「ということは、お金持ちなんですね、先生は」

と前山さんはいった。

「金持ちなんかじゃないよ。ちょっと蓄《たくわ》えがあるってだけだな。それだって働かなくてもしばらく暮らせるって金額じゃない」

「先生、じゃあ、どうやって生活するんだよ？　まず収入のことを考えなきゃ、絵もくそもないじゃない」

とベラマッチャが思いっ切り分別くさい顔つきを作った。生徒会長になってから、おちゃらけ顔には似合わない真面目くさったいい方をするようになった。

「そりゃあ少しは仕事をしなければならなくなるかもなあ。だけど、どこかの会社に入社するってことはしないよ」

「だって、会社に入らなければ安定した収入がないってことじゃない。ということは安定した生活できないってことじゃない。生活できないってことは絵も描けないってことになるんじゃない？　先生」

とベラマッチャはいった。

「金があれば絵を描けるってもんでもない。ないよりはいいだろうけどな。働くけれども絵を描く生活を中心に暮らしてみるってことだよ」

「分からないなあ」

とベラマッチャは首をひねった。

「アルバイトはするかもしれないということだよ。好きな絵を描くだけの生活だから、生活費はそんなにいらないだろうしな。好きなことをやるってのは楽しいから、つましい生活してたって苦痛じゃないからな」

「楽しく生きるってことですね」

前山さんはいった。

「そういうことだよ。楽しく生きるってことが一番。つまらなく生きたってしょうがないよ。俺は思い切り絵を描きたい。それが楽しく生きるってことなんだ」

「東京じゃなきゃダメなんですか？　絵を描くんだったらどこだって描けるじゃないですか」

「俺には東京のエネルギーが必要なんだ。そんな気分なんだ。東京って、好きなことを思い切りやるぞっていう力がわいてくるんだ。それに、好きなことをして暮らしてもいいっていう、そんな包容力があるんだよ」

「将来の不安はないの？　先生」

とベラマッチャはいった。どうにも理解できないという顔つきだった。

「まあ、それは個人の考え方だよなあ。俺はやりたいことをしていないという将来の方が不安なんだ。人それぞれだよ。君たちにはそれぞれの生き方がある。俺には俺の生き方がある。そういうことだよ」

「東京は誰でも好きなことをして生きているんですか？」

と前山さんはいった。

「どうかなあ。そういう人もいればそうじゃない人もいる。どこでも同じだよ。誰が何をやってようが関係ない、っていう気楽さは東京の方が田舎よりもあるかもしれないなあ。前山君は就職しないんだったよな」

「ええ。家で修理仕事をするんです。俺、一人でやってる方が好きだから」

「将来はどうするんだよ。ずっと修理の仕事を続けていくつもりなのか？」

とベラマッチャは前山さんにいった。

「いまはまだ分からないよ」

「どっか会社に入った方が絶対にいいよ。その方が安定するじゃないか」

ベラマッチャは何がどうあっても安定が第一みたいだった。

「前山君の両親はそれでもいいっていったんだろう？　就職しないで家で仕事をしてもいいって」

と佐藤先生はいった。

「ええ。っていうか、やっぱりうちの親はどっかに就職しろっていってたんですけどね。でも俺、夏ぐらいから修理で稼いでけっこう収入があったし、それで親たちもまあいいかということになったんですよ」

「まあ、それが好きならそれでいいと思うよ」

「進路指導で先生たちを納得させるのがけっこう面倒だったですけどね」

と前山さんは笑いながらいった。

「いいよなあ、先生も前山さんも好きなことができて」

ぼくの口から思わずポロリと言葉がこぼれてしまった。

「沢木君は就職だったな。どこに就職するんだったっけ？」

と佐藤先生はいった。

「まあ、一応、十和田の工務店だけど」

といったが、さっき就職を取り消されたばかりだとはいわなかった。何となくいい出しにくかった。

「そうか。沢木君なら肩を壊さなかったらプロ野球選手になれたかもしれないよなあ。でも肩を治してもう一回チャレンジしてみればいいじゃないか」

「はあ」

ぼくは曖昧に笑った。肩が治る希望は持てそうもなかった。

「俺は沢木君は絵を描いても才能があると思うなあ。絵もいろいろあって、挿絵《さしえ》だとか、イラストだとか、カットだとか、独特の個性があれば仕事はいくらでもあるんだよ。そっちの方に興味はないのかい?」

「絵は好きだけど、絵の世界ってよく分からないし」

好きだけれど夢中になれるという気はしなかった。

「じゃあ、俺、そろそろいかないと」

ぼくは立ち上がった。

前山さんとベラマッチャも立ち上がった。ベラマッチャは空気銃のことは本当に大丈夫だろうかと佐藤先生に二度も念を押した。佐藤先生は笑って心配しなくても大丈夫だと請けあった。

「じゃあ元気でな。お互い、新しい生活を楽しくやろうな」

と佐藤先生はエクボを作って手を差し伸べた。

ぼくたちは佐藤先生と握手して別れた。

11

佐藤先生の下宿を出ると、前山さんとベラマッチャに別れを告げて駅に向かった。そろそろ三沢市に向かった方がいい時間だった。

空はすっかり夕焼けに染まっていた。風が南向きに変わっていた。生ぬるい暖かな風だった。夕焼けに染まった雲が、北の方にゆっくりと流れていた。オレンジ色の太陽が八甲田山のなだらかな稜線に沈もうとしていた。

十和田観光電鉄の駅舎の駐輪場にオートバイを置いた。三沢までは電車でいこうと決めていた。夜になると道が凍って滑りやすく、危険だったからだ。

バスケットボールの試合のためのあれこれが入っている小さなバッグを持って、駅舎に入っていこうとした。色あせた古いモルタル造りの駅舎が、夕焼け空の赤みをおびていた。

駅舎の大きな引き戸に手をかけたとたん、いきなり背中から何本もの手が伸びてきて身体をつかまれ、身動きができなくなった。すぐに強制的に後ろを向かされた。

「探したぞ、この野郎ッ」

ユタカのやつがぼくの顎のあたりで目を吊り上げて吠えた。ぼくをつかんでいるのはユタカの手下たちだった。

「おい、沢木、やっぱりきたか」

今度はごつい手がぼくの腕をつかんだ。ものすごい力だった。びっくりした。何と坂崎熊夫だった。

「三沢にいくっていうから絶対駅にくると思って待っていたんだ。もう逃がさねえからな」

坂崎熊夫はニヤリと笑っていった。ユタカたちのことなんか眼中にないという感じだった。つかまれた腕が痛くてしびれた。

ユタカたちのグループと坂崎熊夫の出現はまったく予想外だった。ドッキリがダブルで現れたのでものすごくびっくりさせられた。

そうか、しまったしまった、俺を探しているやつがいたことを忘れていた、と激しく後悔してしまった。

もう少し慎重に動かなければならなかったんだよなあ、と自分に舌打ちしながらユタカと坂崎熊夫を交互に見た。

坂崎熊夫はニンマリとほくそ笑んだ。ユタカたちのことはまるで気にしている様子はなかった。ユタカのやつは戸惑いと怒りが入り交じった引き攣った顔を作って坂崎熊夫を睨みつけていた。ユタカの手下たちは不安げな顔で坂崎熊夫を注視している。坂崎熊夫を知っているという顔つきだった。ぼくをつかんでいるやつらの手から力が失《う》せていった。だから余計に、腕をむんずとわしづかみにしている坂崎熊夫の手の力が、ビリビリと痛いほどに感じられた。

「お前なあ、逃げ出すことはねえだろう。もう子供じゃねえんだからな、話はちゃんとするもんだぞ。なあ。まあいいからちょっと座ろう」

坂崎熊夫はぼくの腕をぐいと引っ張って待合室の長椅子に座らせようとした。

「ちょっと待てよ、おっさん。こっちが先だ。用事があるんだよ」

とユタカは坂崎熊夫を睨みつけた。威勢は消えて精一杯虚勢を張っているという感じだった。

「用事だあ？　お前、こいつらと用事があるのか？」

坂崎熊夫はぼくを見た。

「いや、俺はないけど」

ぼくはいった。実際、こっちからの用事はないのだ。

「ふざけるな。お前にはなくてもこっちにはあるんだよ」

ユタカはずいと顔を近づけた。目がヒクヒク引き攣っていた。

「何の用事だ、いってみろ。ああ？」

坂崎熊夫がいった。まるで落ち着きはらっていた。

「おっさんには関係ねえよ」

とユタカは低くうめいた。

「何だあ？　初めて見るやつらだな、お前らどこのチンピラだ、ああ？」

と坂崎熊夫はいってユタカたちを睨み回した。ひと睨みでユタカの手下たちは縮み上がってしまった。やつらはさっとぼくをつかんでいる手を引いた。

「お前ら、何だか臭いな」

と坂崎熊夫はいって鼻を鳴らして臭いを嗅《か》いだ。

とっさに、ユタカともう一人が靴を傾けて底を見た。

「臭いなあ。糞《くそ》踏んづけたらちゃんと洗ってから歩け。迷惑だろうが」

坂崎熊夫は二人のしぐさを見ていった。

ぼくは思わず笑いが漏れてしまった。ユタカたちが車から飛び出した光景が蘇《よみがえ》って笑いが止まらなくなってしまった。

「お前がやったんだろうがッ」

ユタカが顔を真っ赤にして目を吊り上げた。

「俺が？　何をしたっていうんだよ」

ぼくはすっとぼけた。

「お前と松橋だッ。そうだろうがッ」

「だから何をだよ？」

「糞だよ。お前らが糞をッ」

といってユタカは絶句した。

「糞が何だよ。何のことをいってるんだ？　糞がどうしたんだ？」

「とぼけるなッ。お前らがやったろうが！」

「お前ら、誰かに糞を投げつけられたのか？　なら運がついてよかったじゃないかよ」

「やかましいッ」

ユタカがぼくの胸ぐらをつかんだ。

すぐにその腕が坂崎熊夫によってねじ上げられた。あっという間の早業だった。箸《はし》でもつまむようにひょいという感じでまるで力など入っていないみたいだった。

「テッ、ヒィイイイ……」

ユタカはか細い悲鳴を上げて爪先立ちになってしまった。抵抗できずになすがままにされていて、逆襲に転ずるなどという気力はまるでなさそうだった。

「お前ら高校生か。どこの高校だ？」

坂崎熊夫はユタカの腕をねじ上げたまま、縮み上がっているユタカの手下たちを見回した。

「こら、早くいえ」

「いや、あの、農業だけど、今年卒業したけど……」

一人がか細い声で上目づかいに答えた。

「何だ、後輩かよ。俺を知ってるか？」

「はあ、まあ……」

「お前、こいつらに糞をどうにかしたのか？」

と坂崎熊夫はいった。

「いや、俺はしてないよ」

ぼくは首を振った。見張りをしていたけど、松橋のこともあるのでとぼけ通さなければならなかった。

「分かったろう？　してないというんだからそういうことだ。分かったよな？」

坂崎熊夫はユタカにいった。

ユタカのやつは口をパクパク動かしてうなずいた。言葉にはならなかった。腕をねじ上げられて肩を決められ、涙をポロポロ流していた。よっぽど痛かったみたいだった。

「もう用事はないんだろう？」

坂崎熊夫が念を押すと、ユタカはアウアウと言葉にならない声を吐きながらうなずいた。坂崎熊夫はユタカの腕を放してやった。

「よし。じゃあもういけ。お前ら臭いぞ。どっかに糞ついてるから、風呂《ふろ》入ってよく洗え。さっさといけ。着てるものも洗濯しろよ」

ユタカはねじ上げられていた腕をだらんと垂らし、身体を丸めて背中を向けた。やつらはひとかたまりになって稲生川《いなおいがわ》に沿って歩き去った。

「座れ座れ」

坂崎熊夫はぼくの腕を引いて待合室の長椅子に連れていった。壁際に座らせられた。坂崎熊夫はぴったりくっついて座った。ニンマリと笑った。逃げられないようにしてしまって満足したようだった。

駅の待合室には駅そばの醤油ダレの匂いが漂っていた。長椅子は十脚ぐらいもあり、電車やバスを待っている人たちが二十人ばかり座っていた。待合室の真ん中に、煙突つきの大きな灯油ストーブがゴーゴーと唸り声のような音を立てていた。顔は暖かかったが足元に冷たい風が走ってスースーと寒かった。

待合室のみんながぼくたちを見ていた。無表情だった。坂崎熊夫は衆人の視線など気にもかけないでしゃべり始めた。

「何だお前、みずくさいじゃないかよ。俺とお前の仲だってのによ。俺はお前の才能を発見してやったんだぞ。逃げるなんてことはするなよ。なあ。別にとって食おうってんじゃないんだからよ。お前の将来のことをちゃんと考えてやってるんだぞ。いやまあ、気持ちは分からんでもない。相撲取りの世界は分からないから不安なんだろう？　いやいやいや、分かってるって。そりゃあ確かに厳しい世界だ。勝負の世界だからな。だけどな、馴《な》れると相撲の世界もいいもんだぞ。男の世界だ。強い者が偉いんだ。単純で面倒くさいことなんかない。相撲取りもな、入る前はみんなお前のように尻込みしているやつらが多いんだ。だけどみんな相撲の世界に入ってよかったって思うものなんだよ。なあ。大丈夫だ、すぐに馴れるって。関取になってみろ、金はガバガバ入ってくるし、有名になるし、女にもてるし、最高だぞ。なあ。男だろうが、腹を決めて頑張ってみようじゃないか、なあ。どうだ、うん？」

坂崎熊夫はゆっくりと噛んで含めるようにいった。いい方はゆっくりだったけど、言葉を挿《はさ》めないような雰囲気をつくっていた。強引にいいくるめようという作戦みたいだった。どうだ？　といい、ついでにぼくの肩をむんずとつかんで少し揺すり、ぼくに口を開けと促した。

はっきり、きっぱりといってやらなくてはならない。そうしないかぎりとてもあきらめてくれそうもなかった。ぶん殴られてもいいからきっぱりと断ろう。そう決心していった。

「やっぱり俺は自信がないですよ。強くなりそうもないし、痩せてるし、それに」

「大丈夫だって」

坂崎熊夫はみなまでいわせなかった。

「だから、太るのはいくらでも太る。大鵬も佐田《さだ》の山《やま》も入門したときは針金みたいにガリガリだったんだぞ。お前より痩せていた。それがあんなに立派な身体になるんだ。背が高くて運動神経がよければいいんだ。太るのはいくらでも太る。だからそんな心配はしなくていいって、なあ。とにかく、もう明日は親方がやってくるし、就職は取り消しになったし、腹を決めるしかないんだぞ。お母さんも承知してくれたしな。立派な相撲取りになって親孝行してやれ。なあ。頑張って故郷に錦《にしき》を飾れ。なあ。今晩はお母さんと一緒に寿司食おう。好きなやつ腹一杯食っていいぞ。なあ。それで明日は花の東京だ。飛行機でいくんだぞ。親方と一緒だ。飛行機乗ったことないだろうが。みんなに自慢できるぞ、ええ、おい。飛行機だぞ、いいだろうが」

子供だましの口説き文句に思わず笑いを漏らしてしまったが、その笑いを見た坂崎熊夫は承知したと勘違いしたみたいで、

「よしッ、そうか！」

バン！　といきなりぼくの背中を叩いた。息が止まりそうになるくらいのすごい力だ

った。

「それでこそ男だ。なあ。よく決心した。俺は最初からお前なら承知してくれると思っていたよ。根性がありそうな面構えしてるからなあ。しつこいと思っただろうがな、俺はこれだ、っていう将来性のあるやつしかスカウトしないことにしているんだ。お前なら関取になれる。あとでぜったい俺に感謝することになるから。なあ。親方も喜ぶぞう。さあ、家に帰ってお母さんと一緒に寿司食いにいこう。タクシーでいこう。さあいこう」

「いや、ダメですよ。俺は相撲取りにはならないですよ。相撲は好きじゃないし、やっぱりダメですよ」

「何だお前、いま決心したばかりじゃないか。いいから俺にまかせておけって。大丈夫だ。悪いようにしないからよ。なあ。不安なのは分かる。だからそうやって決心がすぐにぐらつく。しょうがないことだよなあ。誰でも決心するときはそういうもんだ。だけどもう四の五のいうな。大丈夫だって。誰でもそんなもんなんだから。なあ。最初は好きじゃなくても、稽古して強くなっていけば好きになる。面白くもなってくる。相撲はそういうものなんだからな。だからそのことは心配するな。とにかく寿司食いにいこう。お母さんと一緒に食いにいこう。それで話は決まりだ。なあ」

「寿司食いにはいけないですよ。俺は三沢にいかなきゃならないから」

「バスケットボールの試合なんだってな。うん。お母さんからきいた。そんなのはやめとけ。明日は東京なんだぞ。お母さんと最後の食事になるんだぞ。そっちの方が大事だろうが。なあ。寿司だぞ。寿司を腹一杯食おう。なあ」

坂崎熊夫は力強い目の笑い顔を作った。あきらめる、という言葉を知らない男みたいだった。

「一緒のチームの一人が今日でチームを抜けるんすよ。そいつ、最後の試合なんです。全員が集まろうってことになってんですよ。いかなきゃいけないんすよ」

「いいから、試合はみんなにまかせとけって。なあ。お母さんとの最後の食事の方が大事だろうが」

「そいつとは本当に最後になるかもしれないんすよ。ベトナムにいくことになったといってたから」

ジョーの顔が目に浮かんだ。ジョーは黒人の若者だった。小柄で動きが俊敏だった。米兵で、三沢基地にいた。ぼくたちのチーム、三本木ムスタングスのガードでポイントゲッターだった。

「ベトナムかあ」

と坂崎熊夫はうめくようにいった。

アメリカ軍が介入しているベトナム戦争は泥沼状態に陥って、各地で激しい戦闘が繰り返されていた。消耗戦の様相を呈していて、アメリカ軍は兵士と武器を惜しげもなくベトナムに投入していた。

「そうかあ。バスケットの試合は何時ころ終わるんだ？」

「八時半ぐらいだけど……」

いってしまってからもっと遅く終わるといえばよかったと後悔した。迎えにいくから一緒に帰ろうと、坂崎熊夫がいい出しそうな予感がしたのだ。

「お、何だ、そんな時間か。じゃあそれからすぐに戻ってこい。うん。タクシーで戻ってこい。な」

予感は少しだけ外れたけれど、展開はあまり変わらなかったのでうんざりしてしまった。

坂崎熊夫はサイフから五千円札を取り出して突きつけ、

「ほら、これで帰ってこい。お母さんと寿司屋で待ってるからな。九時ぐらいには着くだろう？」

「いや、いらないすよ。帰れるかどうか分からないし。ジョーの送別会やることになってるから」

ぼくはでたらめをいった。送別会をやる予定はなかった。試合のあとは太田博美と滝内景治と一緒の重大な約束があるのだ。

「それはやめとけ。よし、決めたぞ。お前の激励会をやることにしよう。市長と議員、おう、あの工務店の社長も呼んでおくぞ。後援会に発展するかもしれないからな。農業の相撲部ＯＢにも声をかけた方がいいな。工業の校長も呼ぶことにしよう。うん、それがいいな。そうそうたる顔ぶれの激励会だ。よし、試合が終わったらさっさと帰ってこいよ」

坂崎熊夫はぼくのジャンパーのポケットに五千円札を押し込んでいった。

「成《な》り駒《こま》寿司、知ってるよな、ロマンス座の向かいの寿司屋。二階の座敷だ。お母さんも喜ぶだろう。なあ。また逃げるんじゃないぞ。市長にきてもらうんだからな。それに市の名士もずらっとだ。それでお前がこなかったら、お母さんが恥をかくことになるんだぞ。なあ。分かるよなあ。もう子供じゃないんだからな」

「いや、俺はやっぱり断りますよ。相撲取りになる気はないすよ」

ぼくは度胸を決めて坂崎熊夫をちゃんと見ていった。ポケットから五千円札を取り出して坂崎熊夫に差し出した。

「大丈夫だって。なあ」

と坂崎熊夫はぼくの手をポケットに押し戻していった。何をいわれてもめげないようにできている男のようだった。

「激励会に出ればその気になるって。なあ。そうやって段々に相撲取りになるって決心するもんなんだから。なあ。これでお前も市の名士の仲間入りだ。名誉なことだ。大変なことなんだぞ」

「あれえー」

と前の長椅子から間延びした覇気のない女の声がした。聞き覚えのある声だった。すぐに目に入ったのは、黄色のラッパズボンのはち切れそうな太股だった。次に真っ赤なオーバーコート。隣には男。二人はこっちを向いて立っていた。見上げると伝法寺と坂崎洋子の駆け落ちカップルだった。坂崎洋子はあっけらかんと笑いかけていた。伝法寺のやつは目を飛び出さんばかりにおっぴろげ、坂崎熊夫を見て引き攣ったように固まっていた。ものすごく驚いていた。伝法寺の顔が見る見る真っ赤に染まっていった。

「何だお前らか。どっかにいくのかよ？」

と坂崎熊夫はいった。

「ウフフ、ちょっとね。お兄ちゃんは？」

坂崎洋子はぽっちゃりとした唇を半開きにしたままいった。

「俺はこれから準備だ」

坂崎熊夫はぼくの肩に手を置いた。

「こいつの激励会を開くんだ。市長だの議員だの名士がきて盛大な激励会になるぞう、なあ」

ぼくはあきれて言葉も出なかった。大きなため息が出た。

「へえー、あんた、やっぱり相撲取りになるのお。ふーん」

「で、お前と春美はどこにいくんだ？」

と坂崎熊夫は二人を交互に見た。

「あたしたちねえ、うーん、内緒かなあ、どうしようかなあ。フフフ、ねえ、どうしよう？　まだ内緒にしておくのお？」

坂崎洋子は伝法寺を向き、太めの身をくねらせて左右に回し始めた。真っ赤なオーバーコートの胸の膨らみが右に左にゆっさゆっさと大きく揺れた。

「内緒って何だ？　どこへいくんだ、ああ、春美」

「いやいやいやいや、アハハハハ！」

突然、伝法寺のやつがけたたましく笑い出した。顔は熟《う》れたトマトみたいだった。火が出たとしてもおかしくないぐらいに真っ赤だった。

「アハハハハハハハハハハ！」

伝法寺は笑い続けた。ヤケクソ気味の大笑いだった。

「何だ、どうしたんだお前？」

と坂崎熊夫が怪訝《けげん》そうにいった。

「いやいやいや、お兄さん、もうしょうがないからいいますよ、いやいやいや、アハハハハ！」

「ウフフフ」

「内緒というのはですねえ、実は三沢にいくんですよ」

「三沢にいくぐらい内緒でも何でもないじゃないか」

「いやいや、それがですね、内緒というのは、この沢木ちゃんに内緒だったんですよ」

「えー？」

と今度は坂崎洋子が、何をいい出すのやらというように伝法寺を見やった。

「え？　俺に内緒って、何だよ？」

とぼくはいった。

「もう、しょうがないよなあ、ばらすとするかあ。沢木ちゃんのバスケットの試合をだね、二人して内緒で応援にいってびっくりさせようとしたのだよ。だから内緒だったのだよ。な、洋子ちゃん、そうだよな。内緒にしておきたかったけど、ここで出会ったんじゃしょうがないもんなあ。ねえ、洋子ちゃん、アハハハハハ！」

伝法寺は肘《ひじ》で小さく坂崎洋子を突っついて何やら信号を送っていた。

「あら、そうだったっけえ」

坂崎洋子は何だかつまらなそうな顔をした。

「いやいや、そうだよねえ、ガッカリだよねえ。せっかく内緒にして驚かせてやろうとしたのにねえ。そういうことなんですよ、お兄さん、アハハハハ、いやいやいや」

「何だ、そんな内緒か」

坂崎熊夫はどうでもいいというように早口でいい、ぼくを向いてからいった。

「じゃあ、俺はいろいろ準備があるからいくからな。九時だぞ。市長からみんな呼んでおくからな、お母さんを泣かすようなことはしないよな？　じゃあな。寿司屋でな」

といって坂崎熊夫は立ち上がり、伝法寺と坂崎洋子に向かって声をかけた。

「お前らも早く帰れよ。そうだ、沢木と一緒にタクシーで帰ってこい。タクシー代は沢木に渡してあるからな。そうしろ、春美。沢木の激励会やるから九時までに帰ってこいよ。分かったな。沢木を連れてくるんだぞ」

「いやいやいや、ハハハハ」

伝法寺は照れ笑いをしながら曖昧に小さくうなずくのだった。

坂崎熊夫の後ろ姿を見送るぼくたちに奇妙な静寂が訪れた。暴風雨が足早に去っていったあとのようなほっとする静寂だった。

「いやいやいや、ハハハハ。スリル満点だなあ。まさにドラマチックな展開になってきたではないか、いやいやいやー」

伝法寺は顔をぐんにゃりと歪めて表情をなごませた。

ぼくも釣られて笑ってしまった。どんな状況でも伝法寺の笑顔を目にすると釣られて笑ってしまう。

「てっきり駆け落ちするっていってしまうのかと思ったのにい」

坂崎洋子が面白くなさそうにぽっちゃりとした唇を突き出した。

「またまたまた、そんなこといったら駆け落ちどころじゃなくなるじゃないか。殺されてしまうよ」

「殺しはしないんじゃなあい。ちょっとは怒るかもしれないけどさ」

「それが殺されるってことだよ。あの兄貴にボコボコぶん殴られてみなさいよ、ぼくのこの端整な顔が、沢木ちゃんみたいにもてない三枚目のさえない顔になっちゃうじゃないか」

「そりゃどういう意味だ?」

「まあまあまあ、沢木ちゃん。深く考えない方がいいって」

「駆け落ちするっていったら、お兄ちゃん、お金くれたかもしれなかったのにい」

と坂崎洋子はトンチンカンなことをいい出した。

「あの兄貴が?」

伝法寺は首をひねった。

「だって、私が修学旅行にいくときはいつもお小遣いくれるんだよ。ああ見えてもやさしいとこもあるんだから。だから駆け落ちするっていったらぜったいにお小遣いくれたのにい」

伝法寺のやつは首をひねって笑ったまま、カチンと固まって動かなくなった。

ホームに電車が入ってくる気配がした。駅員が事務所の中から出てきて改札口に立ち、ホームへと続く引き戸を開けた。冷気が駅舎の中にどっと入り込んだ。続いて電車から降りた客が肩をすぼめるようにして改札口から待合室に入ってきた。終着駅なので全員が電車から降りた。

改札口に明るいグリーンのオーバーコートが現れた。顔を目にしたとたんに心臓がドン！　と爆発したみたいに高鳴った。二瓶みどりだった。

二瓶みどりは、あら、というように口を開けてぼくを見た。すぐに笑顔になった。うれしそうな笑顔だった。はにかみながらこっちにやってきた。連れはいなくて一人のようだった。

「また会っちゃったね」

と二瓶みどりはいった。

「そうだな。あー、電車で帰ってきたということは、どっかにいってきたんだ」

言葉が重くなってなかなか出てこなかった。身体に汗が出てくる感じがした。言葉を押し出すのにすごいエネルギーが必要だった。

「三沢の街。何となく見ておきたくなって。ちょっと思い出があるから。明日は三沢の街に寄れそうもないし。顔、どうかしたの？」

「ああ、これか。目立つか？」

「そうでもないけど、でも小さな切り傷がいっぱいある」

「オートバイで走っていて、間違って藪の中に突っ込んでしまったんだ」

「間違ったの？」

「うん。道があると思っていったら道がなくて、そのままススキの藪を突っ切ってしまったんだ。そのとき切れてしまって」

「引き返せばよかったのに」

「面倒くさかったし」

「変なの。でも沢木君らしい」

二瓶みどりはおかしそうにクスクス笑った。二瓶みどりを笑わせることができていい気分だった。少し気分が軽くなった。

「どっかにいくの？」

と二瓶みどりはいった。

「三沢。俺が入っているバスケットのチームの試合があるんだ」

「選手なの？」

「うん。みんな大人で、高校生は俺一人だけど。そうか。もう卒業したから高校生じゃなくなったんだ」

「前から知ってたら応援にいきたかったな」

「嘘だろう？」

「本当。でも今日は家族で食事をしようということになっているからいけないの。本当に応援にいきたかった」

ぼくはどういったらいいのか分からず、少し笑っただけだった。彼女がコートサイドにいてくれたらいい気分だろうなと、小さくため息をついた。

「次の電車でいくの？」

「うん。試合、七時からだから」

「そうかあ。時間がないね。時間があったら少し話ができたのにね」

二瓶みどりは少し寂しそうな笑顔を向けた。

「オートバイでよければ、家まで送っていけるけど」

とぼくはいった。いってしまってから心臓がドキドキした。顔が熱くなった。真面目な二瓶みどりのことなので、きっと断られるに違いないと思っていた。

「ほんとに？　うれしい。でも、電車、遅れちゃうよ」

「三沢までオートバイでいくから大丈夫だよ」

「でも、夜になったら、道、凍っているかもしれないわ。帰り危なくない？」

「ものすごく冷えたら従姉《いとこ》の家に泊まってもいいし。従姉の姉ちゃんの旦那《だんな》がバスケットボールのチームのキャプテンなんだ。三沢で試合がある夜は時々泊めてもらってるから。それより、二瓶は平気なのか？」

「何が？」

「いや、二瓶は二人乗りが平気かと思ってさ。おっかなくないか？」

「大丈夫」

二瓶みどりは何でもないというようににっこりと笑った。

ぼくは長椅子に座ってぴったりとくっついている伝法寺と坂崎洋子を振り向いた。二人は曖昧な笑みを浮かべてぼくと二瓶みどりを見上げていた。緊張感はまるで漂っていなかった。

「お前らどうするんだ？」

ぼくは伝法寺と坂崎洋子の駆け落ちカップルにいった。

伝法寺のやつがニンマリと笑った。

「決まっているではないかね。俺たちはだね、次の電車で三沢にいって、夜行に乗るのだよ。夜汽車での旅立ちという、映画のようなムード満点のシーンだ。ま、ぼくらのような美男美女の恋の逃避行はそうあるべきなのだよ、ねえ洋子ちゃん」

「フフフ、なあにいってんだか」

と坂崎洋子はいい、ふくよかな身体を少し揺すった。また大きな胸がゆさりと揺れた。

「じゃあな。元気でやれよ。もうお前らとは会わないだろうな？」

「いやいやいやいや、あったり前でしょうが。正真正銘、これでおさらばだ」

伝法寺のやつは立ち上がって手を差し出した。ぼくたちは握手をした。伝法寺はぼくの肩に手をおいてからいった。

「まあ、君も元気でな。俺よりは輝きが薄いと思うけど、明るい未来が開けていると思って頑張りたまえ。なあ、沢木ちゃんよ」

「どうも、またすぐにどっかで会いそうな気がするなあ。これで三回目だぞ、別れの挨拶するのは」

坂崎洋子がクスクス笑いながら、

「私も何かまたすぐ会いそうな気がする」

といった。

「またまたまた。いやいやいや、さすがにこれが最後の別れでしょう。ここからが二人だけの世界になるんだから。手に手を取っての純愛物語本番なんだからさ、お前みたいなお笑いとまた会ったらムードもへったくれもなくなってしまうではないか。もう俺たちの前に現れて純愛物語の邪魔をするんじゃないよ、沢木ちゃんよ」

伝法寺は苦笑をニヒルな笑いに変えるような笑顔を作った。格好をつけたつもりなのだろうが、まるで締まりのない笑顔だった。

12

「あの二人は駆け落ちするんだよ」

駅の駐輪場に向かいながらぼくはいった。

「嘘でしょう?」

二瓶みどりは穏やかに笑った。まるで信じていない感じだった。

「冗談みたいなカップルだから信じられないだろう? でも本気らしいんだ」

「勇気があるのね。私には考えられないことだわ」

「だけど、駆け落ちっていいながら、一日中市内をうろうろしてるんだ。何だかのんびりしてるから、駆け落ちって感じがしないんだよ」

「でも二人は本気なんでしょう?」

「みたいだけどな」

「そう。私にはやっぱりできそうもないな。相手もいないから、そんなこと考えたこともないし」

彼女はちょっと照れたように笑った。

「俺も駆け落ちなんて考えたこともなかったよ。相手もいないしさ」

二瓶みどりの笑顔をまじまじと見つめて笑ったのは初めてのことだった。たぶんそうなのだと思う。不思議にあまりドキドキしなかった。身体中がじんわりと暖かくなっていい気分だった。

二人乗りをして裏通りをゆっくりと南下した。

ヘルメットは二瓶みどりに被ってもらった。彼女はオートバイの荷台に横座りに座った。彼女の身体を支えられるように、ぼくの腰を両手で押さえてもらった。二瓶みどりの両手を通して、彼女の柔らかくて暖かい感触が腰に感じられた。

スロットルを少しだけ開けてやさしく走ったので、ホンダのカブもゆったりとした気持ちよさそうな排気音をトロトロと響かせていた。

「夕焼けがきれいね」

背中から二瓶みどりが少し大きな声でいった。

空の雲がピンクに染まっていた。太陽は八甲田山のなだらかな稜線の向こうに沈んでしまっていたが、鮮やかな夕焼けで空はまだ明るかった。

道はたそがれに包まれ、ライトをつけて走らなければならなかった。バッグはハンドルにひっかけてあった。

「うん」

とだけ返事した。格好をつけた訳ではなかった。それ以外に何ていっていいのか分からなかった。

「よかった。最後の日にきれいな夕焼けが見られて。やさしい色に出会えてよかった」

と二瓶みどりはいった。

「へー。やさしい色か。初めてだな、夕焼けのこと、やさしい色っていうのをきいたのは」

「私、真っ赤な夕焼けより、やさしい色の夕焼けが好きなんだ。何だかすごく幸せな気分になれるから好きなの」

「二瓶はいいよな」

「どうして?」

「いろいろな感じ方ができるからな。俺はただきれいだなってしか感じられないよ」

「私、そういわれたのって初めて」

背中越しに二瓶みどりの声がうれしそうだった。

「小さい頃はずっと夕焼けを見ていたこともあったけど、いまは夕焼けなんか見ないしな。見たいとも思わなくなったよ」

「どうして？」

「あの空の向こうはどういうところなんだろうって、それしか考えないからだよ」

「でもそれって楽しいことじゃない」

「何だか棺桶《かんおけ》に入った気分になるんだ。いつも同じ景色だし、ここが棺桶の中って気がして滅入《めい》ってくるよ。ここにいても面白いことがありそうもないしな」

「そのうち見つかると思うよ、絶対」

「そうだといいけどな」

「私、沢木君にお礼がいいたいんだ」

と二瓶みどりはいった。

「何のだ？」

「小学生のときのこと」

「小学生？　小学生の何だ？」

「転校してきた日のこと。私の机の中に歓迎のプレゼントくれたでしょう」

「あ、あれかあ」

思い出して、苦い思いがわき上がってきた。

「机を開けたら、大きなカエルが入っていた。『歓迎のプレゼント』って書かれた紙が縛ってあって」

「あれは、その、別に悪気があった訳じゃないんだ、ガキの悪ふざけだよ」

「分かってる。でもびっくりしちゃって」

「二瓶はぜんぜんびっくりしなかったじゃないか。少しびっくりしただけでずっと笑ってたぜ」

「だっておかしくて。びっくりしたけど、カエルが寝ぼけたような顔をしているから笑っちゃった」

「二瓶がクスクス笑い出したものだから、こっちがびっくりしちゃったよ」

「誰がプレゼントしてくれたのかなあって教室を見回したら、みんなが私を見てクスクス笑ってた。でも、私を見てポカンとしていたのは沢木君だけだった。それで、あ、これはきっと沢木君からのプレゼントだと思ったんだ」

「悲鳴を上げるか、怒るか泣くかすると思ったのに、笑うからポカンとしてしまったんだ」

「先生がメッセージの字を見て、すぐにいたずらの張本人は沢木君だと見抜いたのよね。それでカエルを持たせて教室の後ろに立たせた。私がちょっと後ろを向くたびに、沢木君、ベロ出したり、ひょっとこみたいな顔をしたり、首を水平にずらしたりして、それで私ずっとおかしくて笑ってた」

「忘れたよ」

本当は忘れてなどいなかった。ちゃんと覚えていた。

二瓶みどりの笑顔が見たいばかりにふざけて見せたのだ。何だか、胸がくすぐったくなるような、目にするとうれしくなる笑顔だったからだ。

「あとでね、みんながいってくれたんだ。あのとき私が笑ったのでほっとしたって。何だかいい人みたいだって思ってくれたみたい。それで友だちになろうと思ってくれたんだって。だからすぐにクラスのみんなと友だちになれた。沢木君のおかげ。ずっとお礼をいいたかったけど、いえなかった。何だかいい出すきっかけがなくて。あの頃にもう一度戻りたい。戻って、ちゃんと沢木君にお礼がいいたいんだ」

「ふざけただけだから気にしなくていいよ」

「でもいえるのは小学生のときしかないもの。中学生になったら沢木君は私を避けてるみたいだったし、高校は別々になったし」

「避けてたつもりはないよ」

「ううん。避けてた」

ぼくは何もいい出せなくなった。確かに中学生になったとたん、彼女を意識しすぎて普通に接することができなかった。

短い沈黙のあとにぼくはいった。

「何だか、二瓶と面と向かうのが照れくさくなってさ。それで小学生の頃みたいに話ができなくなったんだ」

「どうして」

「さあな」

二瓶が女の人になったからだと思う、という代わりにそういってしまった。

「嫌いになったんじゃなかったのね」

「照れくさかっただけだよ」

「よかった」

「俺も、小学生のあの頃にいってみたいと思うときがあるよ」

「もう、あの頃には、戻れないのよね……」

二瓶みどりは深い吐息を吐くように、しみじみというのだった。

あっという間に二瓶みどりの家に着いた。そう感じた。彼女はオートバイから降りるとヘルメットを脱いで差し出した。

「ヘルメット、沢木君の匂いがした」

と彼女はいった。

「悪いな。汗臭くて変な臭いがしたろう」

「ううん。ヘルメット被れっていってくれてとてもうれしかった。送ってくれてありがとう」

「俺もよかったよ。二瓶と話ができて」

「それから、あのときの、カエルの歓迎プレゼント、ありがとう」

二瓶みどりはにっこりと笑っていった。あの転校してきた、笑顔のすてきな少女を思い出させる笑顔だった。

ぼくはちょっと笑っただけで何もいわなかった。代わりに首を水平に左右に移動させてやった。彼女は笑った。屈託のない笑顔で楽しそうだった。照れくさくなって小さく肩をすぼめてしまった。

「明日、駅まで見送りにいくよ」

ぼくはいった。そういわずにはいられない気分だった。

「うれしいけど、でもそれはだめよ。沢木君の初出勤の日だもの」

彼女はやさしい笑顔で見上げた。

「会社なんかどうでもいいよ」

就職は取り消しになったとはいわなかった。心配されたり、同情されたりすると思ったからだった。

「だめ。初めての出勤なんだから」

「抜け出すよ」

「だめよ。でも、もしよかったら、朝、きてくれるとうれしいな。沢木君が会社に出勤する前に。私、いつも朝早く犬の散歩をさせるから。そのときならまた会える」

「うん。朝くるよ。じゃあ、いくから」

ぼくはヘルメットを被った。石鹸《せっけん》のようないい香りがした。彼女の匂いだ、と思ったとたんに胸が高鳴った。顔が熱くなった。

「気をつけてね」

「うん」

彼女にそういわれていい気分だった。

「バスケット頑張って。試合観にいけないけど、応援してるから」

「サンキュー。じゃあな」

ぼくはオートバイをスタートさせた。

すぐに角を曲がった。曲がらずに真っ直ぐにいくと何度も後ろを振り向いてしまいそうだった。そんな姿を彼女に見せたくはなかった。

空の色がすっかり色あせたものになっていた。星の光がまたたき始めていた。風はなかった。顔に当たる冷気が心地よく感じられた。東の空はもう暗くなっていた。三沢市の方角だった。

ぼくはスロットルを開けてエンジンの回転数をあげた。全身が小気味よい音に包まれた。

13

岡三沢《おかみさわ》小学校に着いたのは七時少し前だった。とっぷりと陽も暮れて、校舎の周りには街灯が煌々《こうこう》と点《とも》っていた。もう生徒たちは誰もいなかった。風もなく静かで、穏やかな夜だった。

体育館脇までオートバイを乗り入れて停めた。そのままの姿勢で少し待ってオートバイから降りた。

冷えて身体が固まっていた。血が全身の隅々までいきわたるのを待たなければ身体が動きそうもなかった。冬の終わりにしてはそう寒くはなかったけれど、それでも四十分ぐらいも走りっぱなしだったので身体が冷え切っていた。血流がストップしているように思えた。オートバイから降りるときに身体中がギシギシと悲鳴をあげ、分解するような痛みが走った。

体育館の壁越しにパンパンとのんびりドリブルする音が聞こえた。ボールがバスケットリングに跳ね返る音もする。窓からやわらかな光がほんわかと漏れていた。あったかそうだけど少し光量が足りない感じだった。

引き戸を開けて中に入ると、三本木ムスタングスのみんなはほとんど揃っていた。黒人のジョーもいた。百七十センチにも満たなかったが、動きは素早い。ジョーのドリブルときたらまるで黒い稲妻だった。

三本木というのは十和田市になる前の昔の町名で、馬の産地として全国に名前を知られていた。だから三本木ムスタングスと命名されたチームだった。

まだチームの練習は開始される前で、それぞれが思い思いにシュート練習をしていた。相手チームの三沢マッハ5のメンバーはみんな揃っているみたいで、十二、三人がやはり半コートを使ってのんびりとシュート練習していた。三沢基地の米兵が半分ぐらいもいた。恐ろしく背の高い金髪の男が一人いた。二メートルぐらいはありそうだった。初めて見る男だった。夏休みにマッハ5と対戦したときはいなかった。新加入のメンバーみたいだった。

「よう、圭ちゃん」

シュート練習をしていたキャプテンの洋《よう》ちゃんが笑顔を向けた。

「ちょっと遅くなっちゃって」

「平気だよ。まだ練習前だ。すぐ着替えてこいよ。用具置き場」

と洋ちゃんは大きな引き戸を指さしていった。

洋ちゃんはぼくの従姉の鈴《すず》姉ちゃんの旦那だった。二人は結婚して十年になろうとしていた。小学四年生と三年生の二人の男の子がいた。洋ちゃんは基地の中で働いていた。物資を管理する部署にいるということだったがどういう仕事をしているのか詳しいことは分からない。通訳のような仕事もしているらしかった。

洋ちゃんと鈴姉ちゃんは二人揃って陽気で社交的だった。バーが好きで夜な夜な出かけていたのだが、一年前から自分たちでバーを開いてしまった。『スズタバーン』という名前の店だった。鈴の酒場という意味らしかった。二人とも英語が話せるので基地の米兵が多く出入りする店となった。すごく繁盛していて、女の子を何人かと、米兵を二人バーテンダーとして使っているといっていた。

洋ちゃんたちは十和田市に住んでいたのだが、バーを開店するので三沢市に引っ越してきた。洋ちゃんは三沢に引っ越してからも、バスケットの練習がある日は十和田市までやってきた。

すごく仲のいい二人のように見えたけど、洋ちゃんは鈴姉ちゃんに時々暴力をふるうらしかった。

「カッとするとすぐ手が出るみたいだよ。恐いって、青痣こしらえた鈴ちゃんがこぼしてたよ」

と母がいっていた。

本当かどうかは分からない。鈴姉ちゃんがそんなことをいうのを聞いたことがなかった。

洋ちゃんも鈴姉ちゃんもぼくと会っているときは陽気で楽しそうだったのだ。二人の間に青痣ができるようなどす黒い暴力が隠れているようには見えなかった。

洋ちゃんは百七十五センチぐらいだったががっちりとした身体つきで腕はぼくよりも太く、腕力も相当なものだった。そんな洋ちゃんが華奢《きやしや》な鈴姉ちゃんに暴力をふるうなんて信じられないことだった。

「今日はうちに泊まっていきなよ」

と洋ちゃんはボールを右手に持っていった。

「そうしようかなあ。いい?」

その夜は十和田市に帰りたくない気分だった。相撲取りになる気はなかったので寿司屋での激励会はすっぽかそうと決めていた。それに太田博美と滝内景治と約束していた大事な用もある。そっちの方が先約だったし、だいたい激励会に市長や工業の校長がくるのかどうかも疑わしかった。

出席するのは坂崎熊夫と母、それにきたとしても就職が取り消しになった工務店の社長ぐらいで、市長や校長先生はどう考えても出席しそうになかった。それでも、家に帰ると母が、ぼくがやってこなくて恥をかかされたとヒステリックに泣き喚くのは目に見えていた。そのことを考えると憂鬱で家に帰る気分にはならなかった。就職は取り消しになったし、二瓶みどりと早朝に会う約束はしていたけれど、少し早く起きてオートバイを飛ばしていけばいいのだ。

「もちろん。あ、でも明日から仕事だったよな。じゃあ、まずいか」

と洋ちゃんはいった。

「朝早く出れば大丈夫だよ」

とぼくはいった。二瓶みどりに会うためには、ということだった。就職を取り消されたことはいわなかった。いいたくない気分だった。もうそのことや相撲のことは忘れたい気分だった。

「そうだよな。じゃあそうしなよ。うちの店にまだ入ったことなかったよな。ちょうどいいじゃないか、試合が終わったら卒業祝いと就職祝いをやろうよ。社会人になったんだからもう酒も飲めるしさ」

「いや、それが友だちと三沢で会う約束しているんだ。だから試合が終わったらそっちにいくことになってるんだ」

「彼女かい？」

と洋ちゃんは笑った。

「違うよ。男だよ。同級生だった二人でさ、応援にここにくることになっているんだ」

「ならそいつらと一緒に店にくればいいじゃないか。今日はおごってやるから金はいらないよ」

「いや、でも、ちょっといこうって約束しているとこがあるから」

「じゃあその用事が終わったらくればいいじゃないか。一時まで店開けているからさ」

「うん。じゃあいけたらいくよ」

「俺ん家《ち》によってオートバイ置いてからおいでよ。店の前に置いとくと酔っ払いにいたずらされるからさ」

「うん。分かった」

「じゃあ、着替えてきなよ」

ぼくはうなずいて用具置き場に向かった。

歩きながら、

「ウース」

と大きく声を出してみんなに挨拶をした。みんなが口々に短い言葉で挨拶を返してくれた。

「圭太、調子はどう?」

ジョーが近づいてきて流暢《りゅうちょう》な日本語でいった。

ジョーは東京の横田《よこた》基地に二年ほどいて三沢基地にやってきた。三沢基地にやってきて一年になろうとしていた。歳は二十二歳ということだった。物静かな男でいつもやさしそうな笑みを浮かべている。

洋ちゃんがジョーをチームに引き入れた。ジョーは練習日には年代物のオンボロワゴンをガタガタ揺らして十和田市までやってきた。でかい車で、色とりどりの艶消《つやけ》し塗料がつぎはぎのように塗りたくられていた。見るからに見すぼらしい車なのだが、誰もが振り返らずにいられない派手派手しい車だった。

洋ちゃんからきいた話では、ジョーはアメリカ本土の実家に仕送りをしているとのことだった。

「だからあいつは金がないんだよ。七人兄弟の一番上で、親父さんはお袋さんと離婚して一人で家を出ていったきりだそうだ。もともとあんまり働かない親父さんだったらしいけど、親父さんが家を出ていってからはものすごく金に困ってしまって、一家は六畳二間ぐらいの部屋で重なり合って寝てるんだそうだ。お袋さんが働いているらしいけど生活費にも困っているみたいで、あいつは給料のほとんどをお袋さんに送ってるっていってたよ。まだ小さい兄弟もいるみたいだしな。真面目でやさしいやつだよ、あいつは。あいつ、手先が器用だから何でも直してしまうんだ。あの車も自分で走れるようにしたといってた」

と洋ちゃんは教えてくれた。

アメリカ人は白人黒人を問わず誰もが豊かな生活を送っている、と思い込んでいたので驚きだった。アメリカの国のことではないような話だった。

ジョーは、自分の生活費を稼ぎたいから店で使ってくれないか、と洋ちゃんに頼み込んだことがあったという。

「悪いけどって断ったよ。うちは白人と日本人だけの店、という雰囲気でやってるからさ。黒人お断りって看板出してる訳じゃないけど、兵隊たちの中にそういう使い分けができてるみたいなんだ。鈴ちゃんが黒人の兵隊が嫌いでさ、店始めた頃酔っぱらった黒人のグループが暴れて店をグチャグチャにされたことがあったり、白人のグループと乱闘になったりして、それから鈴ちゃんが黒人を嫌がるようになったんだよ。白人も黒人も、いいやつもいれば悪いやつもいるというのは同じだけど、うちの店は何となく白人の店っていう雰囲気になったんだよ。そのことをいったらジョーは納得してくれたけどさ」

と洋ちゃんはいっていた。

ぼくはジョーと握手をした。

「やあ、ジョー。まあまあだよ。ジョーはどうだい？」

「私は、悪くはない。よくもないけど」

とジョーは笑った。

「今日が最後だね」

「はい。そうだね」

「向こうのチームのあのでかいの、知ってるやつ？」

向こうのコートのゴール下でシュート練習をしている二メートルの大男に視線をやっていった。

「ああ、彼はとっても強いよ。本土から転属してきたんだ。リバウンドが強い。ゴール下に入らせないようにしなければならないよ」

とジョーはいった。

「じゃあ、着替えてくる。ジョーの最後の試合だから勝ちたいよ」

ジョーは笑ってうなずいた。少し寂しそうな笑顔のように思えた。

用具置き場で着替えをしながら、ジョーがかつて試合中に語りかけてきたことを思い出した。

その試合は三本木ムスタングスでのぼくのデビュー戦だった。三年生の夏休みのことだった。野球をやめたと知った洋ちゃんがチームに入れと誘ってくれた。背が高いのでスカウトしてくれたのだった。しばらくはリバウンドを頑張ってくれといわれた。チームには百九十センチの赤坂《あかさか》さんがいるのだが、スタミナに問題があって時々休ませなければならなかった。その間がぼくの出番だった。

散々なデビュー戦だった。足が地につかず、ただコートを右往左往しているだけだった。ボールをもらっても怖《お》じ気《け》づいてドリブルすらできなかった。敵も味方も全員が社会人だったし、全員が学生時代はバスケット部員だった。高校生で、しかもバスケットの本格的な練習をしたことがないのはぼくだけだった。それに満足にチームの練習をこなせないうちに試合に出てしまったのですっかり萎縮してしまっていた。

交代させられてベンチでしょんぼりしているとジョーがやってきて隣に座った。そしてこういったのだった。

「バスケットボールをやるのなら、覚えておかなければならないことがあるね。それは、コートの上に立ったら平等だということよ。年も、キャリアも、能力も、人種も、仕事も、偉い人も偉くない人も、金持ちも貧乏人も関係ないということよ。コートの上では誰でも丸裸の一人の人間だ。コートは裸の自分に戻れる所だ。その時間をくれる所なんだ。みんなはそれを知っている。だからのびのびプレーできるんだ。圭太もそれを覚えておいた方がいい。コートの上では誰だって平等。失敗を責めることは誰にもできないんだ。お互いさまだから。だからこそ、プレーに集中して全力を出さなければならないんだ」

コートの上では平等。そんなことは考えたこともなかった。

何となく、ジョーはいろいろな差別がある所で生きているのかもしれないと、ぼんやりと考えた。

それでもジョーのその言葉で落ち着きを取り戻した。それからは怖じ気づいたり萎縮するようなことはなくなった。

着替えをすませるとすぐにチームの練習が始まった。ドリブル、パス、シュートと流れるようにメニューをこなした。練習が終わると身体がやっと暖まった。それでも体育館の中は冷えていて汗はかかなかった。

練習を終えると、ベンチの後ろに太田博美と滝内景治がやってきていた。

「よう」

「おう」

二人は何だか少ししまりのないにやけ顔を向けた。うれしそうな、気恥ずかしそうな、照れ臭そうな、複雑な笑い顔だった。

「おう」

と短く応えてしまったけど、やつらに釣られてタガが外れたように顔が歪んでしまった。

二人の顔はだらしなくにやけていたけど、目だけはギラギラと燃えていた。

『あんまり張り切って体力消耗するなよ。あとで大事な体力勝負があるんだぞ。初体験に突入するんだからな。きっちり成功させて童貞にケリをつけるんだからな！』

としゃべっているようだった。

「大丈夫だからな」

と滝内景治が頰を赤らめて声を小さくした。

隣で太田博美がうれしそうに小さくうんうんとうなずいた。

「何がだよ？」

「ちゃんと例のバーの場所をきいてきたからよ」

と滝内景治はもっと声を小さくしていい、ぼくの胸を手の甲でポンとはたいた。

「兄貴に名前と場所を確かめたんだ。どうしてもやりたいっていう同級生がいるからいきたいんだっていってさ」

といって滝内景治はククッと笑いを嚙み殺した。

「それで滝内がさ、兄貴にその同級生の名前をきかれたんで、誰の名前をいったと思う？」

と太田博美も笑いを嚙み殺していった。

「伝法寺か？」

そういう役所《やくどころ》にぴったりはまるキャラクターは、伝法寺こと工藤春美を措《お》いて他には考えられなかった。

「大当たりだ。な、伝法寺しか思い浮かばないだろう？」

と太田博美はいい、滝内景治と太田博美は顔を見合わせて笑った。

「本当かよ。相手は人間かあ？」

　と滝内景治が笑い続け、

「まっさかよ」

　とぼくはいってやった。

「あいつ、いまデートしてるぞ」


「何だか冗談みたいな駆け落ちだから、俺も半信半疑で手伝ったんだけど、どうやら本
　と太田博美の顔つきが変わった。

「真面目な話かよ？」

き十和田の駅で二人に会ったぞ。夜行で東京にいくといってた」

「本人たちはその気だぞ。伝法寺のやつはもう駆け落ちしたと威張ってるけどな。さっ
「嘘に決まってるじゃないか。そうだろう？」

「またまた」

　ぼくは坂崎洋子のことを手短に話した。「駆け落ちするんだとよ」

「本当だ。ちゃんとした女だった」

かけそうな雰囲気こそすれ、デートなんて雰囲気はまるで似合わない。

　二人ともはなから冗談と決めつけていた。無理もなかった。伝法寺のやつは夜這《よば》いを
　と太田博美も笑い続けた。

気みたいだったなあ」

「まあ、伝法寺なら、駆け落ちはしてもおかしくねえって気がするけどな」

と滝内景治は苦笑混じりにいう。

「そうだな。デートよりは駆け落ちの方があいつに似合っていることはいるよな」

太田博美は納得したようにうなずいた。


試合が開始された。

ぼくたちのチームは苦戦を強いられた。三沢マッハ5の二メートル男がゴール下を完全に支配して、リバウンドをことごとく奪われ続けた。こっちはジョーの目にもとまらぬカットインと、早い球出しからの速攻で何とか食らいついていったけど、開始十分で十点の差をつけられてしまった。

洋ちゃんが作戦を変えた。百九十センチの赤坂さんとフォワードの二人で、二メートル男を挟み込んでゴール下に入らせないようにした。このダブルブロック作戦がきいて徐々にリバウンドボールをとれるようになった。それでも十点差はなかなか縮まらなかった。

赤坂さんを休ませる時間にぼくがコートに入った。二メートル男をゴール下に入らせないようにブロックするのが使命だった。

頑張ったけど赤坂さんのようにはうまくいかなかった。経験が浅くてバスケットボールのコツみたいなものがまだよく分からなかったし、見上げるような大きな男をブロックするのも初めてだったので、ぼくには荷が勝ちすぎた。それでも一本リバウンドをとってチームにささやかな貢献をした。シュートは一本もできなかった。二メートル男をマークするのが精一杯でシュートのことまで手が回らなかった。

それにしても二メートル男はでかかった。まるでそそり立つ壁だった。ブロックするにしても腰を落としてしっかり身構えなければ、軽く接触しただけでも簡単に弾き飛ばされてしまうのだった。それに二メートルもの身長がありながら、けっこう動きが素早くて、ダブルブロックもなかなか決まらなかった。

前半が終わって十二点も差がついてしまった。二メートル男一人分の点差がついた感じだった。

いつの間にか伝法寺と坂崎洋子がきていた。三沢駅から夜汽車で駆け落ちすることになっていた二人は、太田博美と滝内景治と何やら談笑していた。

四人とも楽しそうだった。伝法寺と坂崎洋子はあっけらかんと大口を開けて笑っていて、これから夜汽車で駆け落ちするという深刻な状況を抱えた二人にはまるで見えなかった。

駆け落ちという言葉の響きは、何となく人目を憚《はばか》る、切迫しつつもそこはかとない哀愁の漂うしみじみとした、やるせなくも、激情をやんわりと押し包んだ、不安と希望が入り交じった静かな熱気、という雰囲気がするものと決めてかかっていたが、本人たちにとっては案外楽しくて仕方のないことなのかもと、二人をぼんやりと見つめてしまった。

「何だこら、沢木ちゃんよ。ちょっとこっちにきなさい」

伝法寺のやつが例によって顔を真っ赤にして手招きした。伝法寺は相手を見つめるときとしゃべるときは決まって赤ら顔になる。これが普通なのだから、いつも顔を真っ赤にさせているといってもいい。恥をかいたり照れたりするときには爆発的に真っ赤になる。

「何だよお前ら。まだいたのかよ」

ぼくは伝法寺と坂崎洋子の駆け落ちカップルを交互に見やって四人の方に歩いていった。

「まだいたのかはないでしょうが。洋子ちゃんがお前を応援してから夜汽車に乗っていこうというから、こうやってわざわざきてやったというのに、情けないプレーでちっとも活躍しないではないか」

「あのどでかいやつをブロックするので精一杯なんだよ。あいつ、二メートルもあるんだぞ」

「二メートルだろうが三メートルだろうが、せっかく洋子ちゃんが応援にきてやったんだから、シュートの百本ぐらい決めてキャーキャー喜ばせてくれなきゃ、わざわざきたかいがないではないか」

「馬鹿、この」

と太田博美がいう。「試合で百本シュートを入れるやつは世界中で一人もいる訳ねえだろうが」

「お前、運動会の玉入れ競争と間違ってんじゃねえか？　そう簡単にいくかよ」

と滝内景治が笑う。

「だから君たちはいつまで経ってもつまらん人生をすごしているのだよ。夢を持ちなさいよ夢を。♪いつでもゆーめをー、いつでもゆめーえをー、だよ」

伝法寺はどら声でがなりたてるように歌った。

「古い歌だなあ。やっぱりお前は北京原人じゃねえか？　そんな古い歌知ってるぐらいだからよ。顔もそっくりだしよ」

と太田博美が笑った。

「キャハハハ！」

と坂崎洋子がけたたましく笑った。何とも楽しそうな笑いだった。

体育館に響き渡るような鋭い笑い声だったので、ぼくたちは思わず坂崎洋子を見やってしまった。

「なッ、このォ、博美!」

伝法寺は目を剝いて太田博美を睨みつけた。「どこが古い歌なんだよ。それにいい歌は古いも新しいも関係ないのだよ。いつでも夢を。これこそがぼくと洋子ちゃんのテーマソングというものだ。歌っている橋幸夫《はしゆきお》と吉永小百合《よしながさゆり》もぼくと洋子ちゃんに似ているだろうが。まあ、誰が見てもこっちの方が美男美女だけどよ」

「お前の家には鏡がないのかよ?」

滝内景治が呆《あき》れて苦笑した。

「あるに決まっているではないか。男振りがよすぎるもんだから、鏡がぼくの顔を映させてくれってうるさくってうるさくって」

伝法寺は臆面もなくいい、顎を手でつまんで斜《はす》に構え、微笑してポーズを決めた。

「決まるなあ。ニヒルないい男だろうが」

伝法寺はニヤリと笑ったまま自画自賛した。

「ニヒルよりもアヒルだってば。キャハハハ!」

と坂崎洋子がまたけたたましく笑った。ぼくたちも釣られて大笑いした。

「照れなくていいんだよ、洋子ちゃん。ニヒルなぼくを好きになったとみんなにいってあげなさい」

と伝法寺。

「馬鹿春美」

坂崎洋子はケラケラと屈託なく笑うのだった。

この二人は案外似合いのカップルかもしれないと、二人のやりとりを聞きながら思ってしまった。駆け落ちらしくない駆け落ちだけどきっと楽しくやっていくに違いないと、うらやましくもあり、どこかほっとした気分にさせられた。

後半が開始された。

洋ちゃんは向こうの二メートル男をくたびれさせる作戦を立てた。ボールをとったらとにかく速攻と素早いパス回し、ガッチリゴール下を固められたら切れ込んでいってファールを誘う。守りではダブルブロックでゴール下に入らせないようにした。

この作戦が功を奏して二メートル男は次第にスタミナが切れてきた。頻繁にベンチに引っ込んで休むことが多くなってきた。二メートル男がベンチに引っ込んでいるときに、ぼくはリバウンドをとってそのままシュートを一本決めた。その試合で決めた唯一のシュートだった。

三本木ムスタングスは徐々に三沢マッハ5を追い上げた。

ジョーの目にもとまらぬカットイン・レイアップシュート。洋ちゃんのミドルショット・パンチ。秋田《あきた》さんの二メートル男のブロックをかわしての巧みなフックシュート。

残り一分を切ってジョーがアクロバチックなダブルクラッチ・レイアップを決め、三点差になった。ぼくたちのベンチは総立ちになった。

「ディ・フェンス！」

「ディ・フェンス！」

「ディ・フェンス！」

ボールを奪い取り、一本決めれば一点差となり、後はファールゲームで一か八かの勝負をかける。十分に逆転可能だった。

三沢マッハ5はゆっくりとボールを回し、二メートル男のポストプレーを使ってパスを回し続け、外からフォワードがタイミングのいいジャンプショットを決めた。また五点差に開いた。

すぐに速攻を出してジョーが中に切れ込んだ。慌てた三沢マッハ5はジョーに殺到した。ディフェンスを引きつけておいて、ジョーはフォローに入ってきた洋ちゃんにバックパス。洋ちゃんががら空きとなったゴール下で楽々シュートを決めた。三点差。残り八秒。

「オールコート！　オールコート！」

洋ちゃんが手を開き、サインを出して叫んだ。

全員がそれぞれの相手にぴったりと張りついた。オールコート・プレス。それぞれがマークする相手にプレッシャーをかけて慌てさせ、パス回しを阻止して隙が出た瞬間にボールを奪う、ということと、フリースローが下手くさいやつにわざとボールをパスさせるように守って、そいつにパスが回ってきたらすぐにファールをしてフリースローをさせ、外れることを祈ってリバウンドを奪い、逆襲に転じて速攻でシュートを決めるという、土壇場のやぶれかぶれ的な作戦だった。

開き直り作戦なのだが、案外上手くいくこともあって劇的な大どんでん返しフィナーレを飾ることもある。点差がない場合に用いるタイムアップ寸前の常套《じょうとう》手段だった。

問題は時間が八秒しかないということだった。これではボールを奪うチャンスはほとんどないし、フリースローの下手くそなやつにボールが回ってくるまでファールをしないで待つという暇はないということだった。フリースローの上手下手に関係なく、最初にボールをもらった相手にすかさずファールをしなければタイムアップとなって負けてしまうのだ。

相手チームはそのことを百も承知で、ボールをコートに入れるときにはフリースローを外さないやつにパスを入れる。そうすればファールをされてもフリースローを決めることができて、負けることはないからだ。

二メートル男がバスケット下のラインの外からコートの中の味方にボールを投げ入れようとして、フリースローの上手いやつを探していた。

たぶん背番号五のフォワードにボールをパスするだろうと思った。絶好調でフリースローを一本も外していなかった。

はたして、背番号五のフォワードがハーフラインから急反転してマークを振り切り、パスを受け取るために戻っていった。二メートル男がそいつに向かってボールを投げ入れた。

「ファールだ！　ファールしろ！」

ぼくたちのベンチから声が飛んだ。

マークを振り切られた味方のフォワードが慌てて追いかけた。

三沢マッハ5の背番号五がボールをキャッチしようとしたその瞬間だった。

誰もが、マズイッと顔を曇らせた次の瞬間、信じられないことがおきた。

ボールを手にしたのは相手チームの背番号五ではなかったのだ。どこから現れたのか、あっという間の早業でジョーがパスカットをしていたのだった。相手のガードをマークしていたはずのジョーがいきなり現れてパスカットしてしまった。ジョーは一か八かの勝負をかけたに違いなかった。フリースローが一番上手い背番号五にボールをパスすると読んで、パスのコースに飛び出したのだ。

ジョーはすぐさまゴール下に突進した。まるで黒い稲妻だった。二メートル男が慌ててたちふさがった。両手をあげて壁を作った。ジョーは構わずに突っ込んでいく。シュートまで持っていく勢いだった。あまりのスピードにジョーをフォローする味方は一人もいない。相手チームも防御の切り替えが間に合いそうもなく、二メートル男が一人たちふさがっているだけだった。

だが、三沢マッハ5にしたら二メートル男一人で十分だった。ジョーは百七十センチにも満たない。ジャンプシュートがあまり得意ではないジョーは、ゴール下に切れ込んでシュートをするだろう。どんなシュートをしようと、二メートル男が落ち着いて対処すれば長く大きな手でシュートをはたき落とすことができるのだ。

ジョーは残り時間があるなら味方の誰かがやってくるのを待つこともできた。だが時間がない。まごまごしているとタイムアップになってしまう。一人で勝負するしかなかった。

ぼくはジョーがものすごいプレーを見せてくれるものと期待した。ダブルクラッチどころか、トリプルクラッチで二メートル男を翻弄《ほんろう》し、シュートを決めてくれるかもしれなかった。そんなのは見たこともなかったけど、それでもジョーの気迫あふれる突進はそんな予感を与えてくれた。

ジョーはバスケットに向かって跳んだ。二メートル男は両手をかざしたままだった。まるで落ち着いていた。どうせ何かを仕掛けてくる、シュートを打ったらブロックすればいい。そんな態度が見え見えだった。

ぼくも、誰もがそう思っていた。きっとジョーはアクロバチックな動きで攪乱《かくらん》し、それからシュートを打つ。二メートル男のブロックをかいくぐってシュートを決めるにはそれしか手がないだろう。

ところがジョーはあれこれとテクニックを駆使しようとはしなかった。ものすごい勢いで空中にジャンプしただけだった。本当に飛んでいるみたいだった。重力なんかまるで関係ないというようにフワリと空中に浮いた。そして、信じられないことに、ダンクシュートの態勢に入ったのだった。

びっくりした。まさか？

百七十センチに満たないジョーがダンク？

慌てて二メートル男がブロックに跳んだ。

ジョーは二メートル男を飛び越す勢いで飛行を続け、そのままブロックをものともせずにワンハンド・ダンキングシュートをバスケットリングに叩きつけた。力感あふれるダンクだった。まるでこの世の不条理に怒りをぶつけ、叩き壊しでもするかのようなダンクだった。ぼくにはそんなダンクに思えた。

ネットを激しく揺らしてボールがコートに落ちた。

みんな呆然《ぼうぜん》としてしまった。目を白黒させて声もでない。当たり前だ。百七十センチに満たない男がダンク？　信じられる訳がない。練習でもジョーのダンクなんて見たことがないのだ。

一点差。時計は残り四秒で止まっている。

「マークだマーク！　オールコート・プレス！」

我に返った洋ちゃんが気合いを入れ直した。

「ボールが入ったらすぐファールしろ！」

ベンチから誰かが叫んだ。

三沢マッハ5がリスタートのボールをコートに入れた。作戦通りにすぐにファールした。時計を止めて相手にフリースローシュートをさせるためだった。外してくれれば儲《もう》けものだったが、落ち着いて二本決められた。三点差となった。速攻を出して洋ちゃんがジャンプシュートを決めたけど、その瞬間に時間切れでタイムアップとなってしまった。

一点差でチームは負けてしまった。

試合には負けたけど、チームのみんなは興奮してジョーの元に集まった。

「すごかったな、ジョー！」

「ジョーがダンクするなんて信じられないよ！」

「二メートル男の上からだもんな！」

「スカッとしたぜ！」

と口々にジョーを讃《たた》えた。

「悪かったなジョー」

と洋ちゃんがいった。「ジョーの最後の試合だから何とか勝ちたかったけどな」

「ありがとう。だけどいいゲームだった。それで十分だよ」

「二、三日後にジョーの送別会をやろうぜ。どうだみんな?」

と洋ちゃんはみんなを見回し、みんなはやろうと返事した。

「それがだめなんだ」

とジョーはいった。

「どうしてだ? 沖縄《おきなわ》には一週間後にいくんだろう?」

「明日いくことになったんだ」

「明日? そいつは急だな。じゃあこれからやろう」

「ありがたいけど、やることがあるんだ。何も準備をしていないし」

とジョーは首を振った。

ぼくたちは一人一人がジョーと握手をして別れの挨拶を交わした。みんなが着替えにいき、ジョーはそのままベンチに座った。ぼくと目が合うと人懐こい笑みを向けた。少し寂しそうな笑顔だった。ぼくはベンチに腰を下ろした。

「ジョー。明日いくっていうのは本当かい?」

「ああ。明日だ」

「本当は明日いくということは前々から決まっていたんじゃないのか？」

「どうしてそう思うんだ？」

「何となくだよ。何だか送別会をやってほしくない感じだからさ」

「人を殺すためにいくのに、送別会をしてもらう訳にはいかないよ」

とジョーは静かにいった。

ぼくたちは沈黙した。ジョーの言葉が重く心の中に落ち込んだ。ジョーの怒りをぶつけるかのようなダンクシュートが目に蘇って浮かんだ。

「沖縄にいくんだったら、ベトナムにはいかないかもしれないじゃないか」

「沖縄でジャングルでの戦闘訓練をするんだ。それからベトナムだよ。秘密ということになっているけど、誰もが知っていることだ」

とジョーはいった。

「そうなのか」

「俺は恐いんだ」

ジョーはぼそりといった。

「うん。だけどジョーは死なないよ。俺にはそんな気がするんだ」

ぼくはジョーを元気づけようとしていった。

「死ぬのが恐いんじゃないんだ。人を殺してしまうのが恐いんだ。分かるかい？」

「うん。何となく。いや、俺にはよく分からないな。俺は死ぬのが恐いって気がする」

それが正直なところだった。ジョーの本当の恐怖なんて分かる訳がなかった。死ぬことも人を殺すことも、考えたことはなかったのだ。

「圭太は働くんだったよな」

「首になったよ」

ぼくはいって小さく笑った。

「首？　もうやめさせられたのか？」

とジョーは驚いてぎょろ目を剝いた。

「ああ。働く前にやめさせられたよ。首というよりは、働くのを取り消されたんだ」

「取り消された？」

「キャンセルだよ」

「ああ、そういうことか。トリケサレタはキャンセルか」

「正確にはキャンセルは取り消すだ」

「うん。トリケスね。それで、圭太はどうするんだ？」

「分からない。今日取り消されたばかりなんだ。別の働く所を探すことになるだろうな」

漠然とそう思っただけだった。

「何とかなるよ」

とジョーは笑った。元気づけてくれたみたいだった。

「たぶんね。ジョーも何とかなるよ。死なないようにって毎日祈っているよ」

「ありがとう。俺は死なないよ。アメリカにいるママは俺を、えーと、何だっけ?」

「頼っている?」

「そう、頼っている、だ。死ぬ訳にはいかないんだ」

「ベトナムから戻ったら、アメリカでプロのバスケット選手になればいいじゃないか。背は低いけど、スピードはあるしテクニックもあるし、ジャンプ力もすごい。まだ若いし絶対にプロの選手になれるよ」

「そうだな。子供の頃の夢だったよ。じゃあな。そろそろいかなくちゃ」

とジョーは立ち上がった。

ぼくたちはまた握手をした。

「元気でな」

「ジョーも」

「うん。じゃあ」

「うん。元気で」

ジョーはユニフォーム姿のまま体育館を出ていった。出口のドアで振り返った。小さく手を挙げた。それからドアの向こうに消えた。

ドアが閉まると、何だかジョーはもう二度とドアを開けて出てこないような気がした。世界中のどこのドアからも。永遠にドアの向こうにいってしまったような気分になってしまった。

「ジョー！」

ぼくは走った。ジョーは絶対に死なないぞともう一度いってやりたかった。

ドアを開けた。ジョーの姿はどこにも見えなかった。ジョーのオンボロワゴンのエンジン音が、バフンバフンと夜空に轟いて遠ざかっていった。

14

着替えのために用具置き場に入った。

チームのみんなは着替えをすませ、この後の飲み会の話をしていた。洋ちゃんの店に直行しようという話に決まったらしかった。

「圭ちゃん、友だちとの用事が終わったらこいよな」

と洋ちゃんに声をかけられた。

「うん。だけど遅くなるかもしれないよ。いけたらそうするよ」

「ほいよ、俺ん家《ち》の鍵」

洋ちゃんは家の鍵を放ってよこした。「居間に布団出しておくからさ、遅くなったら勝手に寝てよ」

「うん。サンキュー」

チームのみんなが出ていき、急いで着替えをすませた。

滝内景治と太田博美、伝法寺と坂崎洋子の四人は体育館の外にいた。館内から漏れる明かりが、四人の笑顔をあったかそうに照らしていた。

「よしッ。じゃあいくか」

と滝内景治が静かに気合いを入れた声を出し、ぼくと太田博美に目配せした。

「おう。で、大丈夫か、沢木？」

と太田博美はにんまり笑って見た。

「何がだよ？」

「疲れてないか？　疲れてんだったら、どっかで休んでさ、体力回復させてからいくか？」

「大丈夫だよ」

「だってお前、本当に大丈夫か？　いざというときになって、あれがダメだってことにならねえか？」

「大丈夫だろう、たぶん。初めてだから分かんねえけどな」

「お前ら、どっかにいくのかね？」

伝法寺はうさん臭そうな目で見回した。

「まあ、ちょっとな」

滝内景治が照れ笑いをして答えた。

「体力回復させてだの、いざというときになってあれがダメだの、怪しいことをしようという感じじゃないかね」

伝法寺のやつはとがめるような目つきになった。

「お前には関係ないことなんだよ。そんなことより、お前らさっさと駆け落ちしなくていいのかよ？」

と太田博美は伝法寺にいった。

「そうだぞ。俺たちのことに首突っ込んでいる暇ねえだろが」

と滝内景治。

「そりゃまあ、そうだけどな。何だか怪しいってばよ、お前ら。まあいいか。ぼくたちは美しい駆け落ちに専念するとしようか。景治はあさってに東京へいくんだったよな。

博美はいつ福島にいくんだ？」

「俺はまだ先だ。車の免許とってからいくからな。後二回、自動車教習所にいかなくては試験受けれないんだ」

「あ——、そうだ。忘れてた」

と坂崎洋子はぼんやりとした顔でいった。

「うん？　何だね、洋子ちゃん？」

伝法寺は坂崎洋子に顔を向けた。

「私、明日自動車教習所だったんだ」

「ハハハ、何かと思えばそんなことか」

「どうしよう。明日、教習所にいかなくちゃ」

「またまたまた、いやいやいや、そのことは前に話し合って納得したじゃない、ね、洋子ちゃん」

伝法寺は少し慌てていった。

「そうだっけえ？」

「そうだよ洋子ちゃん。ね、ほら、俺が明日まで東京にいかなくちゃならないからってことで、洋子ちゃんも一緒にいくってことになったじゃない。自動車の運転免許は、どうせ東京じゃ必要ないからいらないって。で、そのうちにやっぱり必要だってことになったら、そのときはまた新たに教習所にいけばいいじゃないかってぼくがいったらだね、運転には自信があるから試験場で一発試験を受けても大丈夫だってさ、洋子ちゃん自信満々にいったじゃない。忘れたみたいだねえ、いやいやいや」

「そんなこといったっけ?」

「あれえ?」

伝法寺は目をぱちくりさせた。

「それに、明日、京子《きようこ》ちゃんと約束していたことも思い出しちゃった」

と坂崎洋子はいった。

「京子ちゃん?」

「うん。教習所で一緒になった商業の子。大事な約束していたんだ」

「なるほど。その京子ちゃんね。で、大事な約束って?」

「うん。教習終わったらケーキ食べにいこうって指切りげんまんしたんだ」

「ケーキ……」

といったきり、伝法寺の笑顔が固まってしまった。

「喫茶店でケーキ食べるの初めてだからって、京子ちゃん、ものすごくうれしそうだったんだよ。明日はやっぱり教習所にいかなくちゃあ」

「いやいやいや、ハハハハハ」

伝法寺のやつはヤケクソ気味に無理やり笑い声をあげた。「いや、ほら、ぼくは明日には東京の就職先にいかなくちゃならないんだし、それで二人が住むアパートだって決めなくちゃいけないしさ、ここは予定通り今夜の夜汽車でだね、手に手を取って東京にいこうじゃないの」

「でもさあ、京子ちゃん、ものすごく楽しみにしてたんだよ。ガッカリさせるの悪いしい」

「電話してさ、大事な用事ができたからって断ろうよ、ね、うん。そうしよう、ね？」

「電話番号知らないもん」

「ウームムムム……」

伝法寺は口の中で意味不明のうめき声を発した。

「おい、さっさといこうぜ」

滝内景治がいらついた声でいって目配せした。

「おう。そうするか。なあ沢木」

と太田博美が応じた。

「うん。いくか、滝内」

「ああ。んじゃまあ、俺たちはいくからよ。お前たちはどうするか知らないけど、まあとにかくお前ら駆け落ちするなら元気でな」

滝内景治は伝法寺と坂崎洋子に作り笑いを向けた。

「な、こらッ、景治ッ。冷たいではないか。友だちなら俺と洋子ちゃんをだな、ちゃんと駅で見送るもんだろうが」

と伝法寺は滝内景治の肩をポンと突いた。

「あたしい、今日は、いかなあい」

と坂崎洋子は間延びした調子でいった。

「またまたまた。いやいやいやいやいや。ね、洋子ちゃん。どっちが大事か考えてみましょうよ。ねえ。ぼくたちの明るい未来のためには、やっぱり今日の夜汽車で東京に向かった方が雰囲気ずっといいでしょうが。友だちとのケーキの約束か、ぼくたちの駆け落ちか、どっちが大事かといったら、答えはもう決まっているよねえ。はい、どっちでしょうか?」

伝法寺はぐんにゃりと顔を歪めて坂崎洋子に笑いかけた。

「うーん、どっちも大事。だから明日教習所にいって教習受けて、それで京子ちゃんと喫茶店でケーキを食べて、それから東京にいけばいいじゃない」

伝法寺の笑顔がまた固まってしまった。

「どっちでもいいけど、もしも十和田に帰るならこれでタクシーで帰れよ」

ぼくはポケットから五千円札を出した。坂崎熊夫が無理やりポケットに押し込んだ金だった。

「十和田に帰ったら、ロマンス座の向かいの成り駒寿司に寄って、俺は相撲取りにはならないっていってくれ。洋子ちゃんの兄貴と俺のお袋がいるはずだから」

「あら、あんたはいかないのお?」

と坂崎洋子はポカンとした表情で見上げた。

「初めからいく気はないよ。あんたの兄貴が勝手に独り走りしているだけだよ」

「まあねえ。お兄ちゃんせっかちだからねえ。いつも騒ぎを起こすんだけど、だいたいがせっかちが原因だもの。あたしと正反対。不思議よねえ、兄妹だというのに」

「あんただって騒ぎを起こしてるじゃないか」

「あら、あたしい、騒ぎなんか起こしたことないよう」

「駆け落ちは騒ぎじゃないのか?」

「うーん、そうかなあ?」

坂崎洋子はぽっちゃりとした唇を半開きにして小首を傾げた。

「とにかく、この金は持っていたくないんだ。あんたの兄貴を騙《だま》したみたいで気分がすっきりしないんだよ」

「ふーん。じゃあ、もらっとくね」

坂崎洋子はあっさりと受け取った。

「いやいやいやいや、まさか本当に帰る気じゃないでしょうね、洋子ちゃん？」

と伝法寺は慌てていった。

「だって教習所の予約入れてあるし、京子ちゃんとの約束もあるんだよ」

「またまたまた。だからだね、それはだね」

と伝法寺がいいかけると、

「ま、お前らは納得するまでやってろ。いこうぜ、太田、沢木」

と滝内景治が太田博美とぼくを急《せ》かした。

「おう。じゃあな、伝法寺。休みの日はたまに東京に遊びにいくからよ、電話するからな。福島からだったら日帰りできるからよ」

と太田博美は伝法寺に手をあげた。

「伝法寺よ。俺の所の電話は教えたよな？　ま、いずれ東京で会おうぜ」

と滝内景治はいって太田博美と同じように手をあげた。

「じゃあな」

とぼくはいっただけだった。手もあげなかった。何度目かの別れの挨拶なので惜別の感情はわかなかった。おざなりですませてしまった。

「なッ、君たちッ、冷たいではないかねッ。こらッ、博美！　景治！　沢木ちゃん！」

「元気でやれよ！」

「うまくやれ！」

「じゃあな！」

ぼくたち三人は伝法寺と坂崎洋子に背を向けて歩き出した。駅まで送ってくれ！　熱い友情で結ばれたぼくたちだろうが！　と喚き続ける伝法寺の声が背中に遠ざかっていった。


滝内景治と太田博美はそれぞれオートバイに乗ってきていた。滝内景治はホンダのCB、太田博美はホンダのドリームだった。

そのスナックの場所を知っている滝内景治が先導した。街の中心街から外れて東の浜《はま》三沢《みさわ》の方に向かった。

岡三沢をすぎると人家が途切れてうらさみしい闇《やみ》が広がった。街灯がポツン、ポツンと寒々しく灯《とも》って過ぎ去った。夜空に星が瞬いていた。月はまだ出ていなかった。風はまださほど冷たくはなかった。それでも空気にさらされている顔は、しびれるように固まってしまった。

ぼくはエンジンを吹かせて滝内景治に並んだ。

「滝内よ、本当にこっちかよ！」

「ああ、間違いないって！」

「バーなんかありそうにねえぞ！」

「それがあるんだってよ！」

太田博美が滝内景治の向こう側にピタリとついてからいった。「景治、お前、街の中の間違いじゃねえか！」

「大丈夫だって。ちゃんと聞いてきたから間違いねえって！　次の電柱のとこ、左だ！」

ぼくたちは電柱に裸電球が一個だけの、ぼうっと薄明るい小さな十字路を曲がった。裸電球の下に、日本酒の宣伝看板が張りつけられてあった。

道は真っ直ぐで、ずっと遠くの夜空が少し明るくなっていた。基地の明かりのようだった。少し走ると、右手の林の向こうに明るい一角が見え隠れした。

「あそこだ、あそこだ！　見えるだろう！　ほら、あの明るいとこだ！」

と滝内景治は指さし、ほっとしたように陽気な声を出した。

ぼくたちは林の途切れた十字路を右折した。右折するとすぐに、三軒の店があった。みんな小さな建物で、道より少し奥まった場所に建っていた。それぞれの店先に、赤、青、紫の電飾で店の名前が灯っていた。赤は『ダンヒル』。青は『シルビー』。紫は『式部』という店名だった。

滝内は一番先にある赤のダンヒルの前でオートバイを停めた。太田博美とぼくも続いた。ダンヒルの店先の空き地には二台の乗用車が停めてあった。青のシルビーと紫の式部には乗用車とオートバイが数台停まっていた。ダンヒルとシルビーは静かだったが、式部からはサイケデリック調のロックが、壁を突き破るようにして大音響で飛び出していた。

「ここだ」

と滝内景治がヘルメットをとっていった。

「ここかあ」

「へー」

太田博美とぼくは期せずして感慨深い声を出してしまった。

ダンヒルは四、五メートル四方の小さな店だった。平屋建てで、正面に小さな窓がひとつあるだけの殺風景な見てくれだった。樹木もなければ花壇もなかった。もっともまだ花には早い季節だったので、芽が出ていないだけで本当は花壇があるのかもしれなかった。

窓はカーテンか何かでピタリと仕切られていて、中の明かりは見えなかった。白っぽいモルタルの壁を、ダンヒルの電飾看板が鮮やかに赤く染めていた。何だか毒々しい感じだった。

「さてと、どう思う?」

と滝内景治がいった。躊躇《ちゅうちょ》するようないい方だった。

「どうって、ここなんだろう?」

と太田博美はいった。

「聞いた所はここだけどさ、らしい所かどうかと思ってさ」

「らしい所って、どういう意味だよ?」

「いや、そういう感じがするかどうか、お前たちはどう思うかと思ってさ」

「馬鹿、この。初めてだから分かる訳ねえよ。なあ、沢木」

と太田博美はいった。

「うん。入って、いってみるしかないよな」

ぼくは覚悟を決めていった。覚悟を決めるというのは少し変な感じがしたけど、何だか生死をかけた決闘に赴くような気分だった。

「とにかく入ってみようぜ。虎穴《こけつ》に入らずんば虎子《こじ》を得ずっていうしな」

太田博美は大人風を吹かせた。

「確かにそうだな」

と滝内景治は感心したようにうなずいた。

「よし、いくか」

太田博美がまたきっぱりといった。

「ちょっと待て」

と滝内景治が止めた。「あのな、いくらかは最初にちゃんときこうな。じゃないとあとでふんだくられるかもしれないって、兄貴がいってた」

「いくらって、料金のことか？」

ぼくはいった。

「うん。それと、一回なのか、時間なのかも確かめろってよ」

「どういうことだ？」

と太田博美は何だか怒ったようにいった。

「一回は一回だよ」

と滝内景治。

「うん。そうだよな。一回いったら終わりってことだよな」

ぼくは妙に納得してうんうんと首振り人形のようにうなずきながらいった。

「とすると、時間っていうのはよ、あれか、時間以内だったら何回やってもいいってことか？」

と太田博美は真面目くさってきいた。気合いが入った大きな目に、ダンヒルの電飾の赤が怪しく揺れていた。

「まあ、そういうことだろうな。たぶんだけどよ」

「そうか。よし。だったら俺は時間の方がいいな。なあ、沢木」

「うん。断然時間だよな」

異議なしだった。

「だから、そういうこともちゃんと確かめてからにしようってば。どっちにしてもちゃんと料金を確かめようぜ」

「うん。そうしよう。後でもめるの嫌だしな」

ぼくはいった。

「婆さんは嫌だとはっきりいうよな?」

と太田博美はいった。

「うん。それも確かめよう。初体験が婆さんというのは勘弁だよな」

とぼくは苦笑した。

「まずやらせてくれるかどうか、そっちを確かめるのが先だぞ」

滝内景治は釘を刺すようにいった。

「終わったらどうする?」

太田博美は滝内景治とぼくを交互に見ていった。

「終わったらって?」

と滝内景治。

「だから、ナニが終わったら、どっかで会うかってことだよ」

「同じとこでやんのかどうか分かんねえよな。同じ場所でやるなら待っていてもいいけど、どうなんだ?」

とぼくはいった。

「ということは、やっぱりあれかなあ、俺たち三人を一人の女の人が相手するってことなのか?」

太田博美は少し不満そうな顔つきになった。

「それもちゃんときこう。できれば一人に一人がいいっていおうぜ。入ろう。ずっとここであれこれしゃべっていても始まらねえってば」

と滝内景治は自嘲した。

「おう。沢木、先にいけ」

太田博美はぼくを押し出した。

「何でだよ。お前がいけ」

「馬鹿。こういうことは一番でかいやつが先頭に立つって決まってるじゃないか」

「そんなの聞いたことねえぞ」

「いいからさっさといこうぜ」

と滝内景治がいい、ぼくたちはひとかたまりになって出入り口のドアまで歩いた。

いつの間にか、ぼくがドアの正面に立っていた。滝内景治と太田博美は両脇に立っていた。

「開けろ」

滝内景治が声をひそめていった。

「俺がかよ?」

ぼくはいった。声がかすれて唾《つば》を飲み込んだ。

「いいから早く開けろってッ」

太田博美が押し殺した声で怒ったようにいった。

「分かったよ。じゃあ、開けるからな」

ぼくはドアと向き合った。心臓がドンドンと胸を突き破りそうに大きく突き上げた。

意を決して手をあげた。

コンコン。

ドアをノックした。何も考えなかった。自然にドアをノックしてしまった。

すかさず、

「馬鹿ッ、店に入るのにノックするやつがあるかよッ」

と滝内景治が叱った。

「馬鹿、このッ。誰かの部屋に入るんじゃねえぞ、まったく」

太田博美はどうしようもないやつだというように呆れた。

「はあい！　どうぞ！」

店の中から返事があった。女の人の声だった。ふくよかな感じのする声だった。

「どうする？」

女の人の声に躊躇してしまい、不安がちらっと頭をもたげて滝内景治と太田博美を交互に見てしまった。

「開けろッ」

「早くしろってばッ」

二人は押し殺した声で語気鋭くいい、殺気立った目を向けて急かすのだった。

「俺がか？」

「いいから早く開けろってばッ」

「早く入れってばッ」

滝内景治と太田博美は交互にぼくを突っついていった。

「はあああい！　どうぞおお！」

また店内から女の人の声が聞こえた。一度目より声は大きかったが、何事にも動じないというような度胸のよさを感じさせる声のひびきだった。

ぼくは大きく息を吸い込んでドアのノブに手をかけた。引いた。

「あれ？」

開かなかった。焦って力任せに引いた。

「馬鹿ッ、反対だ。押すんだよッ」

滝内景治がいった。

「落ち着けってばッ。ゆっくりだぞ。ガキみたいにがっついて開けるんじゃねえぞッ。ゆっくり堂々と開けろッ」

太田博美はなじるように命令した。

ぼくはドアを押し開けた。ゆっくりと開けた。中に入ろうとしたが足が動かずに顔だけ突き出す格好になってしまった。怖じ気づきながらも恐いもの見たさ、みたいな情けない格好になってしまった。

そのままの格好で素早く店内を見回そうとしたら、いきなり背中を力強く押し出されて、ポン！　と店内に飛び込んでしまった。つんのめりそうになり、慌てて体勢を立て直した。

「馬鹿このッ。押すなよッ」

ぼくは滝内景治と太田博美を振り向き、声を押し殺していった。二人はうるさい黙れというように眉根を寄せて目配せした。

「どうしたの？　大丈夫？」

と女の人の声がした。間抜けなノックに返事を返してくれた声と同じだった。

店内は薄暗かった。アメリカ軍の極東放送が控えめなボリュームで流れていた。知らない女の歌手が知らない曲を英語で歌っていた。ジャズのようだった。

黒光りのする長いカウンターがあって、身体にぴったりの赤っぽい襟《えり》付《つ》きシャツみたいな薄地の長袖《ながそで》を着た少し肉づきのいい中年の女の人が中にいた。左手にタバコを挟んで顔の前に持っていた。パーマのかかった長い髪を払うような動きで少し顔を傾げ、フウっとゆっくり煙を吐き出した。小さなダウンライトに青く怪しく光って煙がたなびいた。

「いらっしゃい。何人？」

カウンターの中の女の人は悠然と構えていった。低くてハスキーな声だった。他に女の人はいないみたいだった。

「あの、三人だけど」

心臓が高鳴って声がうわずってしまった。

「そう。好きなとこに座って。カウンターでもボックスでもいいよ」

と女の人はいった。

これがバーの『ママ』という人種なのかと、ぼくはカウンターの中の女の人をぼんやりと眺めていた。目鼻立ちがはっきりしていて、真っ赤な唇が艶《なま》めかしかった。少し肉づきがいいけれど、整った顔立ちでなかなかの美人だった。美人には違いないのだけれど、気が強そうで何だか恐い感じがした。貫禄《かんろく》十分のママだった。強い、大人の女、という感じだった。

鋭い視線を感じてぼくはカウンターに座っている男を見やった。ジャンパーを着て野球帽をあみだかぶりにしていた。薄暗い店の中で足を組み、斜に構えたままじっとこちらを上目づかいに見つめていた。男の前にビール瓶とグラスが置かれていた。客のようだったが、目つきの悪い男だった。

奥のボックスにもう一人男がいた。顔かたちは薄暗くてよく見えなかった。地味な色のジャケットを着ているみたいだった。テーブルにはグラスが一個とオツマミ皿があった。この男も客らしかった。

「あんたたち、初めてだね」

ママはタバコを吸い、煙を吐き出しながらいった。

「はあ。あの、ちょっと知り合いからきいて、それできたんだけど」

とぼくはいった。そういっただけで、もしかしたら来店目的を察知してくれはしないかと期待してのことだった。

「ふうん。誰だろう。まあ、どっかに座ってよ」

さらりと受け流されてしまった。

「どうする？」

ぼくは滝内景治と太田博美を見た。

「とにかく座ろう。話はそれからだ」

と滝内景治はきっぱりといった。

「うん。他の客もいるしよ、いきなり、やりたいんだけどともいえねえよな」

と太田博美は声をひそめていった。

「どうするの？　どこに座るの？」

とママがいった。

「ここでいいよな」

と慌てて太田博美が出入り口に近いテーブルの席を指していった。

「ああ」

「うん」

ぼくと滝内景治は急いでうなずいた。

ぼくたちは少し硬《かた》めの赤いソファーに座った。ぼくの隣に太田博美が座り、向かい側に滝内景治が一人で座った。座るやいなや、

「何にする？」

とママが声をかけてきた。

ぼくたち三人は顔を見合わせた。こういう所じゃ何を飲むんだ？　と目で会話した。

「俺はコーラにするぞ」

とぼくはいった。

実のところ、それまでアルコールは口にしたことがなかった。タバコも吸ったことがなかった。法律で禁じられているからではない。大島のやつが、将来プロの選手になるなら酒もタバコもやらない方がいい、スタミナがなくなるし身体のためにもよくない、と忠告してくれたことがあったのだ。そうかもしれないと酒もタバコもやるまいと決めていた。肩を壊してプロ野球の選手という夢は潰れてしまったけれど、もしかしたらいつか奇跡がおきて肩の痛みが消えるかもしれない、と暗闇の中に小さなホタルのような淡い希望が点灯するときがあって、酒、タバコはやめておこうと決めていたのだ。

「馬鹿ッ。こういうとこにきたらビールかウイスキーなんだよ。ガキに見られたらあれもやらせてくれねえかもしれねえじゃねえかッ」

と滝内景治が身を乗り出していう。

「そうだぞお前。ビールにしようぜッ」

と太田博美も鼻息を荒くして顔を近づけてきた。

「だけどよ、アメリカの映画で、バーでコーラを飲んでいる場面があるじゃねえかよ」

ぼくはいった。

「馬鹿ッ。それは映画だろうが。映画で飲んでいたからって真似《まね》するのはガキだぞ」

と滝内景治は小馬鹿にして笑った。

「三沢で従姉がやっているバーでも、コーラを飲んでいるアメリカ兵がいるっていってたぞ」

鈴姉ちゃんが話していたことがあったのだ。

「馬鹿ッ。そいつらは酒飲んだあとにコーラにしてるんだよッ。最初からバーでコーラにするやつはいるかよ」

と太田博美はいった。

「決まった？　コーラと何？」

とママが声をかけてきた。

「ほらみろ。コーラでもいいじゃねえかよ」

ぼくは勝ち誇ったようにいってしまった。

「あんたたち高校生じゃないよねえ」

とママがいった。どうでもいいけどさ、というようなあまり関心のない口調だった。

「まさか。もう二十歳だよ」

滝内景治が少し笑いながらいった。ニヒルに笑ったつもりだろうが、ぼくには引き攣った笑いに見えた。

「あらそう」

ママはタバコの煙を鼻から吐き出しながら小さく笑った。嘘ばっかり、と笑ったように思えた。

「だったら遠慮しないでお酒飲めば。うちは二十歳になっていようがいまいが、好きなもの飲んでいいけどね」

どうも滝内景治の嘘は完璧に見抜かれているようだった。

「俺はビールにする」

と滝内景治は少し憮然《ぶぜん》としていうのだった。

「じゃあ、ビール二本とコーラ一本」

と太田博美は告げた。

「オツマミはいい？　ピーナツとかカマボコならすぐ出せるけど」

ママは気のない声でいった。

「じゃあ、ピーナツとカマボコ」

と太田博美は復唱するようにいうのだった。

「お腹《なか》すいているなら、焼きうどんぐらいなら作れるよ」

とママは表情を変えずにいった。

どうする？　とまたぼくたちは顔を見合わせた。突然空腹に襲われてしまった。昼に食べてから何も口にしていないことを思い出した。

「あ、俺、焼きうどんください」

ぼくは思わず手をあげていってしまった。

「ひとつだけ？」

ママの声に滝内景治と太田博美は黙って首を振った。

「ひとつだけね。いま飲み物持っていくから待っててね」

ママは吸いかけのタバコを灰皿に押しつけながらいうのだった。

「おい、どう思う？」

と太田博美がぐいと顔を突き出して声をひそめた。

「何が？」

と滝内景治。

「何だかそんな雰囲気しねえと思ってさ。お前らどう思う？」

「どう思うも何も、ここだというんだからそうなんだよ」

と滝内景治はいった。

「沢木はどうだ？」

「さあな。俺たちは初めてなんだから確かめてみるしかねえだろう」

「大丈夫だって。兄貴は嘘つかねえよ」

と滝内景治は請け合った。

「だけど、沢木よ、確かめるってどうやって確かめるんだよ?」

「さあな。ちゃんとしゃべってみるしか手はないだろう?」

「何てだよ?」

「ここにくればやらせてくれるってきいてきた、とか、やりたいんだけど、とか、お願いしたいいんだけど、とかじゃないか?」

ぼくたちは話すことをやめた。ママが飲み物を運んできたのだ。

話すのをやめると、ラジオからサイモンとガーファンクルの『4月になれば彼女は』が流れていることに気づいた。薄暗いバーには似合わない曲だった。二瓶みどりの笑顔が目に浮かんだ。彼女の笑顔に『4月になれば彼女は』のメロディーが流れて、一瞬じんわりと深く切なくなってしまった。

「はい、お待たせ」

ママはテーブルにビールとコーラ、グラスを三つ、殻《から》つきピーナッツと分厚く切ったカマボコを置いた。真っ赤なマニキュアの指先だった。ヒダヒダだらけの薄い生地のロングスカートをはいていた。明るいベージュのスカートだった。肉づきのいい腰のあたりでゆらゆらとスカートが揺れた。踵の高いサンダル履きだった。

「焼きうどんはいまやるからちょっと待っててね」

とママはぼくにいった。

うなずこうとすると、太田博美が脇腹《わきばら》を素早く肘で突いた。

反射的に太田博美を振り向くと、太田博美は小さく顔をママにめがけて振り、いってみろッ、と目で合図を送ってきた。

『お前がいえよッ』

と太田博美に合図を送り返した。

「何？　何か注文の追加？」

とママが無表情にいった。

「いや、別にないけど」

ぼくは慌てていった。

「そう。焼きうどん、すぐ作るからね」

ママは踵《きびす》を返すと、腰をくねらせ、ロングスカートを揺らしてカウンターの中に入っていった。

「何でいわなかったんだよッ」

太田博美がまた肘で脇腹を突っついてなじった。

「いきなりいえるかよッ」

「馬鹿ッ。時間が経てばますますいい出せなくなってしまうだろうが」

「だったらお前がいえばよかったじゃないかよ。何で俺がいわなきゃならないんだよ」

「俺は奥だしお前の方が近いじゃないか」

「変わりがねえだろうが」

「まあ、焦ることはないからよ。ここに間違いないんだから、様子を見ようぜ。他に人もいるし、しゃべってみるにしても人がいなくなってからの方がいいやすいよな」

滝内景治が割って入った。

「そうだな。ま、記念すべき初体験の日だから、まずは乾杯といこうぜ」

と太田博美が表情を和《やわ》らげてビール瓶に手を伸ばした。

「まだやれるかどうか分からないぞ」

ぼくはいった。氷の入っているグラスにコーラを入れた。

「じゃあ、前祝いだ。いつかは、そのうちにやれるだろうからさ」

太田博美はにんまりと笑い、滝内景治に「ほい」といってグラスを持たせ、ビールをついでやった。

「ま、とりあえず卒業祝いの乾杯といくか。俺たち三人ではまだやってなかったんだからよ」

と滝内景治はいい、今度は太田博美のグラスにビールをつぎ返してやった。

二人のビールをつぎ合う手つきは馴れたもので、どうもこの二人は日常的に酒盛りしているみたいだった。

ぼくたちは乾杯した。何もいわずに乾杯した。互いに目を合わせてニヤニヤ笑っただけだった。

ぼくは店内を改めて眺めた。

目が馴れて奥のボックスに座っている男もよく見えるようになっていた。男はやはり黒っぽい地味なジャケットを着ていた。灰色のシャツでネクタイは締めていなかった。丸顔の中年男だった。背もたれに上体をあずけたまま、ぼんやりとぼくたちの方に顔を向けていた。眉毛が太そうだったけど、あまり特徴のない顔つきだった。黙然《もくねん》としていて飲み物を口に運ぶ様子もなかった。

カウンターのあみだかぶりの男も所在なさげだった。ぼんやりとカウンターの中の棚を眺めていて、低い声で二言三言ママに何かいい、またぼんやりと棚に目をやるだけだった。

ママはあみだかぶりの男の言葉にうなずいて何か短くいい、すぐにジュッとフライパンに焼き音を立てさせた。

「バーってみんなこんなものなのかあ?」

ぼくはそういって滝内景治と太田博美を見やった。

「何でだよ?」

滝内景治はピーナツを頬張《ほおば》りながらいった。いつの間にか素早く殻を割っていたのだった。

「いや、ちょっと寂しすぎるんじゃねえかと思ってさ。何となくもっとにぎやかなんじゃないかと思っていたんだよ」

「お前、キャバレーのこといってんじゃないのか？　キャバレーとバーは違うんだぞ。キャバレーはにぎやかで、バーっていうのは静かなんだよ」

と滝内景治は小馬鹿にして笑った。

「そのぐらい知ってるよ。でもな、何だかちょっと楽しいって雰囲気がないような気がするんだよ。客も少ないしさ」

「客がくるのはこれからじゃないかな」

と太田博美はいった。「だってよ、もしもここがあれのあれして、あれができるバーだったとしたらよ、もう少し遅くなってからみんなくるんじゃねえか？　あれをするには時間が早いんだよ、やっぱり」

「もしもじゃなくて、そうなんだってばよッ」

と滝内景治は少し気色ばんでいうのだった。

「あの二人の客とママはあんまり会話ってものがないし、これが普通のバーなのかなあって思ったんだよ」

「知らねえよ。初めてバーに入ったんだからよ」

　と滝内景治。

「俺だってそうだぞ」

　と太田博美。

「まあそんなのはどうでもいいけどよ、本当にやれる店だと思うか？」

「間違いないって。俺の兄貴は嘘つかねえよ。大丈夫だって」

　滝内景治は薄笑いを浮かべたまま、ピーナッツをせっせと口に運んだ。顔は笑っていたが何となく落ち着きがなかった。

「はい、お待ちどおさま」

　ママが焼きうどんを持ってきてテーブルに置いた。左手にタバコをはさんで煙をくゆらせ、右手一本で皿を持ってやってきた。でかいキャベツのかけらとタマネギがいっぱいだった。熱々の湯気にソースのいい香りが食欲をそそった。

　するとまた太田博美が無言で脇腹を突っついた。今度は、

「きいてみろってば」

　という言葉つきだった。ママにきこえるようにわざと声を出したという感じだった。

　慌てて太田博美のやつを睨みつけようとすると、

「何かききたいことあるの？」

とママがいった。

タバコを真っ赤な唇から離して、フウッと煙を吐いた。何なのさ、いってみなさいよ、というようなポーズを決めてぼくを見下ろしていた。

ママの向こうにカウンターの男がこっちを見ているのが目に入った。どうにも気にかかるちょっと鋭い目つきだった。一番奥のボックス席の男は相変わらず黙然としてぼんやりとこっちを見ていた。

ママを振り向くと目が合った。

「何？」

ママは少し表情をゆるめていい、小首を傾げた。

「あのー」

とぼくはつられるように声が出てしまった。「えーと、ある人からきいて、それで、あの、教えられてきたんですけど」

いえたのはそれだけだった。それだけいうのに心臓が破裂しそうだった。

ママは何もいわなかった。じっとぼくを見つめたまま、ゆっくりと左手を動かし、タバコを真っ赤な唇に持っていった。

15

ママは目を細め、フウッと煙を吐き出した。それからいった。

「何を教えられてきたの？」

まるで抑揚のない声を出した。愛想《あいそ》のいい態度ではなかった。

ここですごすごと引き下がっては男の沽券《こけん》にかかわるというものじゃないかッ。ぼくは度胸を決めた。ひとつ息を吸い込んでから、カウンターと奥のボックスにいる二人の客に聞こえないように声を小さくしていった。

「俺たち三人、うーんと、女の人を、お願いしたいなと思って」

沽券などと大きく出た割りには、まるではっきりしない情けないものいいだった。ママは黙ってぼくたちを見下ろし、またタバコを口に持っていった。

次にママがどう出るか、ぼくたちは固唾《かたず》を飲んで見上げた。

緊張の沈黙が訪れた。

もっとも、緊張していたのはぼくたちだけで、ママは別段緊張しているふうではなかった。フウッと煙を吐きながらちらりとカウンターと奥の男たちの方に顔を向けた。どっちの男に向けたのかは分からなかった。

「女の人ってあたしのこと?」

ママはゆっくりとぼくたちを見回した。

ぼくと太田博美は、どうなんだよ? と滝内景治を見た。滝内景治は少し困ったように小さく笑った。

「いや、俺たちは知らないけどさ」

滝内景治は顔を赤らめてママを見上げた。

「誰にきいてきたか知らないけど、うちの店にはテーブルにつくような女のこは置いてないわよ。女はあたしだけよ。あたしはテーブルにつかないよ。あたしと話したかったらカウンターにいらっしゃいな」

とママは何の表情も変えずにいった。

「いや、その女ということじゃなくて、俺たちは、んーと、女の人と、その、楽しめるってきいてきたんだけど」

滝内景治は照れたように笑い、ママから視線を転じてぼくと太田博美を交互に見た。

「だからカウンターにきなさいってば。楽しい話をしてあげるよ」

「いや、話じゃなくて」

と滝内景治がいっているうちに、

「間違っていたらすみませんッ。俺たちは女の人とやりたくてきたんだけどッ。ここにきて頼めばできるってきいて、それできたんだけどッ」

と太田博美が素早くいった。イライラウズウズがパンパンに膨らんで、もう辛抱しきれないッ、我慢の限界をすでに一万キロも通過したッ、という感じで少し鼻息も荒く、押し殺した声を早口でまくし立てた。

いともあっさりと、抜き打ち的電光石火の早業でいったので、まさか太田博美がそんなことをいうとは予想だにしていなかったぼくと滝内景治は、呆気にとられてポカンと太田博美に見入ってしまった。

「ふーん。誰がそんなことをいったの？」

とママはいった。平然としたものだった。

「俺の兄貴だけど」

と滝内景治はいった。

「兄貴ってお兄さん？」

「そうだよ」

「どうりで。似ていると思った。そうならそうと早くいえばいいのに」

「兄貴、しょっちゅうくるの？」

「そんなでもないんじゃない。二度ぐらいだと思うよ」

「たった二回きただけで顔を覚えられるものなの？」

「客商売やってると一度きた客でも顔を忘れないものなのよ」

「それでどうなのさッ。やれるんですかやれないんですか？」

太田博美がまた素早くいった。大きく見開かれた目が血走っている。

「とにかく、飲むもの飲んで食べるの食べたら？」

ママはそういうと踵を返した。腰をくねらせてヒダヒダだらけのロングスカートを揺らし、カウンターに入っていった。

ママがいってしまうと、ぼくたちは慌てて食べ物と飲み物をやっつけにかかった。

「な、ちゃんといった通りだろうが、ごちゃごちゃいわないで黙って俺にまかせておけばいいんだよ」

滝内景治は、ほっとしたように笑いながらも威張りくさっていうのだった。

「だけどよ、ママはできるともできないともいわなかったぞ」

ぼくは焼きうどんを口に放り込みながらいった。大量のタマネギにソース味がしみ込んでいてなかなかうまい焼きうどんだった。

「馬鹿。ママは、そうならそうと早くいえばいいのに、っていったじゃないか。大丈夫だって」

滝内景治はうまそうにグビグビとビールを飲み干した。

「おお、そうだぞ沢木よ。だいたいお前が回りくどくいうから話が変になったじゃないか。まったく役立たずなんだからよ、お前は」

といって、太田博美もグビッと一息でグラスのビールを飲み干した。

「だったら最初からお前がいい出せばよかったじゃないかよ。そんな度胸もないくせに何が役立たずだよ」

勢い込んでいったので、口の中の焼きうどんのかけらが数個、言葉と一緒に飛び出してしまった。

「で、あれかな、あのママが相手してくれるのかな？」

太田博美はテーブルに飛び散った焼きうどんのかけらには目もくれずにいうのだった。

「知らねえ」

と滝内景治。

「俺はあのママでもいいぞ」

太田博美は目をぎらつかせていう。

「ということはよ、あのママが一人で俺たち三人を相手するってことか？」

ぼくはいった。

「知らねえ。そうだとしたらお前はやらねえのか？」

と滝内景治。

「最初の女がお前らと同じというのも、やっぱり何だかなあ……」

「そんなの、コンドームつけてやれば関係ねえって」

「何で関係ないんだ?」

「知らねえ。何となくそんな気がするじゃねえかよ」

滝内景治は小さく下卑《げび》た笑いを作った。

「そうだ、俺、コンドーム持ってねえぞ。お前ら持ってきたのか?」

ぼくは焦ってしまった。コンドームを持っていなければやらせてくれないかもしれないと不安がよぎった。

「あったり前だろうが」

と滝内景治。

「参ったな。コンドームのことなんか頭になかったなあ」

「大丈夫だ。売るほどあるからよ。ほらよ」

と太田博美はいって、ジャンパーのポケットから小さな箱を取り出してテーブルの上に置いた。

長方形の小さな箱だった。レポート用紙が巻いてあり、

『世界平和のために、共に張り切って頑張ろうではないか、諸君!

ハイメンタ商会』

とミミズがのたくっているみたいなへたくそな字が大書きしてあった。

「まさか、高《たかし》のやつから買ったのかよ？」

「しょうがないじゃないかよ。急だったし、こっ恥ずかしくて薬屋に買いにいけねえしよ」

　太田博美は顔を真っ赤にさせて照れ笑いをした。

　ハイメンタ商会は二年生の二学期に同級生の三浦《みうら》高が作った会社だった。本人は俺の会社といっていたけれど、法的にちゃんとした会社という訳ではなかった。お遊びの会社名なのだが、本人はかなり本気だった。将来はちゃんとした会社組織にするつもりなんだぞ！　遊びなんかじゃねえぞ！　セックス産業の旗手たるいやらしいもの何でも取り扱い大会社にするんだぞ！　そうなったらお前たちにラーメンでも駅そばでも好きなもの奢《おご》ってやるぞ！　とせこい奢りながらも鼻息が荒かった。

　ハイメンタ商会の記念すべき初仕事はコンドームの仕入れと販売だった。すなわち、通信販売で仕入れて高校生に売りさばく、というものだった。

「高校生はセックスに興味があるし、たとえセックスをしなくてもコンドームをアレにつけてみたいと思っているはずだ。俺がそうだから、他のやつらもそう思っているはずだ。だけど普通は恥ずかしくて薬屋に買いにいけねえ。だけどほしい。少しぐらい値段が高くても、恥ずかしい思いをしなくてすんで、簡単に買えるとなったら買うよ。だから売れる。絶対だ！」

三浦高は自信を持って確信したのだった。

通信販売からの仕入れ値は一ダース入りの箱が六百円。それを三千円で売りさばくというものだった。差し引き二千四百円の儲け。かなりの暴利をむさぼる悪徳ぼろ儲け商売となるはずだった。

三浦高はありったけの金をかき集めて百ダース仕入れた。やつはすぐに全部売り切れると思っていた。

「そんな金どうしたんだよ？」

と不思議に思ってきくと、

「俺はな、ガキの頃から将来は会社を作って社長になるって決めていたんだよ。だからその元手を貯めなければと思って、小学生のときからもらった金はみーんな貯金してたんだよ。小遣いもお年玉もだ」

と胸を張って自慢げにいうのだった。

やつの計算では、百ダースのコンドームはすぐに売り切れて二十四万円もの儲けになるはずだった。その二十四万円をそっくりまた通信販売のコンドームにつぎ込み、さらなる暴利をむさぼり、その暴利をまたまた全額コンドーム商売につぎ込んで、というように計算上はあっという間に一億円の荒稼ぎが可能となるのだった。

「アホ。そんなに売れる訳はねえじゃねえか」

　と笑うと、

「馬鹿だなお前は。ほしいのは俺たちの学校の連中ばかりとは限らねえじゃねえか。三高も三農もあるしよ、商業だって沢高だってある。俺たちは共学といったって女子は十人ぐらいだけども、向こうはみんなちゃんとした男女共学だ。俺たちの学校よりは売れるはずだろうが。ちゃんと他の学校にも販売網を作ってだな、そいつらには一個売ったら五百円の手数料を払うということにするんだ。どうだ、いい考えだろう」

　と三浦高は鼻高々だった。

　ところが、三浦高の自信満々のもくろみは見事に外れてしまった。最初に仕入れた百個はすぐに売り切れる、という初めの計算からつまずいてしまったのだ。いつまで経ってもちっとも売れずに、結局卒業時までに売れたのは十二個だけだった。二十四万円の儲けとなるはずが、二万四千円の赤字となってしまったのだった。

「まいったよなあ。まさか十二個しか売れないとはなあ」

　と卒業を前にして三浦高はぼやくことしきりだった。

「三千円は高いから二千円とか千円にしたらどうだ。それならばみんな買ってもいいかなって気になるんじゃないか？」

　と水を向けてみても、

「いや、卒業を控えてみんな浮かれていやらしい気持ちになってる。安売りなんかしないでここはぐっと我慢だ。卒業式までにドドドッと一気に売れると見るぞ、俺は。親戚なんかから卒業祝いの金をもらうやつも多いことだしな。ここからが最後の大勝負だ！」

と強気の姿勢を崩さなかった。

結局、壮大な大儲けの夢を乗せた三浦高の強気大作戦は、最後の打席でも無残な空振りの三振に終わってしまった。

そんなことに一生懸命血道をあげていたので、三浦高の成績は惨憺《さんたん》たるものだった。追試追試の連続で、それでも埒《らち》があかずにいつもレポートを提出していた。そのレポートさえも誰かのレポートを丸写しにしたものだった。何とか卒業だけはできることになったものの、そんなていたらくなので就職活動ができずに、仕方なく大学にいくことになってしまったという変則進学となったのだった。

「この成績ではどこにも就職できそうにないから、しょうがないから大学にいけ」

と担任の佐々木《ささき》先生はいったという。

「大学にいかないというのなら、俺はもう知らんぞ。まったく、頭の悪いやつとか成績の悪いやつに限って大学にいかなければならなくなるから困ったもんだ。そのたんびに嘘の推薦状を書かなければならない俺の身にもなってみろ。うーんと、成績は四・五でいいだろう。クラブ入っていたっけか？　入っていない？　何もか？　うーん、じゃあ応援団の団長にしとくから、面接のときに話を合わせるんだぞ。いいな。それから頑張り屋でまじめということにしとくからな」

というまるで正反対の別人に仕立てられて、大学進学が決まってしまったのだった。

だから三浦高から太田博美がコンドームを買ってきたということは、ハイメンタ商会の売り上げが一ダース分増えたということになる。

「三千円も出したのか？」

と滝内景治は目を丸くして太田博美にいった。

「そんなに出すかよ。やつは千円以下には絶対に負けないと突っぱねたけどよ、こっちは高の足元見えてるから六百円きっかりなら買うってねばり続けてよ、結局高のやつしぶしぶ承知したよ。ハハハハ。そしたらあいつやけくそになって、えーい、卒業祝いだから五百円でいいや！　っていって、結局五百円よ。ハハハハ。儲け儲け」

太田博美はうれしそうに笑って箱を開けた。それからぼくと滝内景治に三個ずつ小分けにして差し出し、

「ほれ、早くポケットに隠せッ」

と手渡した。

ぼくは慌てて受け取り、さっと素早くズボンのポケットに滑り込ませた。

「俺は二個持ってきたからいらないよ」

　と滝内景治はいった。

「馬鹿。景治、お前、調子が出て何発もやれるってことになったらどうするんだよッ。二個じゃ足りないじゃないか。さっさと受け取れッ。見つかってしまうじゃねえかよッ」

　と太田博美は叱るようにいう。

「そうかなあ」

　滝内景治はニヤニヤ笑って、じっと太田博美のコンドームを握っている手を見た。

「そうだぞお前。調子のいいときはマスも続けてかけるじゃねえかよッ」

「そ、そうだよなあ。じゃあ、もらっておくかあ」

　滝内景治はニヤニヤ笑いのまま太田博美からコンドームを受け取った。

「兄さんたち、もう食べて飲んだ?」

　とカウンターの中からママが声をかけてきた。

「うん。食べて飲んだ」

　と滝内景治はいった。

　ぼくはまだ焼きうどんを食べ終えていなかった。急いで残りを口の中に詰め込んだ。口の中がパンパンに膨らんで顎を動かすのも一苦労だった。

「ビール追加する？　コーラは？」

「もういいッ。もう何もいらないからッ」

太田博美が張り切っていった。またまた目に力がみなぎっていた。

ママはカウンターの中から無表情にじっとぼくたちを見ていた。タバコを左手に挟んで、顔の前に持ったままだった。どうやらそれがママの得意ポーズらしかった。立ち上る紫煙が低い天井にわだかまるように漂っている。

ママはカウンターを出て、ゆっくりと歩いてやってきた。ふくよかな腰の線が、肉感的にゆらりゆらりと揺れた。

ママは手に持った紙切れを無言でテーブルの上においた。

紙切れには文字と数字が書いてあった。何だかそれは、めくるめく快楽の園への扉を開いてくれる、秘密の案内書のような魅力的なオーラを放っていた。

思わず、何が書いてあるのか急いで覗こうとして、思い切り頭を突き出して顔を近づけた。

そのとたんだった。頭に強烈な衝撃が爆発して目から火花が飛び散った。しかも同時に頭の左右二カ所で炸裂《さくれつ》した。

「ツツッ……」

頭を手で押さえて引いてしまった。衝撃と痛さで頭がクラクラした。

目から火花が消えると、目の前に太田博美と滝内景治がぼくと同じように頭を押さえて苦痛に顔を歪めていた。

「テーッ、何やってんだよ、お前らッ」

と太田博美がなじった。

「お前らだろうが、何焦ってんだよ！」

と滝内景治が目をひんむいた。

「馬鹿ッ、焦ってんのはお前らだろうがッ」

ぼくは二人を睨みつけた。

「どうしたの？　勘定書、高いんでびっくりしたの？」

ママは無表情にいうのだった。

「勘定書……」

太田博美がぼんやりといって紙切れを覗き込んだ。

確かに勘定書だった。秘密の案内書なんかではなかった。飲み物と食べ物の値段と合計金額が書いてあった。九千円だった。

「本当だ。ちょっと高いよなあ」

滝内景治がうめいた。

するとママは滝内景治の横にするりとふくよかな腰を座らせた。滝内景治は慌てて座り位置をずらした。ママは滝内景治にちょっときつい目を向けた。

「あのね、あんた、お兄さんからちゃんときいてきたの？」

と小声でいった。

「え？　何を……」

滝内景治は不安げに目をパチクリさせた。

「デートしたい人は一人五千円は店で使わなくちゃならないことになってんのよ。五千円以上は飲み食いしなければならないの。飲み食いが五千円にいかなくても払いは五千円。五千円以上なら飲み食いした分だけの払いになるの」

「いや、五千円とはきいてきたけど、それって五千円出せばやれるもんだと思っていた」

滝内景治は顔を真っ赤にして、ママに倣《なら》って声をひそめていう。

「五千円はこの店に払う飲み食い代金。デート代は別」

「じゃあ、デート代はいくらさ？」

「さあ、私は知らない。そのことはここのお金を払って外に出てからのことよ。とにかくそういうことなんだから、本当は五千円なんだけど、あんたたちは初めてだし、まだ若いからおまけしてやったんだよ」

「景治、お前」と太田博美も声を押し殺していった。「そういう大事なことは落ち着いてちゃんときいとけよな」

「いや、五千円っていうからよ、てっきり五千円でやれると思い込んでしまってさ」

滝内景治はバツが悪そうにニヤけた。

「あのう」

と太田博美はママにいった。「で、俺たちはこの勘定書の金を払えば、その、やれるんですか？」

「さあ、私は知らないわ。あとはあんたたち次第よ」

「俺たち次第って？」

「それもきいてこなかったの？」

ママは滝内景治を見やった。

「いや。いけば分かるっていってたから……」

「そっちの方は私は関係ないんだよ。勘定を払って外で待ってなさいよ。誰かが声をかけるから。どうするの？　払うの？　払わないの？」

「払う払うッ」

太田博美は早口でいい、「いやあ、とにかく初めてのことだから、何が何だかよく分からなくて」

と照れ臭そうに笑うのだった。

「そう。じゃあレジの所まで持ってきてね」

ママはそういって立ち上がり、カウンターの中へと戻っていった。風が沸き起こって、きつい化粧品の香りとタバコの匂いが鼻を突いた。

ぼくたちは三千円ずつ出した。太田博美がレジでママに払った。太田博美とママは何事か二言三言言葉を交わしていた。

「またきてね」

とママはドアを開けて外に出ようとするぼくたちに声をかけた。まるで愛想のない声だった。それでも何となくぬくもりのある響きを持っていた。勘定をまけてくれたからそう感じただけかもしれなかった。


外に出ると月が出ていた。いつもよりは暖かい夜だったけど、それでも、空気はひんやりとして冷たかった。店の前の水たまりにダンヒルのイルミネーションが赤く怪しく映って揺れていた。気温が氷点下になっていないみたいで、薄氷も張っていなかった。

月明かりに照らされて、ダンヒル、シルビー、式部の三つの店が、赤、青、紫のイルミネーションとともにぼうっと浮かんできれいだった。

「で、ここで待っていればいいんだよな?」

ぼくは太田博美にいった。ママと話していたのはそのことだろうと思った。

「うん。店の前で待っていれば誰かが声をかけてくるからってさ」

「きっとカウンターにいた、あの目つきの悪い男だな。あいつが出てきて声をかけてくるんじゃねえのかな」

と滝内景治は確信したような口調でいう。

「だろうな。あいつがいろいろやってるって感じだよな」

ぼくはいった。

「とにかく、ちゃんと交渉しなきゃだめだぞ。お前らビビるなよ。いうことはちゃんといって、なめられないようにしなきゃな。でないとぼったくられるぞ」

太田博美はぼくと滝内景治に気合いを入れるような、親父口調でキッと凜々《りり》しい目つきになるのだった。

「分かったよ、沢田《さわだ》の父《と》っちゃ」

とぼくはいった。沢田というのは太田の家がある集落の名前だ。

滝内景治もそう感じたのだろう、

「うん、お前にまかせるよ、沢田の父っちゃよ」

と苦笑していう。

「高いことといったらどうする?」

と太田博美。

「高いって、いくらぐらいだよ?」

「分からねえ。いくらまでならいいって決めておくか?」

「五千円だよ。兄貴もそういっていたからな」

「それはこの店に払う金じゃねえのか?」

「ああ。滝内よ、やるのにいくら払ったか、兄貴はいわなかったのかよ?」

とぼくはきいた。

「だから、五千円っていったと思ったんだけどなあ。いや、四千円か五千円っていったっけかなあ」

滝内景治は頼りなさそうな声を出した。

「どっちだよ?」

「分からねえ。どっちかってことなんだろうよ。どっちでもいいじゃねえか。あんまり変わらないしよ」

「交渉次第ってことかな?」

と太田博美。

「たぶんな。目安はそのぐらいなんだろうよ」

「よし。じゃあ五千円以上だったらやめにするか?」

太田博美はなぜか難しそうな目つきになって、ぼくと滝内景治を睨むように見るのだった。

「お前にまかせるよ」

と滝内景治はいった。

「ああ。お前にまかせるよ」

「じゃあ、こうしよう。俺たち三人に女一人だったら、一人につき四千円で計一万二千円。一人に一人だったら、一人五千円。これでどうだ？」

「いいよ。それで」

と滝内景治はうなずいた。

「三人一緒だったらそれ以上は出したくないよな。一人に一人で六千円っていったらどうする？」

とぼくはいった。

「うーん、六千円な。実は俺もそのことは考えていたんだよ。迷うとこだよなあ」

と太田博美はやはり難しい顔つきでいうのだった。

「六千円ならいいじゃねえか。こうなったら五千円も六千円も同じだあ」

滝内景治は達観したような口振りであっさりといった。

「七千円っていったら？」

「それも同じだあ。六千円も七千円も大して変わりねえって」

と滝内景治。

「じゃあ、八千円っていったら？」

「こうなったら八千円でも九千円でも一万円でも同じだッ」

と突拍子もなく太田博美が勢い込んでいった。「俺たちゃやりにきたんだからなッ。たった千円の違いで何もしないで帰るってことできるかよッ。だろう？」

「博美、このアホッ。お前、ぼったくられるなって、さっき俺たちに説教したばっかりだろうが。どこが千円の違いなんだよ。九千円と一万円は千円の違いだけど、最初の五千円から比べりゃ倍になってるじゃねえか」

と滝内景治は小馬鹿にして笑った。

「馬鹿、この。やりにきたんだぞ。お前はやりたくないのかよ？」

「そりゃ、やりたいけどよ」

「だろう。この際少しぐらいぼったくられてもやるのを優先させようぜ」

太田博美は舌の根も乾かないうちにまるで反対のことをいうのだった。

「まあ、でもよ、博美よ。あんまりがっつくと、足元みられて本当にぼられてしまうからよ。ここはあくまでも五千円しか出せないっていおうぜ。まあ、出しても六千円までと決めよう。どうだ、沢木よ」

と滝内景治はいった。

「うん。異議なしだ」

　ぼくはいった。

「よし。決まりだな。それでいこう！　いいだろう、博美よ」

「おう。頑張っていこうぜ！」

「やり抜こう。エイエイオーだな」

「おう。エイエイオー！」

「エイエイオー！」

　まるで決起大集会の決議採択という盛り上がりになってしまった。

「それじゃよ、ジャンケンで決めるか」

　と滝内景治がニンマリと笑っていう。

「何を？」

　と太田博美はポカンとした。

「馬鹿。三人に一人の女の場合の、俺たちの順番に決まってるじゃねえか」

「あ、そうか。だけど、一人に一人かもしれねえぞ」

「だから、もしも三人に一人という場合になったとしたら、のジャンケンじゃねえか。備えあれば憂《うれ》いなし、だよ」

「それってちょっと違うような気がするぞ。こういう場面で使う諺《ことわざ》かあ？」

と優等生の太田博美は眉根を寄せた。

「いいからジャンケンしようぜ。その場になってジャンケンするのはカッコ悪いじゃねえかよ。なあ、沢木」

ぼくたちはジャンケンした。気合いを入れた真剣なジャンケンだった。誰もが一番になりたかった。一回目のジャンケンで太田博美が勝った。太田博美は鼻息も荒く、短く雄叫びをあげた。次のジャンケンでぼくは滝内景治に負けてしまった。ぼくがドンケツということになってしまった。

ジャンケンが終わってすぐ、

「それにしても、男が出てくるのちょっと遅くないか?」

と滝内景治は声を曇らせた。

「ああ。ママの話し振りだと、すぐにも男が現れて声をかけるような口振りだったけどなあ」

と太田博美も心細そうな声を出した。

「忘れてんのかな?」

と滝内景治。

「まさか」

ぼくは笑った。二人は笑わなかった。

「じゃあ、何で遅いんだろう？」

「さあな。いろいろ手配してんじゃないか？」

「女とか、場所とかか？」

「たぶんな。まさか騙されたってことはないと思うけどな」

「騙されたって、何がよ？」

と滝内景治。

「俺たちにやれると思わせて、飲み食いの勘定をぼったくっただけかもしれないってことだよ。まあ、そんなことはないと思うけどな。ぼったくる気ならもっとふっかけてきそうだもんな」

「だけどよ、もしかしたらそうかもしれないぞ。俺らを高校生だと思ってなめたんじゃねえか？」

と太田博美はぎょろ目を剝いた。

「まっさかよ。そんな感じじゃなかったよ。大丈夫だよ。ちょっといろいろ遅れてるだけだよ」

滝内景治は小さく笑い飛ばした。

「それにしても遅すぎるぞ。ちょっとドア開けて様子見てみるか？」

と太田博美はいった。

「やめとけよ。それこそがっついてると思われて、高い料金ふっかけられるぞ」

ぼくは太田博美を止めた。

「どうせもうがっついてると思われてるよ。若い男が三人、やらせてくれるところにやりにきたんだから、がっついていると思われてるのは当たり前だろうが」

「あ、それもそうだな」

あっさりと納得してしまった。考えてみればその通りなのだ。どう格好つけようと、誰の目にも、ぼくらはやりたくて我慢できない、と見えていることは一目瞭然《いちもくりょうぜん》に違いないのだ。

「な、そうだろうが。ちょっと様子見してみようぜ」

「うん。ちょっと覗いてみるか」

「そうだな。ちょっと冷えてきたしな」

と滝内景治も同意した。

ぼくたちはダンヒルのドアに近づいていった。太田博美がドアに手を伸ばした。

「兄さんたちよ」

いきなり背後から男の声がした。

ドッキリだった。かすれた低い声だった。かすれたというよりは潰れてひしゃげたような声だった。低い声だったけど、妙に威圧感のある声だった。

その声がしたとたん、ドアノブをつかもうとした太田博美の手がカチンと固まってしまった。

ぼくたちは慌てて振り向いた。

背の低い男が両手をズボンのポケットに突っ込んで立っていた。月明かりで透かし見た。黒っぽいジャケットに灰色のシャツ。丸顔で眉毛が太かった。店の奥のテーブルに座っていた男だった。裏口から出てきたみたいだった。意外だった。店の中にいるどっちかの男が出てくるのなら、カウンターにいたあみだかぶりの男が出てくるものと決めてかかっていたのだ。

「ちょっと待たせてしまったかな?」

とひしゃげた声が男の口から出た。まるで抑揚のない声だった。声というよりは小さな霧笛《むてき》のような響きだった。

「いや、そうでもないけど……」

と滝内景治はおずおずといった。男の霧笛に気圧《けお》されて、尻すぼまりになってしまった。

「どうした?　ポカンとして。やる気がなくなったのか?」

と男はいった。

「いや、いきなり背中から声かけられたんで、びっくりしてしまって。だから……」

ぼくはいった。滝内景治と同様、最後の声が夜気に消えてしまった。

「そうかい。悪かったな。一人一人別の場所だけど、いいよな」

と男はいった。低い声だったけど、身体の芯まで響いて有無をいわせない迫力があった。

「それはいいけど、みんなブスい婆さんじゃないだろうね」

太田博美はあっけらかんといった。

ぼくと滝内景治は呆気にとられて太田博美を見やった。太田博美は変な度胸があって、みんなが物おじしてしまうような雰囲気の中でも、相手が誰であろうとも、時々こっちがハラハラすることを平気で口にする。

「まあ、婆さんじゃないことは確かだよ。あとは個人的な好みだけど、ブスい顔ということはないから安心していい」

「ならいいけど。で、金は？　いくら払えばいいの？」

と太田博美はいった。

「一人五千円だ。時間は三十分。それ以上はだめだ。時間の延長はなし。それでいいな」

「たったの三十分？　それって、やり始めてからの時間なの？」

「いや。相手と部屋に入ってからの時間だ」

「ちょっとせわしないなあ。だってそれじゃムードもへったくれもないじゃない」

太田博美がそういうと、霧笛男はフッと小さな笑いを投げ捨てた。それからいった。

「その辺は兄さんの好き好きだ。勝手に楽しめばいい」

「何とか四十五分にしてもらえないかなあ」

「三十分だよ」

「じゃあ、四十分」

「三十分だ」

「俺たち初めてだから、落ち着いてやりたいんだ。せめて三十五分」

太田博美の驚異の粘りを、ぼくと滝内景治は呆気にとられ続けてぼんやりと眺めているだけだった。

「三十分だよ。どうする？　三十分でいいか？　兄さんたち」

どうやら最後通牒《さいごつうちょう》らしかった。ぼくと滝内景治はやっと我に返って顔を見合わせた。冗談ではない。たった五分の差で交渉が決裂していいのかよ？　それから慌てて霧笛男に口を開こうとした。

「もちろんッ。三十分でいいよッ。三十分ねッ」

慌てまくって早口でいった。

いったのはぼくでも滝内景治でもなかった。太田博美だった。あまりの変わり身の速さに、ぼくと滝内景治はまたまた呆気にとられてしまうのだった。

16

三沢基地のゲート前交差点は閑散としていた。酔っ払いのアメリカ兵が数人、けたたましい笑い声をあげながら、信号の向こう側を歩き去っていった。

夜空はすっかり晴れ渡り、半月が頭上で煌々と輝いていた。風もなく、まだ暖かい空気に包まれていて穏やかな夜更けだった。

信号はみな黄色が点滅していた。深夜になると通りはひっそりとして、点滅信号に切り換えられてしまうのだった。

ぼくは交差点を市役所の方に曲がってオートバイを走らせた。それから一つ目の信号をすぎ、電話ボックスの前でオートバイを停めた。女と会うべく、霧笛男から指定された場所だった。

エンジンを止め、オートバイに乗ったまま辺りに目を配らせた。

タクシーが一台、向こう側の車線をゆっくりと通りすぎた。運転手がちらっと振り向いた。客は乗っていなかった。

月明かりがふんわりと街を包んでいた。電柱に光る無機質な蛍光灯《けいこうとう》が、通り沿いに寒々しく点々と続いていた。所々、深夜営業の食堂の明かりが、閑散とした通りにポツン、ポツンと寂しそうに滲んで見えた。人影はなかった。電話ボックスの照明だけが、やけに明るく輝いていた。

滝内景治と太田博美のやつは、どうしてるのだろうと気になった。もう女とは会っているのだろうか。太田博美は三沢駅の方なので、まだたどりついてはいないだろう。滝内景治は店の近くの待ち合わせ場所だったので、もう女はやってきたのかもしれない。二人とはついさっき別れたというのに、すぐにでも顔を見たい気分だった。一人になって少し不安だった。何がどうということはないのだけれど、何となく落ち着かなくて不安だった。

セックスをするのは初めてだったし、ましてや相手は初めて会う女だった。どんな女がやってくるのだろうと想像してみた。平凡パンチやプレイボーイのグラビアで目にする水着女たちが次々に頭の中に現れた。みんな若くて美人で、おっぱいが大きかったり、笑顔がかわいかったりした。そんな女はくる訳ないよなあとすぐに打ち消した。そんな格好のいい女たちが、会ったこともない男たちに売春をする訳がないような気がした。

とにかく、めちゃくちゃな女じゃなければいいけどなあ、と願った。どういう女がめちゃくちゃな女なのか、はっきりとした基準はなかったけれど、ちゃんとやりたいと思うことができる女がきてくれればいいという感じだった。

やりたくないと思うような女だったら参るよなあと舌打ちしたけれど、めちゃくちゃな女だろうがなんだろうが、やることは同じじゃないかッ。とにかくやれればいいじゃないかッ。せっかくのチャンスなのに、めちゃくちゃもへったくれもあるもんかッ。何が何でもやるぞッ、と開き直って気合いを入れた。それだけセックスの誘惑は魅力的だった。

それから顔が悪くても身体のきれいな女だったらいいけどなあとか、顔がよければ身体が貧弱でもいいやとか、若ければ何でもいいやとか、年上でも大人の女っていう感じだったらいいやとか、勝手に都合のいい思いを浮かべたり、雑誌に書いてあった、完璧なセックスの手順を何度も繰り返し頭の中で実行してみたりした。

とうとう電話ボックスの中の電話のベルが鳴った。急いでオートバイを降り、電話ボックスの中に突入した。

「もしもし」

うわずって声がかすれた。ドキドキした。

「あなたは？」

と低い女の声が耳に入り込んだ。そっけない感じで愛想のいい声ではなかった。少し声が震えているような気がした。何だか泣いている声のような感じだった。

「ここで電話を待つようにいわれたんだけど」

とぼくはいった。

「そう。どこで飲んでたの？」

「ダンヒル」

それが合言葉のようだった。

「じゃあ、あんたなのね。ごめんね。電話が壊れちゃってて、それでこんな面倒くさいことさせて」

女の人は少し打ち解けたようないい方をした。きれいな標準語をしゃべったが、それでも少し陰気で沈んだ声だった。いい終わってからしゃくりあげた気配が感じられた。

「いや、別に」

とぼくはいった。電話が壊れたことと、電話ボックスで電話を待つという連絡方法がどういう繋《つな》がりがあるのか、よく分からなかった。そんなことはどうでもいいことだった。

「で、えーと、どうすればいいんだろうか？　あの、このあとなんだけど」

とぼくはきいた。勝手が分からないのでしどろもどろだった。

「もうきていいよ。私、先に部屋に入ってるから。もう部屋のすぐ近くまできていて、公衆電話から電話してるんだ。二階の右の佐野《さの》という表札が出ている部屋だからね」

と女の人はいい、繁華街から少し外れた場所にあるアパートの名前と場所をいった。分かりにくい場所だったので、女の人は三回も場所の説明をしなければならなかった。ずっと泣いているような声でしゃべり続けた。そのことが少し気にかかった。泣いているのか、それとも風邪《かぜ》をひいていて鼻声になっているのかと思ったがよく分からなかった。

「きたときにあんたかどうか確かめたいから、あんたの名前を教えて。本名じゃなくて適当な名前でいいんだよ」

と女の人はいった。いってから小さく鼻をすすり上げたのが聞こえた。

「じゃあ、伝法寺」

とぼくはいった。適当な名前といわれて、真っ先に伝法寺のやつを思い浮かべてしまった。

そのアパートは裏道から直角に入る道を進んだ、倉庫と倉庫の間に挟まれた小さな二階建ての建物だった。まるで人気のない一角にあった。一階はシャッターが下りていて、やはり倉庫か物置として使われているみたいだった。二階へは外階段があり、階段の照明はなかったけれど、遠くの街灯の明かりがうっすらと届いていて目が利かないということはなかった。階段の手すり側に、アパートの名前を記した小さなボードと、二つの郵便受けがあった。二つとも錆《さび》が浮いていて、佐野と工藤という名前がかろうじて読み取れた。

通りに面した二階の右側の窓に、うっすらと明かりが点いていた。

小さく深呼吸をしてから階段を上った。一段上る毎《ごと》に、心臓が大きく高鳴った。上りきるとすぐにドアがあり、表札には工藤とあった。奥のドアに歩いた。古ぼけた合板の薄っぺらなドアに、佐野と小さな表札が張りつけてあった。ドアをノックした。

少しして、

「誰?」

と電話の女の人の声がドア越しにした。

「伝法寺だけど」

とぼくはいった。まるでうわずっていて、自分の声ではないように聞こえた。

ドアが開いた。プンと灯油の臭《にお》いがした。

内玄関に片足を出して女の人が立っていた。顔はよく見えなかった。というのも、部屋の中には二股《ふたまた》ソケットの小さな方の電球が点いているだけで、しかも逆光となっていてよく見えなかったのだ。よく見えなかったけれど、表情が何だかおかしかった。目の回りが濡れていたし、顔が歪んで泣き顔になっていた。どうやら泣いているみたいだった。そんな状況なので美人かどうかは判断できなかった。だけど決してめちゃくちゃな顔という感じではなかった。

中肉中背で、髪は短く、パーマをかけているのが分かった。セーターにラッパズボン姿だった。瞬間的には三十歳ぐらいかな、と感じた。

「ここ、すぐに分かった？」

と女の人は気を取り直すように両手で涙を拭きながらいった。

「迷いそうになったけど、何とか」

「入って。鍵しめてね」

と女の人はいって、さっさと背中を向けて部屋の中へ戻っていった。

ぼくは小さな玄関に入ってドアを閉めた。ドアノブのポッチを押して鍵をかけた。ひっかけるだけの簡単な鍵もついていたので、ちょっと迷ったけどそいつもかけた。何となく安心できそうな気がした。

部屋は八畳ぐらいの広さだった。畳の部屋で、部屋の中にはベッドと反射型の灯油ストーブがひとつあるだけだった。殺風景な部屋だった。ベッドは大きくて、青とピンクの派手な花柄の布団がかぶせてあった。二股ソケットの電灯が部屋の真ん中にぶら下がってあるだけで、電気スタンドもなかった。畳の上にはオーバーコートが脱ぎ捨てられてあった。

玄関の横に、小さな流しとガスコンロひとつの狭い台所があった。流しの横にコップがふたつあった。他には何もなかった。ヤカンも湯飲み茶碗もなかった。台所の奥にドアがついた突き出した一角があり、これはトイレのようだった。

「寒いけど我慢してね。さっきストーブつけたばかりだから」

と女の人がいった。

女の人は向こう向きでセーターを引っ張りあげて脱ぎにかかっていた。セーターを脱ぎ終えると、こんどはラッパズボンのボタンを外して足元に下ろした。ラッパズボンの下から、尻を締めつけている大きくて頑丈そうなガードルが出現した。

ぼくはぼんやりと女の人を見ていた。目の前で女の人がセーターを脱いだり、ズボンを脱いだりするのを見るのは初めてだった。顔がカッと熱くなり、我を忘れてぼーっと見入ってしまった。それでも心臓の鼓動がガンガンと張り切って打ち鳴らす音が聞こえていたし、パンツの中のものがカチンカチンに固くなっていくのは感じていた。

女の人はセーターとラッパズボンをベッドの上に置き、それからブラウスのボタンを外そうとして、突然崩れるようにベッドに座り込んだ。身体を丸めて小刻みに震わせ、右手で顔を覆うと、

「ウッ、ウッ、ウッ」

と嗚咽《おえつ》を漏らし始めた。

どういう訳があって泣くのかは分からないけれど、抑えきれない悲しみや、やるせな

さといったものを、女の人の震える背中が物語っているようだった。

突然の女の人の嗚咽に呆気にとられ、どうしていいものやら分からずどぎまぎして立ち尽くしていた。

「ごめんね」

といいながら女の人は手で涙を拭いた。「早くしないとね。時間がないもんね。あんたも用意して」

ぼくは我に返って急いでジャンパーを脱ぎ、シャツと一緒にセーターを脱いだ。

女の人はブラウスのボタンに手をかけた。その手が震え出した。また嗚咽し始めた。

ぼくはシャツと一緒のセーターを持ったまま、参ったな、と吐息をついてしまった。

こういう場合は、とにかく女の人がその気になるまで待つものなんだろう、ということしか考えられなかった。

「ウーッ、ウッウッ、ウウウーッ」

女の人はさっきよりも身体を震わせて大きな嗚咽をした。嘆き悲しんでいるような、悔しそうな、我が身の不幸を呪《のろ》うような、押し殺した悲鳴や叫びのようでもあった。

そんな女の人を目の前にするのは初めてだったし、部屋の中にそんな女の人と二人っきりでいるというのも初めてだった。どういう言動をしたらいいのか分からず、途方に暮れてただ女の人が泣き止むのを祈るしかなかった。

しばらく待ったけど、女の人の嗚咽は終わりそうになかった。

「あの」

とぼくは意を決しておずおずと声をかけた。「悪いけど、時間がなくなってしまうんだけど」

「ごめんね」

とまたいって女の人はしゃくりあげた。「悪いね。時間、少なくなったわね」

女の人は涙を拭きながらいった。

「それはいいけど」

「あんた、やさしいのね。早くしなくちゃね」

女の人はブラウスのボタンを外し始めた。

ぼくはシャツと一緒のセーターをジャンパーの上に置いた。それからズボンのベルトを外そうと手をかけた。すると、また女の人の嗚咽が聞こえてきた。

女の人は自分の身体を両手で抱きしめるように抱え、肩を震わせていた。泣くのを我慢しようとしているからなのだろうか、両肩が不自然に大きく上下していた。ブラウスのボタンはまだ外されていなかった。

「参ったなあ」

とぼくは声に出していってしまった。泣いてばかりいて時間が過ぎ去り、このままではセックスができずにタイムアウトになってしまうかもしれないと、少しイライラしてしまった。

「ごめんね」

と女の人はまた謝った。

「いや、いいんだけど。時間、少しぐらいは過ぎてしまってもいいっていうなら」

「それはだめよ」

女の人はぼくをキッと見上げて言下にいった。びっくりするぐらいにきっぱりといい放った。

「時間の延長はなし。そういう決まりになってるの。時間通りに終わらないと、めんどうなことになるわよ」

どういうめんどうになるのかはよく分からなかった。何となくおっかないことになりそうだという予感はした。

「だったらあの」

早くしたいんだけど、という言葉を、女の人の顔を目にして飲み込んでしまった。

電球と灯油ストーブの赤い明かりに照らされた女の人の左の目の下が、青黒く腫れ上がっていた。

「それ、どうしたの？」

と思わずいってしまった。いってしまってから、いわない方がよかったと心の中で舌打ちした。お前の知ったことじゃない、という言葉が頭の中で反響した。お金を払ってセックスをする。お互いにただそれだけの関係なのだ。それ以上のことには入り込んではいけないように思えた。

「ひどい?」

と女の人はそっと左手で目の下を触った。少し顔を歪めた。

「いや、あの、まあ腫れてるけど」

躊躇しながらもいってしまった。

「目立つ?」

「うん。青黒くなってる」

「ああ、嫌だッ。嫌ッ」

女の人は短く吐き捨てた。それからまたしばらく泣いた。

ぼくは、参るなあ、参るよなあ、参ったなあ、と何度も心の中でいい続けた。どうしていいものやら、困り果ててズボンのベルトに手をかけたまま立ち尽くした。

ひとしきり泣いてから、女の人は、

「あんた、大丈夫?」

と涙を拭きながら頓珍漢《とんちんかん》なことをいった。

「え、何が？」

「ちゃんとやれそう？」

それはこっちのセリフだよなあと、奇妙な気分になりながら、

「まあ、できると思うけど」

と答えた。パンツの中のものはまだ大きくなったままだった。

「じゃあしなくちゃね。脱いでよ。私のことは気にしなくていいから」

女の人はしゃくりあげながらいった。それからしおれた花のように背中を丸めて、力なくブラウスのボタンを外し始めた。

その姿が何とも哀れで、一気に気が滅入ってしまった。目の下に青痣を作って泣いている女を金で買ってセックスするなんて、ものすごく罰当たりなことのように思えてしまった。

ましてや、初めてのセックスだというのに、ただやりたいだけのために、悲しんでいる女としてしまうのは、何だか死ぬまで後味の悪い思い出として残ってしまうことになりそうな気がした。

「東京の人？」

とぼくはいってしまった。セックスの他にはそのことしか思い浮かばなかった。

「あたしのこと？」

と女の人は顔を向けた。

ぼくは女の人から間を空けてベッドに座った。スプリングの柔らかいベッドで、ギシッと軽いきしみ音をあげて深く沈み込んだ。

「うん。言葉づかいがそういう感じだから」

「昔はね。そんなことはどうでもいいから早くしないと。もうそんなに時間がないよ」

「いや」とぼくはいい、本当は違うんだけどなあという悔しい気分に何とか打ち勝っていった。「もう、いいよ」

「しないってことなの？」

女の人はじっとぼくを見た。

「うん。しなくてもいいんだ」

「本当？」

「うん。いいよ」

「やってもやらなくても、お金はもらわなきゃいけないんだよ。それでもいいの？」

「うん。いいよ」

「じゃあ、悪いけどいまちょうだい。信用しないってことじゃないけど、前にしない人がお金を払わないでもめたことがあるのよ」

ぼくはズボンのポケットから金を出して渡した。

「ごめんね。もめごとはもう沢山なの」

と女の人はいって、金を数えてからオーバーコートのポケットに入れた。それから、

「本当にしなくていいの？」

といった。

本当はしたかったけど、それは我慢できないぐらいだったけど、女の人の目の下の腫れ上がった青痣を目にすると、かわいそうになって、やる、という言葉を口から出せなくなってしまうのだった。

「もういいよ」

「気を悪くした？」

「いや、もういいんだ」

「そう。時間までのうちなら、その気になったらいってね」

と女の人はいった。

うん、というとすぐにでもしたくてたまらなくなりそうだったので、

「東京って、どんな所？」

といってしまった。

「東京？　面白い所よ、金があればね。何でもあるしね」

「何でもって？」

「何でもよ。やりたいって思うことが何でもある所よ。何でもありの街よ」

「何でもありか。ここにないものもいっぱいあるんだろうなあ」

「いっぱいあるわよ。だから面白いのよ」

そんな面白い東京をどうして離れたのか、女の人にきいてみたかったけどやめた。何かの事情があったのは確かなのだろうが、だからといってそのことを、売春相手に話してきかせることはしないだろう。

「ふうん。そうか」

とだけぼくはいった。

「ねえ、本当にしなくていいの？　私のことなんか気にしなくていいのよ。私のことなんか……」

女の人はそういうと言葉に詰まり、顔を歪めてまたしゃくりあげた。

「ウーッ、ウッウッ、ウウウッ」

とまた右手で顔を覆い、肩を震わせて嗚咽した。

金も払ったし、女の人もやってもいいといっている。やりたくてしょうがないし、やってもいいのだけれど、やってはいけないと自制し続けるのはたまらない気分だった。おまけに女の人に青痣を作った腫れ上がった顔で嗚咽されるというのも、たまらない気分だった。

ふと、この女の人はどういう身の上なんだろうと考えてしまった。

結婚していて、子供がいて、でも亭主はろくでもないやつで、働きもせずに飲んだくれてばかりいて、暴力をふるう。生活費に窮して仕方なく売春をしている。

それともドラマのように、好きな男がヒモで、これが暴力的な男だけれど、男のためにせっせと売春で稼いで貢いでいる。

それとも、借金がいっぱいあって、借金取りが暴力で売春を強要していて仕方なく売春に手を染めている。

もっと別な理由もあるのかもしれないが、この三つの内のひとつのような気がした。

何となく、結婚していて、子供がいて、飲んだくれの暴力亭主で、生活費のために仕方なく売春をしている、という状況がぴったり当てはまりそうに思えた。

そう思うと、飲んだくれ亭主と天使のような幼子が、何もない薄暗い小さなすさんだ部屋で、女の人の帰りを待っているというたまらない情景が頭から離れなくなってしまった。

とたんに、何もかもがシュンとしぼんでしまった。

ぼくはセーターを着てジャンパーを手に持った。

「じゃあ、帰るから」

とぼくはいった。

「してもよかったのに。私のことなんか気にしなくてよかったのに」

と女の人はしゃくりあげながらいった。

「いや、いいんだ」

「手でしてあげようか？」

女の人は涙でくしゃくしゃになった顔を向けた。反射型の灯油ストーブの赤い色が、目の下の青痣をどす黒く照らした。その顔を見たら何だか情けなくなり、悲しくなって泣けてきそうになってしまった。

「いや、いいよ」

ぼくは部屋を出た。

重い足取りで階段を下りると、二階の部屋で嗚咽し続ける女の人と、ペロリと舌を出して笑っている女の人の二人が、交互に頭の中に現れた。そのうちにペロリと舌を出して笑っている女の人しか現れなくなった。

17

洋ちゃんと鈴姉ちゃんの家に向かってホンダのカブを走らせた。

ダンヒルに取って返して霧笛男に事情を説明し、文句をいおうかと考えたけどやめにした。青痣だらけで泣いてばかりいる女が相手では、その気になるも何もあったものじゃない、と文句をいったところで、やるやらないはお前の勝手だと片づけられてしまうのは目に見えていた。

それに、だったら女を代えるといわれたとしても、気分が滅入っていてもう一回仕切り直しをする元気がわいてきそうになかった。

張り切ってバッターボックスに立ったのに、チェンジアップを投げられて空振りの三振に終わったようで、何だかすごく情けなかった。

すごく落ち込んでしまって、オートバイをぶっ飛ばして、気分をすっきりさせようという気にもならなかった。トロトロと走らせていると、滝内景治と太田博美はどうしたのだろうと気になった。今頃は気持ちいい絶頂なんだろうかと思うと、我が身が惨《みじ》めで大きなため息が出てしまった。

あれだけ勇んで、ダンヒルで苦労してやっとできると思ったというのに、「さえないよなあ」と声が出てしまった。声が風に飛んで消えた。声に出していうと、どっと疲れが出て横になりたい気分になった。

洋ちゃんと鈴姉ちゃんのバー、スズタバーンにはいかずに、二人の『ハウス』で眠ってしまおうと決めた。

振り返ってみると、早朝の伝法寺の駆け落ち手伝いから始まって、ついさっきの青痣泣き女まで、休みなしで動きっ放しの一日だった。最後はチェンジアップにバットが虚《むな》しく空を切り、支えていたつっかえ棒が外れて身体中にどっと疲れが充満した気分だった。吐息のような気《け》だるい排気音を保ったまま、いつまでもだらだらとオートバイを走らせた。

洋ちゃんと鈴姉ちゃんのハウスは線路脇にあった。

線路はいつ見ても錆びて赤茶けた色をしていた。東北本線から基地への引き込み線で、たまにしか使われることのない線路だった。

家は平屋の一戸建てで、基地の外で暮らそうというアメリカ兵たちを当て込んで建てられた借家だった。世間ではそれらの借家をハウスと呼んでいた。兵隊の数が少なくなって空き家が出て、家主はハウスを日本人にも貸すようになっていた。

「本当はアメちゃんに貸した方が儲かるんだよ。兵隊たちは頻繁に配属が変わって基地を移動するから、礼金だとか敷金だとかがポンポン入ってくるし、金持ってるから家賃も上げやすいしね。日本人は金がないし、居すわるから家賃も上げにくいんだよ。だけどアメちゃんの借り手が少なくなってきて、家主も空き家にしておくよりは日本人に貸した方がいいっていってしぶしぶ貸すようになったんだ」

と洋ちゃんは引っ越しのときにいっていた。

畑を横切って、遮断機がめったに下がることのない踏み切りを渡った。五、六軒のハウスが、真ん中にある小さな空き地を囲むように建っていて、洋ちゃんと鈴姉ちゃんのハウスは一番手前だった。

居間の明かりが、窓の花柄のカーテンを通してほんわりと浮いていた。その窓の横に洋ちゃんのオートバイが停まっていた。店への出勤はいつもオートバイでいくはずなのに、といぶかしく思いながら、ホンダのカブを玄関の横に停めた。真夜中だったけど、店を閉めて帰っている時間には早すぎるような気がした。もしかしたらオートバイではいかなかったのかもしれないと玄関に歩いた。

いきなり玄関のドアが勢いよく開いた。

「あ、圭ちゃんだ」

「ほんとだ、圭ちゃんだ」

玄関に小学四年生のタクと三年生のショウが突っ立っていた。ぼくの顔を見てもニコリともしなかった。いつもなら笑って飛びついてくるのに、緊張した表情で顔が強張っているように見えた。

「何だお前ら、まだ起きているのか。もう夜中だぞ」

「あいつがまたきたかと思ったんだよ」

とタクが強い目で見上げていった。

「洋ちゃん、圭ちゃんがきたあ！」

とショウが居間に走っていった。タクもショウも父親のことを洋ちゃんと呼んでいた。洋ちゃんと鈴姉ちゃんがそう呼ばせていた。鈴姉ちゃんのことはママと呼んでいる。

「おう、入ってよ圭ちゃん」

居間から洋ちゃんの声がした。固い調子の声だった。

「タク、あいつって誰のことだよ？」

玄関のドアを閉めて靴を脱いだ。ハウスの玄関は、ドアを開けるといきなり部屋続きのフローリングだった。鈴姉ちゃんはドアの内側にマットを敷いて、そこに脱いだ靴を置くようにしていた。

「アメリカ兵だよ。逃げていったやつだよ」

とタクはいった。

「逃げていった？」

「洋ちゃんに殴られそうになって、それで逃げたんだよ」

どういうことなのか、タクのいうことがさっぱりのみ込めなかった。

居間に洋ちゃんと鈴姉ちゃんがいた。鈴姉ちゃんがソファーに座って、両手で顔を覆っていた。洋ちゃんはトレーニングウエアのままソファーの前に立って、怒気鋭く鈴姉ちゃんを睨んでいた。額が青白く見えた。そんな洋ちゃんを目にするのは初めてのことだった。これはどうもただごとではないぞと、一瞬にして身も心も激しく緊張して強張ってしまった。

鈴姉ちゃんは両手で顔を覆ったまま、振り子のように顔を動かしていた。

「だから、どうしてか分かんないいんだってばあああ……」

鈴姉ちゃんは泣き声で、もごもごと口の中でうめくようにいった。

「分かんないことはないだろうがッ、鈴ちゃんはもうッ」

洋ちゃんが声を荒らげて鈴姉ちゃんの頭を平手で張った。

「お願いだからやめてよおおお。ほんとに分かんないいんだってばあああッ」

「やめろよ洋ちゃん！　ママをぶつなよ！　卑怯だぞ！」

タクが叫んだ。

「何だとッ、このガキいいいッ」

洋ちゃんが拳を振りかざし、目を吊り上げてタクに迫った。完全に冷静さを失った、血走った目をしていた。

タクがさっと逃げ出した。

「やめてよ洋ちゃあああん！　お願いだから子供たちを殴らないでよおおお！」

鈴姉ちゃんが泣き叫んだ。ろれつが回っていなくて言葉がはっきりしない叫びだった。

髪は乱れ、涙で顔がぐしゃぐしゃだった。左のつけまつ毛が取れかけてぶら下がっていた。マスカラが溶けて目の回りが黒ずんでいた。

洋ちゃんは鈴姉ちゃんの声に反応して踵を返した。やはり顔が蒼白だった。目が異様に光っていた。今度は口をギュッと結んで何もいわずに鈴姉ちゃんの顔を何度も平手打ちした。

「やめなよ洋ちゃんッ。いったいどうしたっていうんだよ?」

洋ちゃんがなぜ怒り狂って鈴姉ちゃんに暴力を振るうのか、事情が分からないのでそうとしかいえなかったのだ。

洋ちゃんはぼくの言葉なんか耳に届いていなかった。無言のまま、左右両手を振り回して鈴姉ちゃんを叩き続けた。

「やめてよおおおッ。だからごめんなさいってばあああッ。やめてよ洋ちゃあああああんッ」

鈴姉ちゃんは身体を丸めて悲鳴を上げた。

「何だよ! ぶつなよ! ママは謝ってるじゃないかよ! やめろよ洋ちゃん! 男らしくないよ!」

タクが居間に戻ってきて叫んだ。タクの横で、ショウが呆然とした面持ちで立ち尽くしていた。そんなタクとショウを目にして、どういう事情でこんなことになったのかはともかく、止めなければと殴られる覚悟を決めて洋ちゃんに飛びついた。

「洋ちゃんッ。落ち着きなよ！　頼むよ！」

　ぼくは洋ちゃんの振り回している両手をつかもうとした。すぐにものすごい腕力に跳ね返されてしまった。ぼくのことなどまるで眼中にないという感じだった。それでも洋ちゃんの振り回す手の回転が遅くなっていった。何とか両手で洋ちゃんの左腕をつかまえることができた。

「やめなよ洋ちゃんッ。頼むよッ。いったいどうしたってんだよッ」

　洋ちゃんはやっと鈴姉ちゃんを叩くのをやめた。ぼくを見て、我に返ったように二、三度血走った目をしばたいた。

「聞いてくれよ圭ちゃん。鈴ちゃんは悪いんだぜ。どうしようもないよ、鈴ちゃんは」

　と鈴姉ちゃんを睨みつけながらいった。

「とにかく暴力はだめだよ。かわいそうだよ、鈴姉ちゃんも、タクとショウも」

「鈴ちゃんが悪いんだよ。まったくもう、ラリってんだよ鈴ちゃんは」

「酔っぱらっているの？」

　ソファーに横たわって身体を丸めたまま、短くしゃくりあげている鈴姉ちゃんを見た。するとアパートで泣いていたあの青痣女が鈴姉ちゃんにダブって見えた。とたんにすごく気が滅入ってしまった。胃がギュッと縮まったようなたまらなく嫌な気分だった。

「酔っぱらっているんじゃないよ。クスリでラリってんだよ」

と洋ちゃんはいった。

「だからああ、ドラッグだってのはあ……、知らなかったんだってばあああ」

鈴姉ちゃんがソファーで丸まったまま、気だるそうな声でうめいた。

「嘘つくなよ鈴ちゃんは！　ドラッグだって知ってて飲んだろうがッ」

洋ちゃんが怒りにまかせて鈴姉ちゃんの髪を鷲《わし》づかみにして引っ張り上げた。

「いやあああ！　やめてよ洋ちゃあああああん！　痛いッ、痛いッ、痛いってばああ！」

鈴姉ちゃんが泣き叫んだ。

「やめろよッ、洋ちゃんのバカ！」

タクが洋ちゃんの太股にしがみついて噛みついた。続いてショウも走ってきた。小さな拳で洋ちゃんの足をポカスカ殴り始めた。必死の形相だった。

「うるさいッ、まったくお前らはもうッ、引っ込んでろ！」

洋ちゃんが埃《ほこり》を払うように、造作無く二人を払いのけた。タクとショウは壁際まで吹っ飛んで転がった。

「やめてよ洋ちゃんッ、やめてよおおおッ。子供たちに乱暴しないでよおおおお！」

鈴姉ちゃんがよろけながら立ち上がって洋ちゃんに抱きついた。

「鈴ちゃんはもうッ、本当のことをいえ！」

洋ちゃんが鈴姉ちゃんに平手打ちを食らわせた。鈴姉ちゃんは力が抜けたようにストンとソファーに落ちた。

「洋ちゃん、やめなよッ。叩いたらしゃべれないじゃないかよ」

洋ちゃんがまた鈴姉ちゃんを叩きそうな勢いだったので、ぼくは洋ちゃんのごつい腕をつかんだ。洋ちゃんの腕はまるで鋼鉄のようにカチンカチンに硬かった。ありったけの力を出してつかまえなければならなかった。

「やめてよおおお……。本当のことといってるんだからさあああ」

鈴姉ちゃんはグシャグシャの顔で洋ちゃんを見上げて懇願した。

「ビルのやつが遊びにこないかって電話してきたんだな、鈴ちゃん。え？」

と洋ちゃんは確かめるように鈴姉ちゃんにいった。

「うん……。お酒飲もうって……」

「鈴ちゃんの方からビルに電話したんじゃないのか？」

「違うよおお。ビルから電話がかかってきたんだよう……」

鈴姉ちゃんは大きく首を振った。

「ビルっていうのはさ、圭ちゃん、うちの店でアルバイトしている基地の兵隊だよ。バーテンしてるんだよ。白人の若いやつで、ヤサ男でさ、ビルを目当てに日本人の女たちが店に飲みにきてるくらいなんだよ。鈴ちゃんもビルのやつを好きだったんだろう？

え、鈴ちゃん？　そうだろう？　そうじゃなきゃ、ビルの呼び出しにのこのこ出かけていく訳はないからな」

洋ちゃんの腕から力が抜けたように感じて、ぼくは手を放した。

「だからあ、面白いやつが遊びにきてるからってビルがいうから、大丈夫だと思ってビルの家にいったんだってばあ。ビルが一人ならいかなかったってばあ。初めてビルの家にいくんだから、ビルが一人だけならいく訳ないじゃないよおお……」

鈴姉ちゃんはうつむいて力なくいう。

「嘘つくなよな、鈴ちゃん。ビルの家にはもう何回もいってるんだろう？」

「嘘じゃないってばああ。本当に初めていったんだってばああ」

「ビルのやつを好きなんだろうが？　そうだろう、鈴ちゃん？」

鈴姉ちゃんは、うつむいて黙ったまま首を振り続けた。

「黙ってるってのは、そうだってことなんだな、鈴ちゃん？」

「違うってばあ……。そんなんじゃないってばあ……」

「好きと違うんなら、どういうのなんだよ、え？」

洋ちゃんは鈴姉ちゃんを覗き込むように見た。

「何ていうか、かわいいって感じなのよお……」

「ほう、かわいいのか」

「かわいくて、楽しいって感じがするだけなのよう……」

「かわいくて楽しいから、一人でのこのこ男の家にいったと」

「だから、もう一人面白い友だちがきてるっていうから……」

「だから男の家に一人でのこのこいってもいいということかよッ、鈴ちゃんはもう！」

洋ちゃんのごつい手がまた鈴姉ちゃんの顔に飛んだ。

「嫌ああッ、もうッ、ごめんなさいってばあああ！」

鈴姉ちゃんが泣き叫ぶ。

「やめなよ洋ちゃんッ」

「鈴ちゃんは三人でマリファナやって、それでクスリをやったんだぜ、圭ちゃん。どうしようもないよ鈴ちゃんは。バカだよ。男の家に一人でいって、男二人と一緒にクスリやってラリってんだからよ」

「そうだよそうだよ、バカだよママはッ」

タクが廊下から鈴姉ちゃんをののしった。複雑な思いがいったりきたりしているみたいだった。

「やかましいぞタクは！　黙れ！」

と洋ちゃんが一喝した。

「だからドラッグだって知らなかったんだからあああ」

鈴姉ちゃんが泣き顔の中でどんよりと曇った目を洋ちゃんに向けた。取れかかっていたつけまつ毛が、どっかにいってしまって消えていた。

「ドラッグじゃないって? 白い粉とか錠剤がドラッグじゃないって思ったのか? え、鈴ちゃん?」

「だってえ、変なクスリじゃないから大丈夫だっていうんだもん。ただ気分がよくなるものだからっていうからああ……」

そういうと、鈴姉ちゃんはうなだれようとする頭を右手で支えた。何だかやけに頭が重たそうだった。

「そんな言葉を信用したってのか、鈴ちゃん?」

「うん……」

「バカだよ鈴ちゃんはッ。マリファナなんか吸うからだよッ。だから気が大きくなってみんな信用してしまうんだよ!」

「だってえ、マリファナは吸っても大丈夫かもって、洋ちゃんいってたじゃなあい」

「だからといって、男の家に一人でいって吸ってもいいってもんじゃないだろうがッ」

洋ちゃんは怒りを抑えきれないという感じで早口でいい、鈴姉ちゃんの髪の毛をつかんで顔に平手打ちを連発させた。

鈴姉ちゃんは声にならない悲鳴を上げた。

ぼくが洋ちゃんを止めに入るのと、

「洋ちゃんにママを叩かせないでよッ、圭ちゃん！」

とタクが叫んだのは同時だった。

「洋ちゃん、やめてくれよ。よくないよ」

洋ちゃんは鈴姉ちゃんの髪をつかんでいた手を放した。鈴姉ちゃんを睨みつけて、ぼくに見向きもしなかった。

「それで、白い錠剤飲んで、変な気分になったんだな？」

と洋ちゃんは鈴姉ちゃんにいった。

「うん……」

「だまされてるかもって、疑わなかったのか？　え、鈴ちゃん？」

「気分がよくなるだけだっていうんだもん。麻薬じゃないから大丈夫だっていうから……」

「白い粉は吸わなかったんだな？」

「うん。吸わなかった」

「嘘ついてるんじゃないだろうな、鈴ちゃん？」

「錠剤飲んだら気分が変になったから、白い粉は吸わなかったよお。吸ったのはビルと、リックというビルの友だちだけだってばあ……」

「そしたら、あいつらが鈴ちゃんの身体に触ってきたんだな？」

「うん……」

「それで恐くなって、ビルの家を飛び出してきたんだよな？」

「うん……」

「服を脱がされたのか？」

「分かんない……。暑くなって脱いだ気がするけど……」

鈴姉ちゃんはまたうなだれて頭を手で支えた。

「自分から脱いだのか？　あいつらに脱がされたのか？」

「だから分かんないってば……」

「全部脱いだんじゃないのか？　鈴ちゃん？　え、そうじゃないのか？」

「分かんない……」

「分かんないって、そんなことも覚えてないのか！　え、鈴ちゃん！」

洋ちゃんが突然大声で怒鳴り出した。

「やめてよおおおッ。もうぶたないでよおおおおおおッ」

鈴姉ちゃんがびくっと身を硬くして泣き出した。

「全部脱いで、あいつらといい気分になったんだろうがあああ！　そうだろうッ、ええッ、鈴ちゃん！　どうなんだあああッ」

「だから分かんないってばあああッ。恐いから大きな声出さないでよおおおッ。おおおお……おおおおお……」

突然、洋ちゃんはくるっとぼくを振り向いた。引き攣った表情で、顔は真っ白なままだった。不気味な白さだった。

「圭ちゃん。だめだよな、鈴ちゃんは。どうしようもないよな。バカだよ鈴ちゃんは。本当にバカだよな」

ぼくは何とも答えられず、黙って洋ちゃんと鈴姉ちゃんを交互に見た。

「でもいいところにきてくれたよ、圭ちゃん。もうすぐあいつらがくるはずなんだ」

と洋ちゃんはいった。

「あいつらって、そのビルとかいうやつがかい？」

「ああ。さっきビルを呼び出して事情を聞いたけど、あいつもラリっていて、友だちのリックが、友だちのリックがって、逃げばかり打って話にならないんだ。だからリックも連れてこいって、さっき叩き出したんだよ」

「だったらもうこないんじゃないか？　恐がってさ」

「くるよ。こなかったら、MP、ミリタリーポリスにしゃべるぞっていってやったからな。そうなりゃベトナムいきだ。ドラッグがらみの事件を起こしたやつは最前線送りになるってことを知ってるから、あいつは絶対にくるよ。向こうは二人だ。圭ちゃんがきてくれて助かったよ」

といって洋ちゃんが少しだけ笑った。目は笑っていなかった。腹に一物含んでいるような不気味な笑いだった。

「だけど、俺、どうすりゃいいんだよ？」

怯《ひる》んでしまった。高校生のケンカとはまるで比べ物にならない、本当に恐ろしい暴力が始まりそうで、恐怖が全身を走った。

「俺がビルと話をつけるから、圭ちゃんはもう一人のやつを見張っているだけでいいんだよ。そうか、あいつらナイフということもあるな」

そういうと洋ちゃんは、居間とは廊下を隔てた向こう側のキッチンに目を光らせた。洋ちゃんがキッチンに向かって歩き出した。

「だめえええ！　圭ちゃんッ、洋ちゃんをつかまえてえええ！」

いきなり鈴姉ちゃんが悲鳴のように叫んだ。

「洋ちゃんをキッチンにやっちゃだめえええ！　タクッ、包丁をみんな持ってベッドの下に隠れてえええッ。圭ちゃんッ、洋ちゃんをつかまえてえええッ。そうじゃないとビルたちを殺しちゃう！　早くつかまえてえええ！」

鈴姉ちゃんの絶叫に慌てて洋ちゃんを抱きとめた。

「放せよ、圭ちゃん」

「よしなよ、洋ちゃん。だめだよ、包丁なんか持ったら」

「タクッ、早く包丁持って隠れてえええ！」

鈴姉ちゃんがまた絶叫した。

タクが素早く動いて包丁を四、五本、トートバッグに放り込んで寝室に走って消えた。心得ている、というような手なれた早業だった。

洋ちゃんはぼくの手を振りほどいてタクの後を追いかけた。二人ともあっという間に寝室に消えた。

「ダメよおッ、圭ちゃん！　洋ちゃんに包丁持たせないでぇえ！」

鈴姉ちゃんの叫び声に、ぼくは慌てて寝室に向かった。

大きなダブルベッドの下にタクが入り込んだ。洋ちゃんがヘッドスライディングのようにベッド下に頭から突っ込んだ。身体の厚みがベッドのフレームにつっかえて、頭までしか入らなかった。

洋ちゃんの身体は全体が筋肉で盛り上がっていて、バスケット選手というより柔道か相撲の選手といった方がぴったりするぐらいにがっちりしていた。

「タクッ、この野郎ッ、包丁をよこせッ」

洋ちゃんはベッドを浮かせそうな勢いで腕を伸ばした。

「やめろよ洋ちゃんッ、やめろよ！」

ベッドの下からタクが叫んだ。

「だめえええぇッ。圭ちゃん、洋ちゃんを止めてえええ！　包丁持たせたらだめええええ！」

居間から鈴姉ちゃんの絶叫が飛んできた。

「やめなよ洋ちゃん！　だめだよ包丁なんか持ったらッ」

ぼくは洋ちゃんの肩を押さえつけていった。

「違うんだよ圭ちゃん」

洋ちゃんはタクをつかまえようと腕を動かし続けた。

「だめだよッ。包丁なんか持ったら人殺しになっちまうよ！」

「大丈夫だよ。殺しゃしないよ。本当だって。用心のために持つだけだよ」

「だめだよッ。洋ちゃん、頭に血がのぼってるから、何するか分かんねえよッ。だから頼むよ洋ちゃんッ」

「あいつらナイフ持ってくるんだぞ。絶対だ。ナイフ出したら、そんなものの脅しはきかねえぞって、包丁を見せてやるだけだよ」

タクをつかまえようと腕を伸ばし続けながら、洋ちゃんは妙に落ち着いた声でいった。その妙な落ち着き払った声がかえって不気味だった。

「やめろよ洋ちゃんッ。人殺しになっちゃうよ！」

ベッドの下からタクが悲鳴のような叫びをあげ続け、

「だめえええええ！　包丁持たせちゃだめえええええ！」

居間からは鈴姉ちゃんの絶叫が聞こえ続けた。

「だめだってば洋ちゃんッ。頼むよ！」

とぼくが洋ちゃんを必死に押さえつけていたそこに、

「あいつがまたきたよ、洋ちゃん！　今度は助太刀連れてきた！」

とショウが飛び込んできた。

ショウは洋ちゃんの耳元に顔を近づけ、

「洋ちゃん！　またあいつがきたってば！」

と大声を出した。

洋ちゃんはいきなりすっくと立ち上がった。

「ショウ、ベッドの下に潜ってろ。タク。ショウをベッドの下から出すんじゃないぞッ」

といいながらショウをベッドの下に押し込んだ。タクをつかまえようとしていたときと違って父親の声になっていた。

「分かったかッ、タクッ」

「分かった」

ベッドの下からタクの声がした。まるで落ち着き払っていた。

「何があっても出るんじゃないぞッ。分かったなッ」

「分かった」

「圭ちゃん、きてくれ」

と洋ちゃんはいいながら背中をピンと伸ばして寝室を出た。背中に怒気が盛り上がっているように見えた。

「タク。ショウ。洋ちゃんのいったこと分かったよな。ベッドの下にいるんだぞ。出てくるなよ」

ぼくはベッドの下の二人に声をかけて洋ちゃんの後に続いた。声がやけに低音になった。声とは裏腹に、心臓の鼓動が胸を打ち破るような勢いでドカンドカンと高鳴った。緊張に顔が強張っているのが分かった。

ベッドの下にいる二人の返事は聞こえなかった。

18

フロアから続く玄関の中に二人の男が立っていた。二人とも白人だった。

手前に立っている男はハンサムで、背はそう高くはなかった。二十二、三歳に見えた。短髪で帽子はかぶっていなかった。青いセーターを着ていた。たぶんこの男がビルというやつなのだろうとピンときた。左の頬が青黒く腫れ上がっていた。洋ちゃんに殴られたに違いなかった。顔面は蒼白だった。怖じ気づいているみたいで、おどおどと洋ちゃんと鈴姉ちゃんとぼくを見回していた。

鈴姉ちゃんはソファーに座ったまま、とろんとした目をビルに向けていた。涙にマスカラが溶けて流れだし、顔が黒く染まってぐちゃぐちゃという感じだった。

「大丈夫かい、スズ？」

ビルが震え声で鈴姉ちゃんに声をかけた。心配しているというよりは、思わず声が出てしまったという感じだった。

「入ってこい」

洋ちゃんは鈴姉ちゃんが口を開く前にビルともう一人の男にいった。

ビルは後ろの男を振り向いた。後ろの男は大きな男だった。背はぼくより少し高いように思えた。グレーの野球帽をかぶっていた。痩せぎすで、頬がこけていた。カーキ色のあったかそうなジャンパーを着ていた。ビルよりも年上のようだった。それでも二十五歳ぐらいにしか見えなかった。

「お前がリックか？」

と洋ちゃんが英語できいた。口調は静かだったが、ものすごい形相でビルの後ろの男を睨み上げていた。

「ああ」

と後ろの男が小さな声で返事した。肩をすくめて英語で洋ちゃんに何かいい続けた。ぼくには何といっているかさっぱり分からなかった。目に力がなく、両手を上げて何だかいい訳がましい身振りを始めた。

するとビルがリックと一緒になって、訴えるように英語で何かをいい始めた。

「いいから入ってこい」

と洋ちゃんは手招きしながら語気鋭く英語でいい、続けて何かいった。

ビルとリックは洋ちゃんの気迫に圧倒されておずおずと靴のまま居間に入ってきた。完全に洋ちゃん一人が主導権を握っていた。

二人が居間に入ってくると洋ちゃんは、

「鈴ちゃん。寝室で子供たちと一緒にいなよ。ビルと話をつけるからさ」

といって鈴姉ちゃんの腕をとって立ち上がらせた。

「洋ちゃん、お願い。暴力はだめよ。お願い……」

鈴姉ちゃんが震える声で懇願した。

「大丈夫だよ。心配しなくていいから、寝室にいってなよ」

洋ちゃんはビルを睨みつけたまま鈴姉ちゃんにいった。話をするだけではすみそうもない目つきだった。

ビルのやつは、心配顔で洋ちゃんと鈴姉ちゃんを交互に見ていた。

鈴姉ちゃんが居間を出て、寝室に入りかけてドアの前で立ち止まった。おびえたような顔で、洋ちゃんの背中越しに居間の様子をうかがっていた。

「座れ、ビル」

と洋ちゃんがビルにいい、ソファーを指さした。それから日本語で、

「圭ちゃん、分かっているよな。ビルと話をするから、もう一人の大きい方が変なことしないように見張っていてくれよな」

とぼくに念を押した。

ぼくは黙ってうなずいた。うなずいたけれど、どうすればいいのだろうと困惑してしまった。とりあえずはリックのやつから目を離さないで睨みつけることにした。それしか思い浮かばなかった。

ぼくはリックの顔色と手の動きを注視した。『ナイフ』という文字が頭の中にべったりと貼りついていた。ぼくの視線に気づいたリックがしきりに見返してきた。ぼくはナイフに対抗する武器が身近にないかと素早く探した。すぐ近くにあるのは卓上電気スタンドだけだった。いざとなったらそいつを使おうと決めた。武器としてはナイフに勝て

そうもないが、ないよりはましというものだった。

ビルがソファーに座って不安げな顔で洋ちゃんを見上げた。洋ちゃんは黙ってビルの前に突っ立った。

洋ちゃんが切りつけるような鋭い語句で何かいった。

ビルが何かをいい出した。

洋ちゃんがピシャリとはねつけるように何かいった。

ビルが言葉をつっかえながら何かいった。

洋ちゃんが大声で英語をビルに浴びせた。

ビルが首を振りながら甲高い声で何かをいい続けた。

ぼくは洋ちゃんとビルのやりとりをチラチラと横目で見ながら、リックを睨み続けた。リックも洋ちゃんとビルのやりとりを見つめながら、チラチラと警戒するように視線を投げかけてきた。

リックの視線に負けまいと、拳を握って身体に力をいれた。緊張はしていたが、不思議に恐怖感はなかった。心臓の高鳴りも気にならなかった。乱闘になったらどうしようという不安も消えていた。死ぬかもしれないけどやるならやってやる、と腹をくったからに違いなかった。

そんなことより、靴下を脱ぐべきかどうか、ということが気になってしかたがなかった。ぼくは靴下をはいたままだった。もしもリックと乱闘になったら、フローリングの上では滑って踏ん張りがきかず、靴をはいているリックの方が明らかに有利となるのだ。絶対に靴下は脱いだ方がいい。

ビルといい争いをしている洋ちゃんは、靴下を脱いで素足だった。乱闘になるのを予想して素足になっているのかどうかは分からなかったが、素足になっている洋ちゃんがものすごくうらやましく思えた。

靴下をはいたままというのは失敗だったと顔をしかめた。だけどいまさら脱ぐのもなあ、と躊躇《ためら》った。靴下を脱いでいる最中にリックが襲ってきたら、逃げることも抵抗することもままならない。

靴下を脱ぐからちょっと待ってくれといったら、リックのやつは待ってくれるだろうか？　みんなにあきれられるだろうなあ……。

死ぬか生きるかという修羅場に突入するかもしれないギリギリの場面で、靴下を脱ごうかどうしようかと迷っていることがすごく間抜けに思えたが、それでも切実にどうしたものかと迷う問題ではあった。

「ヘールプ！」

いきなり、ヨーデルのような裏声の悲鳴が耳に飛び込んできた。ビルの悲鳴だった。

洋ちゃんがビルに覆いかぶさるようにして殴りつけていた。洋ちゃんは英語で何か喚きながら殴っていた。

ビルは洋ちゃんに覆いかぶさられて逃げ出すことができず、両手で顔を隠して洋ちゃんのパンチをブロックしていた。ビルはヒャーヒャー、ヒョーヒョーと聞こえる悲鳴とも言葉ともつかない声を上げ続けた。

「やめなよ洋ちゃん！」

思わず声が出た。

ナイフ、という文字が頭の中で大きくなった。リックを見た。リックはどうしたものかと躊躇っているような、とまどっているような表情で洋ちゃんとビルを見つめ、それからぼくがどう出るかと警戒するような目つきをこっちに向けた。下げられた両手の拳が閉じたり開いたりしている。

ビルが悲鳴を上げ続け、洋ちゃんが怒声を浴びせながら殴り続けた。拳の当たる鈍い音と、激しいソファーの軋《きし》み、ソファーが動いて壁に激突する音がごちゃ混ぜになって異様な雰囲気が充満した。

「やめなよ洋ちゃんッ、落ち着きなよ！」

ぼくはリックを睨みつけたまま叫んだ。洋ちゃんを止めたかったけれど、リックと靴下のことが気になって動くことができなかった。

「だめよ洋ちゃんッ、やめてええ！」

鈴姉ちゃんが居間に飛び込んできた。洋ちゃんの背中から抱きついた。ビルのやつが
「分かったよ。大丈夫だよ。ちゃんと話をするから放せよ鈴ちゃん。ビルのやつがでたでたらめなことばっかりいうから頭にきたんだ」

洋ちゃんは殴るのをやめてソファーから離れた。それでもビルは頭と顔を両腕で、両足の膝を上げて身体をブロックしたままだった。

「ビルが悪いんだぜ、鈴ちゃん。本当のことをちゃんといわないんだよ」

洋ちゃんは鈴姉ちゃんに訴えた。子供のようないい方だった。

それからおびえて震えているビルに何か英語でいった。ビルは裏返った声で何か答えた。洋ちゃんが詰問する口調でいい返し、ビルがすぐに反応して何かいった。

とたんに洋ちゃんはビルの前に跳び、拳を振り上げて殴りつけようとした。ビルがビクっとした身体を丸めて固くした。

「やめて洋ちゃんッ。だめだってばッ。ケガさせたら警察につかまっちゃうッ」

鈴姉ちゃんが慌てて洋ちゃんに飛びついた。

ぼくは洋ちゃんたちに気を向けたり、リックを睨みつけて靴下を脱がなければと焦り、ナイフ、という文字を思い浮かべて双方に忙しく視線を走らせなければならなかった。

リックを睨みつけているぼくの耳に、鈴姉ちゃんの金切り声とビルの裏声悲鳴、洋ちゃんの怒声が一緒くたになって入ってきて痛いほどだった。それでも洋ちゃんが殴りつ

けるような気配はしなかったので少しはほっとした。

ぼくはリックの動きを完全に牽制《けんせい》しなければと睨み続けた。

それが功を奏したのか、リックがしきりにぼくの視線を気にして、ぼくが洋ちゃんたちの方を見やるまで視線を外さなくなった。ぼくを見据えているものの、その視線は狂気に異様に光っているとか、残忍さを滲ませた攻撃色が見えるとかは感じられなかった。何となく、リックもどう行動していいものか分からないというような、迷って落ち着きのない目つきに見えた。

洋ちゃんがいっていた、事件を起こしたやつはベトナム送りになるという言葉を思い出した。ベトナム戦争、最前線、という文字がリックの行動を躊躇わせているのかもしれなかった。

そう思ってリックを睨みつけていると、いきなり、

「だめッ、洋ちゃんだめ！」

と驚いておびえるような鈴姉ちゃんの声がして、間髪を入れずに、ゴン！　と鈍い大きな、嫌な気分のする音が居間に轟いた。

すぐに鈴姉ちゃんの言葉にならない悲鳴が上がった。続いて、

「やめてえぇ！　だめよ洋ちゃん！　イヤアアアアアッ、だめえええぇ！」

と鈴姉ちゃんの金切り声が居間に満ちた。

思わずリックから視線を外してしまった。

洋ちゃんがまたビルに覆いかぶさっていた。しかも、振り上げた右手にはいつの間にかコーラのビンが握られていた。ソファーの下か裏に隠してあったに違いない。ビルが絶叫のような裏声の悲鳴を上げ、逃げようともがいていた。ビルの顔は血で真っ赤になっていた。

洋ちゃんは無言だった。怒りにまかせて、容赦なくビルの頭や顔面にコーラのビンを振り下ろした。

「だめええええええええええ！　洋ちゃんやめてえええええ！　殺しちゃうからやめてええええええ！」

鈴姉ちゃんがしゃにむに洋ちゃんにすがりついたその横を、タクとショウがするりという感じですり抜け、

「この野郎ッ」

とビルの足を小さな拳でポカポカ殴り始めた。ぼくはびっくりして叫んだ。

「馬鹿野郎！」

「タクッ。ショウッ。馬鹿ッ、離れろ！　危ないから出てけ！」

といったとたん、目の隅に鈍い光が飛び込んできた。ナイフ、という文字がはっきりと頭に浮かび出したのと、リックの右手にナイフが見えたのはほとんど同時だった。

リックはナイフを持って身構えていた。大きくカッと開いた目でぼくを見て、肩を上下に動かして息をしていた。

きやがったよ、となぜか頭の中でそういい、小さく舌打ちしてしまった。自然にそうしてしまった。

そうか。そういうことか。死ぬかもしれないということか。漠然とそう思った。

リックはナイフを持っているものの身構えているだけで、洋ちゃんやぼくに襲いかかろうとはしなかった。それでもいつ動き出すかと緊張した。こうなってはもう靴下どころではないが、やっぱりさっき素早く脱いでおくんだったと後悔した。

そうか。死ぬかもしれないな。

リックのナイフに目を止めてまたそう思った。そう思った後に、どうやったら生き延びることができるかとか、どうやったらリックをやっつけることができるかとか、そんなことを考えるより先に、不思議なことに、もしも死なずに生きていたら、とぼくは考え始めていた。

どうなるかは分からないけど、もしも死なずに生きていたら、やりたいことをやろう。生きていたらやりたいことができるんだ。

生きるか死ぬかの切羽詰まった場面で、生き延びる方法や行動のことを考える前にそう思ったのは間抜けだけど、ぼくはほんの短い一瞬にそう思ってしまった。生きるとか死ぬということは考えなかった。死なずに生きていたらやりたいことをやろう。ただそのことだけを思っていた。

　ぼくはリックを睨みつけた。睨むことしかできなかった。格闘になれば不利だということが分かっていた。それは靴下のせいだし、ナイフ対素手というハンデもあったし、とにかくくるならこいッ、と虚勢だろうがなんだろうが気迫では負けないようにしなければならなかった。

「殺さないでええええええ！　殺しちゃだめええええ！　洋ちゃんお願いッ、やめてえええええええええ！」

　鈴姉ちゃんの絶叫と、タクとショウの喚き声、ビルの悲鳴、洋ちゃんの怒りを代弁しているコーラビンで殴りつけるゴン！　ゴン！　ゴン！　という音が、リックが一歩動きだしたと同時にぼくの耳から消え去った。

　リックは躊躇いがちに一歩進み出た。ナイフの切っ先が不気味に光った。

　ぼくはさっと手を伸ばして電気スタンドを手にとった。ナイフに対抗するにはまるで力不足に思えたが、持ってみるとその考えが正しかったことにがっかりした。まるで頼りなくて、やっぱりないよりはましという感じだった。

　それでもリックがちらっとぼくの手の電気スタンドに目を走らせた。気にして警戒したのかもしれない。

ぼくはコードを引いた。コンセントが抜けて宙を舞った。

リックと視線がぶつかった。

生きていたら……。

と電気スタンドの支柱を握りしめた。

生きていたらやりたいことができる。

そのことだけを考えてリックを睨みつけた。

ぼくはリックと睨み合った。互いに無言だった。

リックのやつは、この場をどうしたものかと迷っているような顔色にも見えた。リックには選択肢がいろいろあった。ぼくにはなかった。ナイフ対電気スタンド。靴対靴下。格闘になれば結果は目に見えている。どう転んでもぼくに分があるとは思えなかった。ぼくとリックに関していえば、主導権はリックが握っていた。リックがどう出るかを待つしかなかった。

再び、生きていたらやりたいことをやるんだ、という言葉が頭の中でフラッシュのように光って消えた。

くるならこいッ。死ぬ気でやるからなッ。

ぼくは全身に気合いを入れてリックを睨み続けた。

突然、リックがぼくから視線を外した。洋ちゃんとビルの方に顔を向けた。リックの表情が怯えて引き攣ったように見えた。

ギャアアアアアアアアア！

とたんにかき消えていた全ての音が耳に聞こえ始めた。ビルの断末魔のような気味の悪い絶叫が、大音量で鼓膜を掻きむしった。

「ヤメテエエエッ、洋ちゃん！　それ以上やったら殺しちゃううううううう！」

鈴姉ちゃんが洋ちゃんに抱きついて止めようと懸命になっていた。

「だめよ洋ちゃん！　人殺しになっちゃううううううううう！」

洋ちゃんは鈴姉ちゃんに止められながらも、情け容赦《ようしゃ》なくコーラのビンをビルの身体に振り下ろした。

「死んじゃうからだめええええ！　死んじゃう死んじゃう死んじゃううううううう！」

洋ちゃんはおかまいなしに無言でコーラのビンを振り下ろし続けた。ゴン！　ゴン！と嫌な打撃音に胃がすぼまっていく気分がした。

リックが洋ちゃんに向かって動いた。ナイフを突き出して何事か大声で喚いていた。ビルを殴るのをやめさせようとしたみたいだった。コーラのビンがビルを打ちつけるゴン！　という不気味な音と、ビルの悲鳴に耐えきれなくなったのだろう。

ぼくはリックの動きに反応した。ほとんど無意識に動いていた。ナイフを握り持つリックの右手しか目に入らなかった。リックのナイフが、洋ちゃんの身体を突き刺すように思えた。そうはさせまいとリックの右手に飛びつこうとした。ダッシュをかけた足が滑った。靴下をはいているせいだった。やっぱり脱いでおくんだったと悔やんだ。それでも何とか、転びそうになりながらリックの右手にしがみついた。よろけながらリックの右手にしがみついたので、勢いがついて体当たりをする格好になってしまった。その瞬間にまた足が滑ってぼくはもがいた。懸命にもがいたけれど体勢を立て直すことはできなかった。リックの右手にしがみついたまま、ぼくは勢いよく倒れ込んでいった。受け身をしようにも、ナイフを持つリックの右手を放す訳にはいかなかった。放したら最後、洋ちゃんもぼくもリックのナイフに突き刺されるのだ。何が何でも放す訳にはいかなかった。

リックは倒れまいと踏ん張ったけど、ぼくの勢いを支えきれずに、ぼくたちはもつれるように洋ちゃんとビルと鈴姉ちゃんに向かって突っ込んでいった。

何がどうなったのかよく分からなかった。誰かにぶつかった。大きな物音と怒号と悲鳴が渦巻いた。何がどうなっているのかより、ぼくにはリックのナイフの方が重大事だった。ひっくり返りながら、ありったけの力を込めてリックの右手をつかまえていた。目の前でナイフが生き物のように動き回った。身体のあちこちに誰かのどこかがぶつかった。気がついたらリックの下敷きになっていた。いきなり顔面に衝撃を食らった。一瞬意識が空白になってしまった。リックのやつが左手で殴ったに違いないと思ったら、つかまえていたはずのリックの右手が消えていた。

ヤバイッ、と思った次の瞬間、

「アアアアアアアアア！」

と長い悲鳴が脳天を突き抜けた。

ビルの悲鳴だった。ビルは起き上がりこぼしのようにガバッと床から立ち上がった。倒れている洋ちゃんに脚を思い切りコーラのビンで殴られているというのに、まるで意に介しているような感じはなかった。悲鳴を上げ続けたまま、一直線にドアに向かってダッシュした。

一大決心をしたというように、きっぱりと立ち上がった。

アアアアアアア！　ビルは叫びながらリックに激しくぶつかり、二人は壁に激突しながら、それでも懸命にドアに向かってダッシュした。

ぼくよりも早く洋ちゃんが起き上がり、英語で何かを叫んでコーラのビンを振り上げた。

ぼくには、このクソ野郎！　というように聞こえた。

「やめてえええええええ！　死んじゃうからだめえええええ！」

鈴姉ちゃんが洋ちゃんにおんぶするように背中に飛びついた。

洋ちゃんの動きが一瞬止まった。ビルとリックは我先にドアに走った。ビルがドアに体当たりをかました。そのまま二人はドアの外に消え去った。

洋ちゃんが鈴姉ちゃんの手を振りほどき、無言で二人の後に続いてドアの外に飛び出していった。そしてシンと静まり返った。

突然の静寂だった。

立ち上がった身体から、ほっと力が抜けていった。それからすぐに血の気が引いてしまった。手やセーターやズボンのあちこちが血だらけだったのだ。リックのナイフが目に浮かんだ。どこをやられたのか急いで身体を見回した。切られたのか、それとも刺されてしまったんだろうかと慌てまくった。が、別段何ともないみたいだった。切り傷も刺し傷もみつからなかった。目の届かない背中や後頭部、首や顔にも痛みや疼《うず》きはなかった。身体についた血は、どうやらビルが流したやつのようだった。

「だめよッ。圭ちゃん止めてえええ！　洋ちゃん殺しちゃうッ。止めてえええ！」

突然の鈴姉ちゃんの絶叫に、はっと我に帰った。慌てて洋ちゃんの後を追って外に飛び出した。

外に出るとシンと静まり返っていた。辺りを見回した。ビルもリックも洋ちゃんもいなかった。争っている物音も気配もしなかった。

奥の家々の窓に明かりが点いていた。それらの家の前に、じっとこっちに目を凝《こ》らして不安げに立ち尽くす人が何人か見えた。

ぼくは踏み切りの方に出た。踏み切りの向こうの道の暗闇に人影はなかった。

「圭ちゃん！」

「圭ちゃん！」

いきなり、闇に消えている線路の向こうから、タクとショウの声が聞こえてぼくは振り向いた。二人は線路の枕木を走って姿を現した。

「ずっとあっち！」

「あいつらあっちに走っていった！」

タクとショウは闇に延びて消える線路の彼方《かなた》を指さした。

「お前ら、いつの間に追っかけたんだ？　洋ちゃんは？　洋ちゃんもか？」

「うん！　追っかけていった！」

「早くいってよ圭ちゃん！」

「タクもショウも家に入ってろ！　出ちゃだめだぞ！」

ぼくは線路を走り出した。すぐに走るのをやめた。洋ちゃんが歩いて戻ってくるのが目に入ったのだ。ぼくは急ぎ足で洋ちゃんに近づいた。

「逃げられたよ、圭ちゃん」

洋ちゃんは小さく笑った。何事もなかったかのようにまるで落ち着いていた。

素手だった。コーラのビンは持っていなかった。どこかに投げ捨ててきたのだろう。

洋ちゃんのトレーニングウエアは血だらけだった。手も血だらけだった。暗かったので黒く変色して見えた。

「大丈夫かい、洋ちゃん？」

「何が？」

「ケガした？」

「俺が？　どこもしてないよ」

「血だらけだよ」

「これか。あいつの血だな、たぶんな。圭ちゃんはどうよ？　血がついてるじゃないか？　リックのやつにやられたのか？」

「俺は何ともないよ。リックのやつとは睨み合っただけだったから。この血はさっき転がったときに、ビルが床に落とした血がついたんだよ」

　ぼくたちは並んで線路を引き返した。

「悪かったな圭ちゃん。巻き込んだ形になっちゃったなあ」

　洋ちゃんはいった。怒気が消え、いつもの口調に戻っていた。

「いや、俺はいいけどさ」

　騒ぎは終わったんだと改めてほっとした。大きなため息が出た。

「鈴ちゃんは馬鹿だよ。ビルなんかの口車に乗っちゃうんだからさ。そうだろう、圭ちゃん？」

と洋ちゃんはいった。

ぼくは返事をせずに黙って歩いた。ぼくには分からないことだった。鈴姉ちゃんは寂しかったのかもしれない、という思いが頭に浮かんだ。何となくそんな感じがした。結婚したときから、鈴姉ちゃんは洋ちゃんの浮気に悩んでいた。

「もう頭にきちゃう。洋ちゃんたら他の女と浮気してんだよ、圭ちゃん。もうあんなやつとは別れてやるんだ。まったくもうッ」

と鈴姉ちゃんが怒ってあけすけにいうことが何回かあった。

そうかと思うと、二人で仲良く楽しそうにしていることが続いていたりと、うまくいっているのかいっていないのか、よく分からない不思議なカップルだった。

それでも、鈴姉ちゃんがビルに呼び出されてのこのこ出向いたのは、寂しかったからなのかもしれないと思えて仕方がなかった。洋ちゃんが他の女の人と浮気をしているからなのかもしれない、という思いが消えなかった。本当のところを知りたかったけれど、洋ちゃんにそんなことをいい出せる訳はなかった。

洋ちゃんがドアを開けて先にハウスに入った。ぼくがドアを閉めた。ドアノブの締まりが緩く、どこかが壊れているみたいだった。

鈴姉ちゃんが居間のフロアに呆然と座り込んでいた。

タクとショウが健気《けなげ》にもソファーの血を雑巾で拭き取っていた。ソファーも床も、壁にも血が飛び散っていた。

「何やってんだ。そんなことしなくていいからもう寝ろ」

洋ちゃんが二人にいった。

「だって、かっこ悪いよこれ。血だらけで気持ち悪いよ」

とタクがいった。

「汚くてかっこ悪いよ」

とショウが続けた。

「いいからもう寝ろ。俺がきれいにしておくから」

「だって何だか眠れないよ。ママはこんなだし、あの二人がまたくるかもしれないし」

とタク。

「大丈夫だ。俺がずっといるから」

と洋ちゃんはきっぱりといった。頼もしい父親の声だった。

「いつも家にいてよ洋ちゃん。そうすれば、ママも、俺も、ショウも安心して眠れるんだからさ」

とタクがいった。

「そうだよ洋ちゃん」

とショウ。

「いいからもう寝ろ」

「殺しちゃったの？　洋ちゃん……」

鈴姉ちゃんがぼそりと言葉をこぼした。

「逃げられたよ。それよりケガしなかったか、鈴ちゃん？」

洋ちゃんはやさしく鈴姉ちゃんの頭をなでながら訊いた。

鈴姉ちゃんは、うんうんとうなずき、それから、

「殺さなかったのね。本当に殺さなかったのね」

と洋ちゃんを見上げた。髪も顔も乱れに乱れて嵐《あらし》が過ぎ去ったように荒れ果てていた。

「殺さなかったから心配しなくてもいいよ」

「よかったあ。恐かったようおおお。殺しちゃうかと思って恐かったああああッ。アアアッ、あああああ」

鈴姉ちゃんはほっとしたような表情をつくって泣き出してしまった。

ナイフを持つリックの右手を放してしまったことが気になって仕方がなかったが、誰もナイフにやられなかったことが分かって心底ほっとした。誰かがナイフにやられたら、と思うとぞっと寒けが走った。

コンコン、とドアをノックする音がした。落ち着き払ったノックの音だった。

「またあいつらがきた！」

とショウが叫んだ。

ぼくと洋ちゃんは顔を見合わせた。違うよな？　という空気が生まれた。

洋ちゃんが返事をするより先に、

「こんばんはあ」

と間延びしたような男の声がしてドアが開いた。

ビルでもリックでもなかった。コートを着た日本人の中年男が顔を突き出した。

「警察だけど、何かー、揉《も》め事《ごと》があったんだってえ？」

男の背後でいくつもの赤い回転灯が回っているのが分かった。

19

「何でも話しますよ刑事さん」

と洋ちゃんがいって刑事に事情を説明していると、アメリカ軍のMPがやってきた。

刑事たちがMPたちと話をしている間に、

「俺がうまく話すから、圭ちゃんはよく分からないっていえばいいからな」

と洋ちゃんが素早く耳打ちした。

詳しく話を聞きたいから一緒にきてくれ、と刑事がぼくと洋ちゃんと鈴姉ちゃんにいった。

洋ちゃんがタクとショウを、普段仲よくしている奥のハウスにあずけにいっている間中、ぼくは手錠をかけられるのかなとぼんやり思い続けていた。

手錠はかけられなかったが、てっきりパトカーに乗せられると思っていたのに、MPのジープに乗せられてしまったのでびっくりした。もしかしたら基地に連れていかれるのだろうかと不安になった。しかも一人ずつ別々に乗せられてしまい、両脇を屈強なMPにはさまれたので心細くて不安はもっと大きくなった。日本の法律が通用しない基地に連れ込まれたらと考えると、ものすごく嫌な気分になった。

「ドラッグがらみの事件を起こしたやつはベトナムの最前線送り」

という洋ちゃんの言葉が浮かんで消えなかった。

まさかなあと、ベトナム送りの恐怖と格闘した。日本人だし、事件は基地の外で起きた事だし、警察で事情を訊かれるに決まっている。基地の中に連れ込まれる訳がない。

ところが、ジープは警察署をやりすごして基地のゲートに向かってしまった。

嘘だろう？　と凍りついてしまった。

ジープはゲートでチェックを受けると、芝生が広がる基地の中を右に左にハンドルを切って進んだ。ジープが停まって、ぼくは平屋建ての白い建物の中に入れられた。入るとすぐに小さな部屋があり、壁に沿って長椅子が『コの字』に据えつけられていた。

「ちょっとここで待っていてください」

とMPの一人が流暢な日本語でいい、ジープに乗ってきた三人のMPが奥の部屋に消えた。

ぽつんと独りぼっちになってしまった。ぼくはベンチに座った。オフホワイトのペンキが分厚く塗られた無機質な部屋で、ベトナム戦争最前線送りという不安を必死になって打ち消し続けた。

人を殺してしまうことが恐い、というジョーが頭の中に現れた。戦争の殺戮《さつりく》場面に切り替わった。自分が人を殺す場面を思い描いてみた。ビルの絶叫が耳に聞こえて胃の辺りが気持ち悪くなった。今度は自分が殺される場面が現れた。もっと気持ち悪くなった。セーターやズボンに染み込んでしまった血痕《けっこん》を見ると、ものすごく気持ちが悪くなって吐きそうになってしまった。

ジャンパーはどうしたんだろうと気がついた。どこでジャンパーを脱いでしまったのか、記憶が欠けていた。いつの間に脱いでしまったんだろうと考えた。そのことを考えると少し気がまぎれた。女のアパートを出るときは着ていたはずなので、洋ちゃんのハウスで脱いでしまったに違いなかった。それでもいくら考えてもジャンパーを脱いだ記憶は戻らなかった。

やがて洋ちゃんが連れ込まれてきた。洋ちゃんを連れてきたMPたちも奥の部屋へと消えた。独りぼっちから解放されるのはうれしかった。

つい気持ちが軽くなって、

「俺たち、ベトナムへ連れていかれるなんてことにはならないよね？」

と口に出してしまった。

「ベトナム？　大丈夫だよ」

と洋ちゃんは笑った。それから「たぶんな。ビルのやつが死にでもしない限りは、な。ビルのやつ、病院に運び込まれたらしいや」

と少し不安げな表情になった。

「病院に？　死にそうなの？」

一気に不安が広がってしまった。

「どうかな。MPは何もいわなかったからなあ。身柄を拘束して病院に運んだ、としかいわなかったよ」

「そうか……。死んだらどうなるかなあ、俺たち。やっぱりベトナムで戦争やらされるんだろうか」

「大丈夫だよ。死なないだろう、たぶんな」

洋ちゃんはそういったけど不安は消えなかった。洋ちゃんはビルの頭をコーラのビンで思い切り殴り続けていた。頭のケガは致命傷になってしまうことがある。

「まあ、強制労働ってことになって、物資運搬船に乗せられて働かされるということになれば、ベトナムにいくということもあるかもな。でも殺人となればそれもないだろうな」

と洋ちゃんは他人事のようにぼんやりとした表情をした。

殺人となればどうなるのだろうと思いながら洋ちゃんの言葉を待った。

洋ちゃんはその先のことはいわなかった。その代わりに、

「とにかく、何が何だか分からないっていえばいいからな。騒ぎのことは俺が全部説明するから」

とまたいった。

そうとしかいえないだろうとぼくはうなずいた。実際、他にいうことなど何もないのだ。女を買いにいってから洋ちゃんの家にいった、ということは黙っていようと決めた。女を買ったけどセックスはできなかったというと笑われそうな気がした。そんなことはいいたくなかったし、騒ぎとは関係ないことなのだ。女を買ったということが警察に知れると犯罪者になってしまうし、それにそのことを白状すると、ダンヒルの店にいた、霧笛男の闇のグループに殺されるかもしれないという恐怖が走ったからだった。

鈴姉ちゃんが連れられてきた。洋ちゃんが鈴姉ちゃんの肩を抱いて長椅子に導いてや

った。

「大丈夫だからな、鈴ちゃん。俺にまかせときな。分かったな？」

と洋ちゃんはやさしく鈴姉ちゃんにいった。鈴姉ちゃんは何もいわずにうなずいた。髪には櫛が入り、グチャグチャになった顔の化粧はきれいに落とされていた。不安げな表情で、顔が青白かった。

ぼくの頭の中は、ビルの殺人と、ベトナムと、最前線と、殺し合いと、ダンヒルの霧笛男と、アパートの泣き女と、それらがごちゃ混ぜになってうごめいていた。その中からビルの殺人という言葉が大きく膨らんでいった。ビルが死んでしまったらどうなるのだろうと不安になった。洋ちゃんが殺人者となり、ぼくはそれを手助けした極悪人の共犯者ということになるのだろうか——。

ベトナム、という文字が重くのしかかってきた。

奥の部屋のドアが開いた。

軍服をピシッと着こなした若いＭＰが姿を現した。いましがた髪を切ってきたようなすっきりとした短髪だった。洋ちゃんの名前を呼び、洋ちゃんは奥の部屋に入っていった。部屋の中はぼくと鈴姉ちゃんの二人だけになった。

オフホワイトのペンキが分厚く塗られた壁に視線を泳がせながら、ベトナム戦争送りという不気味な不安を打ち消すのに躍起《やっき》になった。俺は日本人だし、アメリカに対して悪いこともしていないから、無理やりベトナム戦争に連れていかれるということはないだろう。そう思い切りたかったけれど、基地の中に連れ込まれたという状況の中では百パーセント大丈夫という思いは持てなかった。有無をいわさず飛行機に乗せられ、気がついたらベトナム戦争の最前線で銃を握っていた、ということがあり得るよなあ、とそのことばかりが頭の中をグルグル回り続けた。

「圭ちゃん、大丈夫だった?」

鈴姉ちゃんの声がしてぼくは振り向いた。

鈴姉ちゃんはほのかに笑みを浮かべていた。何となくまだ視線が定まっていないように思えた。

「大丈夫だよ」

「ケガしなかった?」

「俺は何ともないけど、鈴姉ちゃんの方こそ大丈夫かい?」

「うん。どこもケガしてないよ。ちょっと変な気分なだけ」

「ケガしてないなら、よかったよ」

「ごめんね圭ちゃん。迷惑かけちゃって。私が悪いんだ。私のせいでこんなことになっちゃってさ」

鈴姉ちゃんは力なく微笑した。痛ましい感じの笑いだった。

「俺のことなら気にしなくていいよ、鈴姉ちゃん。別にどうってことないからさ」

そうはいったものの、ベトナム戦争最前線送りが気になって、気分は重く沈んでいた。

鈴姉ちゃんはそれっきり口を閉じてしまった。ずっとうつむいていた。

ぼくは必死になって、ベトナム、最前線、殺し合い、死、という不安を打ち消し続けた。

長い時間が過ぎて洋ちゃんが奥の部屋から戻ってきた。

「鈴ちゃん。おいでよ。話を聞きたいってさ。大丈夫だよ、俺が一緒についてってやるから。鈴ちゃんを一人にさせたくないって頑張って、MPにオーケーさせたんだよ」

洋ちゃんは鈴姉ちゃんの手をとって、安心させるように笑顔を見せた。

二人のMPがドアの前に立って見ていた。洋ちゃんはいたわるように鈴姉ちゃんの肩を抱いて、ゆっくりと奥の部屋に消えた。鈴姉ちゃんに暴力を振るっていたあの洋ちゃんとはまるで別人のようなやさしさだった。

奥の部屋へのドアが閉まると、ポツンと独りぼっちになってしまった。またベトナムいきの不安と闘わなければならなかった。

独りぼっちの長い時間が過ぎた。

いきなり外への出入り口のドアが開いた。大柄なMPが入ってきて、続いて右手と頭に包帯を巻いた男が入ってきた。ビルだった。青いセーターには血がこびりついていた。

心細そうな険《けわ》しい目が、蒼白な顔の中で落ち着きなく動き回っていた。

MPがビルを奥の長椅子に座らせた。ビルを座らせたMPは、外への出入り口のドアの前に立ってビルに目を光らせた。

ぼくはじっとビルを観察した。顔色はものすごく悪かったが、命には別状なさそうだった。思わずビルに笑いかけそうになってしまった。殺人事件にならなかったという安《あん》堵《ど》が全身に満ちた。これでベトナムいきは消えたと確信が持てて、不安が一気に消えてうれしくなってしまったのだ。

笑みをこらえたつもりだったが、もしかしたらつい少しだけ漏れてしまったのかもしれない。ビルのやつが何とも怪訝な顔をぼくに向けてきた。すぐにビルは居心地が悪そうに視線をずらしてしまった。

少ししてリックがMPに連行されて部屋に入ってきた。ビルとは距離を離して長椅子に座らせられた。リックはチラッとぼくを一瞥《いちべつ》しただけだった。見たところどこもケガをしていないようだった。ビルとリックは少しだけ視線を交わしただけで何もいわなかった。

背伸びをしたいようないい気分だった。自然に大きな吐息をついてしまった。殺人事件にならなかった、とほっとしてしまった。ビルはケガをしたけれど、深刻な状況ではないようだった。深刻なケガだとしたら病院から連れてこられることはないだろう。リックは無傷だ。二人を目にして、これはものすごく深刻な状況に追い込まれることはないだろうと、心底ほっとしてしまった。

それからすぐに、朝までに帰してくれるだろうかと少し焦り始めてしまった。ベトナムという不安が消えたとたん、二瓶みどりに会いにいくという約束を思い出してしまったのだ。取り調べが長引いたら、すきを見て逃げ出してしまおうかと考えた。ドアの所で見張っているMPを見た。腰の拳銃《けんじゅう》が目に留まった。逃げ出したら拳銃で射殺されるかもしれないなあとぼんやりと思った。けれども、何があったとしても二瓶みどりとの約束は守りたかった。二瓶みどりとの約束を守るためなら、たとえ射殺されようとも逃げ出したい。本気でそう考えてしまった。

どうやったらうまく逃げ出すことができるだろうかと、長い時間真剣に考えていたら、洋ちゃんと鈴姉ちゃんが奥の部屋から一緒に出てきた。

洋ちゃんと鈴姉ちゃんは、部屋の奥に座っているビルに目を留めた。洋ちゃんの目が一瞬鋭く光った。ビルの顔に緊張が走った。身体を丸めるようにして洋ちゃんから顔を背けた。鈴姉ちゃんは放心したようにぼんやりとビルを見つめていた。洋ちゃんがリックに視線を移した。リックは頭を抱えてうつむいた。二人とも洋ちゃんの顔をまともに見ることはしなかった。

「圭ちゃん、話を聞きたいから中に入ってくれってさ。俺がみんな説明してきたからさ」

と洋ちゃんはいった。洋ちゃんの顔が、何が何だか訳が分からないっていえばいいかな、といっていた。ビルを目にして、洋ちゃんと鈴姉ちゃんの表情がどことなくほっとしているように見えた。

ぼくは洋ちゃんにうなずいて奥の部屋に入っていった。中は広い部屋だった。部屋の真ん中に大きなテーブルがひとつあり、その前の椅子に座らせられた。テーブルを挟んで日本語が達者な若いＭＰの尋問を受けた。その隣には少し年配のＭＰが座り、ぼくの背後には屈強な若いＭＰが二人立って見張っていた。

洋ちゃんと鈴姉ちゃんとの関係。バスケットの試合で三沢にきたこと。洋ちゃんの家に泊めてもらうことになっていたこと。バスケットが終わって、友だちと話をして、洋ちゃんの家にいったらいきなり騒ぎに巻き込まれたことを話した。セーターの血は、リックがナイフを出して洋ちゃんに迫っていったので、止めようとしてみんなともつれ、そのときについたようだといった。ダンヒルでのことと泣き女のことは話さなかった。

ビルのケガが深刻なものではないみたいなので、落ち着いて話すことができた。尋問をしたＭＰは手元の用紙を見ながらうなずいていた。それから隣の年配の男と何やら英語で会話した。それで尋問は終わりになった。あっけない、という感じで意外な展開だった。言葉尻を捉えて鋭くどこまでも突っ込んでくる、ということになるのだろうと心していたのだが、そういうことになることはなかった。

「迎えの車がきますから、もう帰っていいです」

と尋問したMPは丁重な言葉づかいをするのだった。

迎えの車じゃなくて、送っていく車がくる、のいい間違いだろうと思いながら部屋を出た。二瓶みどりとの約束を守れそうだし、逃げ出して射殺されることにならなくてすんだとほっとした。

入れ替わりにビルが奥の部屋に入っていった。

「どうだった?」

と洋ちゃんがいった。

「迎えの車がくるから、俺はもう帰ってもいいといわれた」

「そうか。俺と鈴ちゃんは、あいつらが取り調べられた後にもう一度話を聞きたいといわれているんだ。家で少し寝てから十和田にいきなよ。朝、初出勤だろう。それまでに俺たちが帰らなかったり、俺たちが寝ていたら、鍵かけて、いつものとこに置いといてくれればいいからさ」

「うん。タクとショウはどうする? 家に連れてきておこうか?」

「あいつらのことは心配しなくていいよ。預けた家でちゃんと面倒みてくれるからさ」

「じゃあ、俺、朝になる前に帰るから」

二瓶みどりに会いにいかなくては。

「ああ。少しでも寝た方がいいって。先に帰って寝てなよ。子供たちのベッド使っていいから。ビルとこいつは大した事なさそうだし、俺たちも早く帰れると思うけどさ。悪かったな、圭ちゃん」

といって洋ちゃんは笑った。

外への出入り口のドアが開いて日本人の男が入ってきた。中年の男で、背広の上に濃紺の頑丈そうなジャンパーを着ていた。男は眉根に力を入れた目つきでぼくたちを見回し、奥の部屋に入っていった。少しして戻ってくると、鋭い視線をぼくにピタリと当てて、

「じゃあ、いこうか」

と重々しい声を出した。

送ってくれる人だと思ってぼくは立ち上がった。眉根力《りき》み男と一緒に部屋を出た。

外に出たとたん、どっきりとしてたじろいでしまった。出入り口の前に日本のパトカーが停まっていて、ドアが開いていた。取り調べは終わったものとばかり思っていたので、パトカーの出現は意外だった。運転席の男がじっとぼくを見ていた。開けられたドアの横に、やはり大振りの濃紺ジャンパーを着た男が立っていた。

「ほら、後ろに乗って。一緒に署にきてもらうからな」

と眉根力み男はいった。どうやら刑事みたいだった。

日本の警察に連れていかれるのだから、今度こそ手錠をかけられるかと腹をくったけれど手錠はかけられなかった。ぼくは二人の濃紺ジャンパー男に挟まれて後部座席に座らせられた。

「よし、じゃあいこう」

眉根力み刑事が運転者に声をかけ、パトカーはサイレンを鳴らさず、回転灯も回さず、あくまでも静かに走り出した。

ベトナムという薄気味の悪い不安が消えたばかりなのに、今度は留置場という不安がどすんと頭に落ちてきた。

留置場に入ったら二瓶みどりに会えなくなってしまう。留置場にぶち込まれそうになったら、その前に逃げ出すことができるだろうかと考えた。

基地の中で逃げ出そうとしたらMPは銃で撃つかもしれないけど、警察署から逃げ出そうとしても警官たちは拳銃で撃つことはないだろう。だけどつかまったら今度こそ手錠をかけられて犯罪者になってしまう。ハウスでのことを正直にいっても信用してくれないかもしれない。そんなことで犯罪者になってしまうのだろうか。たとえ犯罪者になったとしても、二瓶みどりとの約束を守った俺は格好がいいよなあ。警察署を逃げ出し、二瓶みどりに会い、二瓶みどりと一緒にいるところに、追いかけてきた刑事がきて手錠をかけられるシーンを思い描いてみた。かなり格好のいいシーンのように思えて胸にぐっときた。やっぱり留置場にぶち込まれそうになったら逃げ出そう。二瓶みどりと劇的な別れのシーンを作り出すことができるじゃないか——。

そんな馬鹿な妄想が頭の中でグルグル走り回っているうちに、パトカーはあっという間に警察署に到着した。

深夜といってもすでに早朝に近く、警察署は閑散と静まり返っていた。外からはそのように見えたのだが、中に入ると中年の酔っ払いが制服の若い警官に絡んでいた。

「いったい、お前ら敵か味方かはっきりしろってんだ、ああ?」

酔っ払いは椅子に座ってグラグラと揺れていた。だらしなく酩酊《めいてい》していたけれど、身なりはちゃんとしていてあったかそうなオーバーコートを着ていた。

「だから警察はいつでも市民の味方だっていってるでしょう。さあもう帰りなさいよ、旦那さん。早く家に帰って寝ないと風邪ひいちゃうよ」

と若い警官は面倒臭そうにいった。

ぼくたちが二人の側を通りすぎようとすると、

「お、若者、気をつけろよ。警察は市民の味方だなんていってるけど、騙されるなよ」

と酔っ払いが言葉をかけてきた。ろれつが回っていなかった。

小さな取調室に入れられた。机がひとつと椅子が数個あるだけだった。机を挟んで眉根力み刑事とぼくは向かい合った。

「うん。何がどうしたのか、正直にいってほしいんだけどな、うん」

と眉根力み刑事はさらに眉根にぐっと力を入れて睨むような目つきをした。演技でそうしているのではなく、長年の癖になっているようだった。

ぼくは基地のＭＰにしゃべったことと同じことをいった。眉根力み刑事は要点を用紙に書き留めながら聞いていた。

話し終わると、

「すると、あんたは泊まりにきていきなり騒ぎに巻き込まれたんだな？」

といった。

「そうです。だから何が何だか、よく分からなかったです」

「従姉夫婦は以前からドラッグのことは何かいってたかい？　うん？」

「いや。聞いたことがなかったけど」

「奥さんが騙されてドラッグをやらされたといってたんだな？　うん？」

「ええ」

「うん。それで旦那が、騙した相手を呼んで説明させているうちに興奮して殴ったと」

「洋ちゃんは重い罪になるんですか？」

「旦那がか？　ドラッグに絡んでいなけりゃまあ大したことには、な。うん。傷害罪で告訴されれば事件っていうことになるけど、まあ、事情が事情だからアメリカ兵は告訴するかどうか、な。うん」

「鈴姉ちゃんはどうなんですか？」

「奥さんの方も騙されてドラッグだと知らずにやった、というなら、まあ、な。うん。常習者なら、まあ、いろいろ、な。うん」

　眉根力み刑事はぼかしてはっきりとはいわなかったけれど、洋ちゃんも鈴姉ちゃんも大したことにはならないだろうという口調だったので安心した。

「それで、俺はどうなるんですか？」

「あんたはどうもならんよ。たまたまいただけなんだろう？　ケガしたアメリカ兵に手を出したというのなら話は別だけどな、うん。手を出したのか？」

「出してないですよ。もう一人の男と睨み合っていただけですよ」

「だよな、うん。ちょっと待ってくれ。いま調書をちゃんと書くから。それを読んで間違いがなければあんたのサインをくれ」

　そういって眉根力み刑事は調書を作成し、ぼくに読ませ、住所氏名をサインさせ、拇《ぼ》印《いん》を押させた。二瓶みどりとの約束を果たせなくなりそうだったら、と気が気でなかったが、どうやら大丈夫だとほっとした。

　取調室を出ると署内は静まり返っていた。敵か味方かはっきりしろの酔っ払いはもういなかった。パトカーが洋ちゃんのハウスまで送り届けてくれた。パトカーに乗せられるというのはものすごく悪いことをしたみたいで、何だかすこぶる落ち着かないことだった。

鍵を開けてハウスの中に入ると、まずはジャンパーを探した。すぐに見つかった。居間の隅に脱ぎ捨てたように落ちていた。いつの間に脱ぎ捨ててしまったんだろうと考えたが、どうしても思い出すことができなかった。

二瓶みどりに会いにいくには時間が早すぎた。何だかどっと疲れが出て、全身がぐったりと打ちのめされた気分だった。少し横になろうかと思ったが頭が冴《さ》えていて眠れそうもなかった。

フローリングに落ちているビルの血がどうにも気になった。雑巾を絞って拭き取ることにした。壁に飛び散っている血も拭き取った。ソファーにこびりついている血はいくら拭いてもきれいにはならなかった。面倒くさくなってきれいにするのをあきらめてしまった。後は洋ちゃんと鈴姉ちゃんが何とかするだろうと勝手に決めつけて、また床と壁をせっせと拭き続けた。

そうこうしているうちに、窓から見える東の空がうっすらと明るくなって夜が明け始めた。

ぼくはジャンパーを着て外に出た。十和田市に着いて二瓶みどりに会うことを考えると、ちょうどいい出発時間になりそうだった。ドアに鍵をかけた。ドアノブの締まりが緩かったけど何とか鍵はかかった。裏に回って風呂釜《ふろがま》の下にキーを置いた。

昨日からの暖かい空気がまだ残っていて、まるで春のような生暖かい朝だった。そこここの水たまりにも氷は張っていなかった。ぼくはヘルメットを被ってオートバイにまたがった。エンジンを始動させると一発でかかった。ライトを点け、スロットルを開けた。ホンダのカブは少し身震いするように甲高いエンジン音を上げた。

そうだ、とそのときになって、エイヤッという感じで気合いが入ったように突然思い出した。

俺は生きていたんだ。生きていたらやりたいことをやろうと決めてたんだ。

そのことを思い出したら、パッと一気に気分がよくなった。

何をやりたいのかは分からないけど、とにかくやりたいと思ったことができるじゃないか。やりたいことをやろう。俺は生きていたんだ。何をやりたいかはそのうち見つければいい。きっと見つかる。

そう思ったら、いままでに経験したことのないワクワクする何かが、胸の中でふつふつとわき上がって、やる気満々という気分が満ちた。

希望というほとんど使ったことのない文字が、頭の中でビカビカに光って登場した。一瞬、青春漫画か青春テレビドラマの主人公になったようで感動したが、慣れないことなのでめちゃくちゃに照れくさくなっていたたまれなくなってしまった。

「カモンッ、ベイビー！」

思わず小さく声に出して気持ちを立て直した。

いってしまってから、無意識のうちに久し振りの文句が出てきたので少しびっくりしてしまった。

その文句は野球をしていた頃によく使っていたものだった。

カモンベイビーの正確な意味は分からなかったが、マウンド上でピンチを迎え、気持ちが頼りなくなったり、逃げ出したいなどとじくじたる思いがしていたたまれなくなったときに、自分を叱咤《しった》激励したり、気持ちを立て直すために、心の中で気合いを入れる言葉として使っていた。

「カモンッ、ベイビー！」

「よし。カモンベイビーでいこうッ」

「さあ、カモンベイビー！　だぞッ」

などと心の中でいったり、口の中でつぶやいたりして叱咤激励すると、気持ちがシャキ！　として落ち着きを取り戻すことができた。

野球をやめてからは使うことがなかったその文句が、突然飛び出してきたので驚いてしまったのだ。

なぜそんな文句をいうようになったのかははっきりとしなかった。知らず知らずのうちに使うようになっていた。

たぶん、平凡パンチかなんかの雑誌でその文句を見たのか、それともポップスの流行歌の中の、♪カモンベイビー、ドゥー、ザ、ロコモーション、というフレーズが耳について消えなかったからなのだろうと思う。

「カモンベイビー……」

ぼくはもう一度口の中でつぶやいた。

とにかく二瓶みどりに会いにいこう。今やりたいことはそれだ。

ぼくはクラッチをつないでオートバイをスタートさせた。

20

十和田市に向かう道をオートバイのスピードを上げてとばした。

ホンダのカブの元気のいいエンジン音が、早朝の静かな景色にどよもした。顔に当たる生暖かい空気が気持ちよかった。

二瓶みどりに会えると思うとうれしくていい気分だった。それにベトナムいきになるかもしれないという、気味の悪い不安から脱出できた解放感も加わって、ついついアクセルを開けてぐんぐんスピードを出してしまった。

やがて朝靄《あさもや》の中に横たわる十和田市の市街地が見え始めた。そのずっと向こうの八甲田山は朝靄にぼんやりと浮かんでいた。空は薄曇りだった。

平地に開けた市街なので、北の端から南の端まで一望することができた。

遠くの市街を目指して走っていると、何だかものすごくちっぽけな街に思えてきたので、不思議な驚きと戸惑いを覚えてしまった。そんなふうに感じたのは初めてのことだった。

こんなに小さな街だったのかと意外に思え、じっくり見て確かめようと徐々にスピードを落とし始めた。朝靄の中にひっそりと佇《たたず》む遠くの市街を見やりながら、少し高台になっている道の端にオートバイを停めた。

じっと遠くの市街を見渡した。

朝靄の中に、あちこちから立ちのぼる白煙が見えた。風の無い朝だったので、それらの白煙は真っ直ぐに立ちのぼり、朝靄の中に止まって見えた。まるで絵筆で描いたような、小さな額縁に納まっている動きのない風景だった。

小さくて動きのない、止まっている街。しかしそれはまぎれもないぼくのホームタウンだった。生まれた街、遊んだ街、泣いたり笑ったり、いろいろなことがあった街。十八年間のすべてがつまっている街だった。

子供の頃はとてつもなく大きな街に思えた。隣の町内は未知の領域だった。その先の町内は外国と同じだった。そのぐらいの大きさを感じた。それが成長するにつれて意識の垣根が小さくなっていった。高校に通うようになって市街は全部が町内という感覚になった。それでもちっぽけな街だと思ったことはなかったのだ。

オートバイにまたがったままじっくりと眺めていると、ますますちっぽけな街に思えてきた。あまりにちっぽけに思えて息苦しくさえなってきた。何だか八方塞《はっぽうふさ》がりの四面《しめん》楚歌《そかてき》的な気分にしかならなくなってしまったのだ。

いいところがいっぱいあるし、楽しいこともいっぱいあって決してつまらない街ではないのだが、ちっぽけな街、と初めて思ってしまった驚きで、窮屈で息苦しいことしか考えられなくなっていた。

このちっぽけな街でやりたいことができるんだろうかと自問すると、どうにも手足を存分に伸ばすことなどできそうにないと絶望的になるばかりだった。どう考えても、明るい未来や希望に胸が膨らむという「青春とはなんだ！」的な前向きで素敵なことは、夢のまた夢にしか思えなかった。

オートバイのゆるやかなトロトロというアイドリングの音が、ちっぽけな街をすっぽりと包み込んでしまうような気がした。

それでもこの街で暮らしていかなくてはならないのだ。
「カモンベイビーだ……」
とぼくは口に出して気分を立て直そうとした。まるで気合いの入らないつぶやきにな
ってしまった。
二瓶みどりに会えるうれしさが、一転してたまらなく切ない寂しさに変わってしまっ
た。ぽつんと一人取り残されてしまうような、悲しくやるせない深い深い穴に落ち込ん
でしまった気分だった。
気分がぐったりと滅入って、手足を動かすのが面倒だったけど、ぼくはオートバイを
スタートさせた。二瓶みどりに会いにいかなければならないのだ。

21

駅前を通りすぎようとして思わずブレーキをかけて速度を落としてしまった。
伝法寺のやつが、リュックサックを肩にとぼとぼと駅舎に入っていったのが見えたの
だ。何となく肩を落としているように見えた。駆け落ち相手の坂崎洋子の姿は見えなか
った。すでに駅舎に入っていったのかもしれなかった。

ぼくは駅舎を通りすぎてからUターンして戻った。駆け落ちする二人に最後の別れをいおうと思った。駅舎の前にオートバイを停めた。

中に入っていくと、伝法寺のやつは待合室の一番奥の長椅子の端にぽつねんと座っていた。待合室には、長椅子に数人が座っているだけだった。朝一番の電車を利用する乗客のようだった。その中に坂崎洋子はいなかった。見回したが、駅舎の中のどこにも姿は見えなかった。

伝法寺の前までいって、

「よう、伝法寺」

と声をかけた。

「な、何だお前は、どうしたんだよ?」

伝法寺は目をぱちくりさせて驚いた顔を向けた。すぐに笑顔になり、点灯スイッチが入ったように顔を赤く染めた。

「三沢から戻ってきたんだよ。それでお前を見かけて、最後の別れをしようと思ったんだよ。いよいよこれから世紀の駆け落ちを決行するんだろう? 彼女はどこだよ?」

「いやあ、とりあえず一人で駆け落ちだ、ハハ、ハ」

伝法寺は力なく笑った。

「一人で駆け落ちだ? 本当に馬鹿だなあお前は。それって駆け落ちってことにならないじゃないか」

「馬鹿のお前に馬鹿といわれるとガチョーン！　とずっこけるではないかね。まあ、手に手を取っての駆け落ちとはいかねえけど、洋子ちゃんはあとからくるってことになるから、まあ、駆け落ちには違いないではないか」

いいではないかそれで、細かいことはいうなよ、突っ込むなよ、そっとしておいてくれよ、的な苦笑を弱々しくするのだった。

「とりあえず一人での駆け落ちなんて、何だか笑っちゃう駆け落ちだな」

「沢木ちゃんよ、しょうがないではないかね。洋子ちゃんがやっぱり運転免許がとりたいってきかないのだよ。いままで通ったのにもったいないから、運転免許をとってから東京にいくっていい張るのだよ。な、しょうがないではないか」

「昨日の朝にさっさといってしまえばよかったんだよ。そうすりゃ本当の駆け落ちになったじゃねえか」

「いまさらしょうがないではないかね」

とまたまたそっとしておいてくれ苦笑をつくるのだった。

何となく、坂崎洋子は東京にいかなくなりそうな気がする、という思いが頭をよぎった。あらあたしそんなこといったっけ？　とあっけらかんと考えるしぐさをする坂崎洋子がふいに現れ、そしてふいに消えていった。

「ところで、昨夜《ゆうべ》三沢から帰っていって寿司屋に寄ったのか？」

「寄った寄った。いやあ、大宴会になっていて大騒ぎになってたぞ」

「まさか？」

「まさかもとさかもないよ、沢木ちゃんよ。十人くらいもいたかな。市長もきたってよ。すぐに帰ってしまって俺たちがいったときにはもういなかったけどな」

「十人って、どんなやつらだよ？　工業の校長はいたか？」

「校長はいなかったねえ。みんな農業高校の相撲部ＯＢのおっさんばっかりだったよ」

「俺のお袋は？」

「いたいた。それで、お前がこれないっていったら、お袋さん、申し訳ありません、すみませんって、恐縮してみんなに謝っていましたよ、かわいそうに」

　母が怒り心頭に発して、一睡もせずにぼくを待ち構えていることが想像できた。

「熊夫のやつが、沢木君はバスケットのチームメートのアメリカ兵がベトナムにいくんで、どうしても送別会を抜けられないのだろう、義理人情に厚いやつだから、ってでたらめいってみんなに釈明してたけどな。そういう気持ちがあるからこそ、相撲界での出世は間違いないとかなんとかいっちゃってさ。だけどみんなは、そんなことはどうでもいいからどんちゃんやろうって雰囲気で、あっという間に馬鹿騒ぎになってしまいましたね、はい」

「それで、彼女はいつ東京にいくって？」

「しばらくかかるんじゃないのかなあ。ひと月やそこらは」

と伝法寺は他人事《ひとごと》のように気の抜けた返事をするのだった。

「まったく、死にそうな思いをして駆け落ちを手伝ったというのになあ」

とこっちまで気が抜けてしまった。ふざけるな光線を発射する気力もわかなかった。

「まあ、しょうがないではないか、なあ、沢木ちゃんよ。この洋子ちゃんの分のキップを一枚払い戻して、とりあえず一人で駆け落ちしなくちゃ」

フウ……、と伝法寺は珍しく吐息をひとつした。伝法寺の吐息など初めて見た。それからポケットから東京都区内いきの普通乗車券を取り出して、つくづくうらめしそうに眺めた。

そのキップの、

『東京』

というきれいな印字を目にしたとたん、ぼくは吸い寄せられるようにその文字に釘づけになってしまった。

『駆け落ち』『相撲取り』『佐藤先生』『絵』『アルバイト』『ベトナム戦争』『コートの上では誰だって平等』『面白い所』『やりたいと思うことがいっぱいある所』『生きていたら』『やりたいことをやる』『ちっぽけな街』『息苦しい』『希望』『未来』。それまでの二十四時間におきたそれらのことが、『東京』の文字の中にどんどん吸い込まれていった。吸い込まれていくほどに『東京』の文字が力強くはっきりと目に焼きつき出した。

「東京だ……」

と口に出していってしまった。突然、ポンという感じで答えを見つけた気分がした。

「うん？　ああ、東京だ東京だあ。払い戻しの東京だあ」

伝法寺にいった訳ではないのに、やけくそ気味の投げやりな口調でそう応えるのだった。

ぼくは伝法寺を無視して強く決意した。

そうだ東京だ。東京にいけば、やりたいことが見つかるかもしれない。少なくともこのちっぽけな街にいるよりは見つかる気がする。野球に取って代わる、夢中になれる何かが。払い戻しの東京か。いいではないか。宙ぶらりんの俺にピッタリのキップではないか。東京が野球に代わって夢中になれる何かを払い戻してくれるかもしれない。東京がくれるか、俺が見つけるか、どっちにしろ東京だ。

うん。東京にいこう。

「カモンベイビー……」

口の中でつぶやいた。

「何？　何といったのかね？」

「カモンベイビーだよな、伝法寺」

「まったくなあ。洋子ちゃんと、♪カモンベイビー、ドゥー、ザ、ロコモーション、って仲良くいくはずだったよなあ」

伝法寺は調子外れに歌い、自分勝手に頓珍漢に受け止めて応えてくれるのだった。

「ああ。カモンベイビーでいこうぜ。伝法寺よ、俺が東京にいく。そのキップ、俺が買うぞ。俺が払い戻してやる」

ぼくはぼく自身と伝法寺にきっぱりはっきりと宣言した。心の中で東京という文字がズシンと重みを持った。

「何？　君が？　やっぱり相撲取りになるのかね？」

伝法寺はびっくり顔をぼくに向けて素早くいった。

「相撲取りにはならねえよ。お前と俺で駆け落ちするんだよ。といってもホモっ気はねえからな」

「何？　何何何いい？　お前と俺で駆け落ちだあ？」

「嫌かよ？　ならキップだけ買うよ。別々にいこうぜ」

「待て待て待て。嫌じゃないけどだね、だってお前、あー、仕事はどうするんだよ？　今日は初出勤じゃなかったのかね？」

伝法寺のやつは急に分別くさい顔つきになっていうのだった。

「実は昨日、首になったんだ」

とあっさりいって、そのいきさつを手短に話してやった。

伝法寺は、いやいやいやいや、そんなのはきいたことはないよなあ、いい迷惑だよなあといいながらも面白そうに笑うのだった。それから、

「東京での仕事とか、寝る所はどうするんだよ？　まあ、俺の所にしばらく潜り込んでいてもいいけどな。寮は一人部屋だし、先輩がいってたけど、誰が寝泊まりしても会社はうるせえことはいわねえらしいしよ」

といった。

「うん。まあ仕事と寝る所は何とかなるだろうよ」

とぼくはいった。時々買い読みするスポーツ新聞の求人欄を見るとはなしに覗き込むことがあり、『運転手、助手募集、日払い、住み込み可』という求人がびっくりするほど沢山掲載されてあった。とりあえずはその中のひとつに転がり込んで働くことに決めようと思った。

「そうだな。何とかなるだろうよ。いやいやいや、沢木ちゃんよ、捨てる神あれば拾う神ありだよなあ。世の中こうじゃなくちゃよ。そうと決まれば楽しく愉快に、前代未聞の男同士の駆け落ちといこうではないか。なあ、沢木ちゃんよ」

伝法寺のやつはぼくの肩にバン！　と勢いよく手を置き、やっと血が通ったような陽

気な赤ら顔になるのだった。

ぼくは、用事を済ませて戻ってくる、少し時間がかかるかもしれないというと、伝法寺のやつはこのまま待合室で眠って待ってるといった。

「あんまり寝てないから眠くてよ。ぼくたちの輝かしい未来を夢見て、いつまでも、いつまでも待ってるからね、沢木ちゃあああん。信じてるからね。きっと、きっとよ。約束破っちゃ嫌よおおおおん」

とふざけてしなをつくった。どこまでも陽気に人生を楽しむ伝法寺だった。

決めたぞ、カモンベイビーだぞ、生きていたんだからな、窮屈な街とはおさらばだ、東京にいけば、きっと何かが、カモンベイビーでいこう……。

二瓶みどりの家に向かってオートバイを走らせながら、ぼくはずっとそう呪文《じゅもん》を唱えていた。何となく未来に向かって一歩を踏み出せそうな予感に満ちていた。

だけど胸の高鳴りは感じなかった。これで神経質で口やかましい母親と離別することができる、とホッとはしたものの、やっと出口を見つけてうれしさのあまり歓喜の雄叫びを上げる、というような青春ドラマのお決まり筋書き的興奮はいつまでたってもわいてはこなかった。

未来、などと思ってみたものの、それがどういうものかまるで思い描くことができなかったのだ。真っ暗な深遠な無の闇に、ちょっと明るい霧が真っ白く漂ってきたのが見えた、というぐらいの気分だった。やりたいことが分からず、金はなく、仕事も決まっていないしねぐらも確保はしていないという状況下では、歓喜も興奮もある訳はなかった。何があるのか先が見えない真っ白な霧の中に、犬も歩けば棒に当たる的な、とりあえず一歩踏み出してみよう、という程度のものだったのだ。

それでも気分は悪くはなかった。生きていたんだからやりたいことをやろう、という踏ん切りがついたせいだった。

二瓶みどりは家の前の道に佇んでいた。青い毛糸の帽子をかぶって、淡い黄色のマフラーを首に巻いていた。ズボンにコート姿だった。傍らには茶色の中型犬が、おりこうそうに忠犬ハチ公ポーズを決めて寄り添っていた。

明るさを増した白く輝く霧の中で、二瓶みどりと忠犬ハチ公の輪郭が滲んで光って見えた。

二瓶みどりはオートバイに気づくとにっこりと笑った。ぼくはスピードを落として彼女の前でオートバイを停めた。犬が少したじろいで後ずさりした。

「おはよう」

と二瓶みどりは柔和なあったかい笑顔でいうのだった。とたんに顔がカッと熱くなった。手足の先までもカッと熱く火照ってしまう、魔法のような笑顔だった。二瓶みどりに笑顔を向けられると、条件反射の法則通りにそうなってしまうのだった。

思えば二瓶みどりが小学校五年生のときに転校してきて以来、彼女のこの笑顔に出会いたくて毎朝エイヤッと気合いをかけて布団から這い出していたのだった。決して美人ではないけれど、彼女の笑顔は美しくてすてきだった。

別々の高校に進学してからも、目覚めていの一番に考えることは、今日はもしかしたら通学路で二瓶みどりに遭遇《そうぐう》することができるかもしれない、と期待することだったのだ。それはとりもなおさず、二瓶みどりのこのやさしいあったかい笑顔に出会いたかったからなのだ。やさしい気持ちをひき出してくれる笑顔だった。

たまにしか遭遇できなかったけれど、いつも彼女が、目に見える同じ空の下にいるのだと思うと、安心して豊かな気持ちになった。

「おはよう」

といって笑おうとした。顔がつっぱってうまく笑うことができなかった。待った？と続けたかったけどいえなかった。ぎこちなく笑ったまま黙ってしまった。

「バスケット、どうだった？」

と二瓶みどりはいった。

「うん。負けたよ」

「そうなの。残念だったね」

「いい勝負だったけどさ。最後はどっちが勝つか分からないって試合だったよ」

「観たかったな」

と二瓶みどりはいった。

「しょうがないよ。急だったし」

「そうね。もっと早く試合のこと知っていたらね」

「これから犬の散歩か?」

「うん。でも、今日はやめる。小学校に連れてってくれない?」

二瓶みどりはちょっと笑顔を左側に傾けてぼくを見上げた。

「南小学校か?」

「うん。小学校にいってみよう? 時間、大丈夫?」

と二瓶みどりはいった。

いこうと返事すると、二瓶みどりはうれしそうに笑った。庭に入っていって忠犬ハチ公を犬小屋につないだ。犬はおとなしく彼女にしたがったが、うらめしそうにぼくのことを睨んでいた。

二瓶みどりはぼくが差し出したヘルメットをかぶって、軽やかなしぐさでオートバイの後ろにまたがった。両手でぼくの腰をしっかりと押さえた。

南小学校に向かいながら、ぼくたちは小学校の同級生たちの消息について少し話した。

二瓶みどりは、転校していったり、別の中学にいってしまった女子のことについて、その消息を驚くほど詳しく知っていた。彼女たちといまでもずっと文通しているのだといった。

あっという間に小学校に着いてしまった。歩いて通学していたときは遠い学校だったけれど、オートバイで走るとほんの一走りだった。二階建ての校舎はぼくたちが在校していた当時とまるで変わっていなかった。大昔に卒業したような気分だったが、考えてみれば卒業してからたった六年しかたっていないのだった。

ぼくたちはオートバイを降りて校舎を見上げた。

「うん。やっぱり小学生の頃は楽しかったね」

二瓶みどりは灰色のモルタル造りの校舎を見渡していった。

「そうか？　二瓶は都会の札幌からこんな田舎の学校に転校してきて、つまんなかったんじゃないか？」

「ううん。みんなやさしくて楽しかったから、つまらないってことはなかった。クラスのタイムカプセル、南校舎の東側に埋めたよね」

「うん。桜の木の脇にコンクリートでベンチを作って、その下に埋めたんだよな」

「いってみよう」

ぼくたちは水たまりの残る敷地をグラウンドに向かって歩いた。コンクリートのベンチは卒業を記念して作ったものだった。それぞれの名前をそれぞれが手書きして記念に残したのだ。

　ぼくたちはそれぞれの名前をベンチに見つけ出して確認した。ぼくの名前は座面の横にあり、二瓶みどりの名前は脚の部分の裏側にあった。

「タイムカプセルは二十年後に掘り出すことになっているんだったよね」

「うん。その頃はみんなどっかにいってしまっていて、忘れてしまうかもしれないよな」

「何を入れたか覚えている？」

「何を入れたんだっけ。忘れてしまったよ。何か書いたものも入れたと思ったけど、何て書いたかも忘れてしまった」

　たったひとつの項目だけは覚えていた。それ以外はみんな忘れてしまっていた。だけど、斉藤《さいとう》先生を囲んでみんなで埋めた情景ははっきりと記憶に焼きついてはいた。ひょうきん者の悪原《あくはら》のやつが、先回りして穴の中にすっぽりと入って横たわっていて、みんなをびっくりさせたからだ。

「じゃあ、二十年後に開けたときのお楽しみだね」

「二瓶は開けるときはここにくるつもりなのか？」

「うん。そうしたいと思っているけど」

「そうだな。先のことは分からないよな」

「好きな人、って書くところ、あったよね」

「うん」

「沢木君は何て書いた？」

「俺は」

といったきり、どうにも照れくさくなって言葉が詰まってしまった。慌てて二瓶みどりから視線をずらして意味もなくグラウンドを見回してしまった。

そのとき、

「私、沢木圭太、って書いたんだ」

という信じられない言葉が飛び込んできた。

「嘘だろう？」

「十四年後に証明できるよ」

二瓶みどりは少しはにかむような笑顔を見せた。

「俺は、二瓶みどり、って書いた」

つい釣られてペロッといってしまった。

二瓶みどりは微笑して、

「でも、忘れてしまったっていったよ」

「いま掘り出して証明してもいいぞ」

有頂天のあまり思いっきり逆上してしまって、激情を抑えることができずに鼻息が荒くなってしまった。

「ううん。あと十四年、掘り出したときの楽しみにとっておこう。そのためのタイムカプセルなんだから」

「そうだな」

「ありがとう。私の名前を書いてくれて。とってもうれしい」

「俺なんか、二瓶の一億万倍もうれしいよ。二瓶が転校してきてくれて、本当によかったよ」

「私も沢木君がいてくれて本当によかった」

二瓶みどりはまたとってもやさしいあったかい笑顔を見せ、ぼくは何とも照れくさくていたたまれなくなり、何もいえずにただ黙って色あせたモルタルの校舎に視線を泳がせた。

校舎の向こうの霧が動いて晴れつつあった。

「連れてきてくれてありがとう。最後に小学校が見たかったんだ」

二瓶みどりは明るい声でそういった。

ぼくたちはオートバイに乗った。ぼくはゆっくりとオートバイを走らせた。いつまでも二瓶みどりを後ろに乗せて走っていたかった。

「ごめんね。初出勤の朝だというのに、時間、大丈夫?」

と二瓶みどりはぼくの背中越しにいった。

「俺、東京にいくことにしたんだ」

「え?　だって就職は?」

「取り消されたよ」

「でも、どうして?」

「いろいろあって、昨日そういうことになったんだ」

「そうなの。いついくの?」

「いまから」

「え?　今日?」

「うん」

「だって昨日はそんなこといってなかったよ」

「さっき決めたんだ。東京でやりたいことができそうな気がするんだ。だからいくことにしたんだ」

「さっきなの?」

「うん。さっきだ。二瓶に会う前だよ。昨日から今朝にかけていろいろあったし、いろいろ考えたんだ」

「そうかあ。そうね。沢木君は何となく東京って感じがする」

「そう思うか？」

「うん。何となくそういう感じがする」

「本当にそう思うか？」

「うん。みんな別れ別れになるんだね」

と二瓶みどりはしみじみとした声を出した。

「もうみんな昔には戻れないんだよね。高校の頃はまだ戻れそうな気がしたけど、これからはもう昔のようには戻れない気がする」

「うん」

「みんな別れ別れになるんだね。さよならするんだね」

二瓶みどりはそういうと、ぼくの背中に顔をくっつけて押し黙った。背中に彼女のぬくもりを感じた。泣いているようだった。

ぼくの心にサイモンとガーファンクルが歌う『4月になれば彼女は』の曲が流れ始めた。知らず知らずのうちに、ぼくは心の中で一緒にメロディーを歌っていた。

「四月になれば……」

とついつぶやいてしまった。

四月になれば彼女は、札幌での楽しい大学生活の中で俺のことなどすっかり忘れてしまうのだろう、という思いがせつなく胸をしめつけた。

「四月がどうしたの？」

と二瓶みどりはぼくの背中から顔を離していった。

「うん。四月になれば、何もかも新しくなるんだろうな」

「そうだね。みんな新しい生活がはじまるんだね」

二瓶みどりはまた明るい声でそういうのだった。

ぼくたちは彼女の家の前で別れの挨拶をした。

「さよなら。元気でね」

二瓶みどりはあのすてきな笑顔でぼくを見上げた。

「さよなら。二瓶も元気でな」

「ありがとう。タイムカプセルに私の名前を書いてくれて」

「俺の方がありがとうだよ。俺の名前を書いてくれて」

「本当にお別れだね」

二瓶みどりが手を差し出した。ちょっとあかぎれのある、でもとってもあったかそうな手に見えた。

「うん」

ぼくは彼女の手を握った。思っていたよりは冷たい手だった。だけど、彼女のやさしい心のぬくもりがぼくの胸に伝わった。

ぼくたちは笑って見つめ合った。初めてのことだった。

「じゃあ、元気でな」

「沢木君も元気でね」

ぼくたちはまた会おうとはいわなかった。もう会えないだろうということは、彼女もぼくも感じていたのだと思う。それでも、悲しいという感情はわかなかった。彼女がタイムカプセルにぼくの名前を書いてくれた、ということがすごくうれしくて、有頂天になっていたせいだったのだろう。たった一日だけど、彼女といろいろ話ができたという満足感のせいもあったと思う。東京へいくことを決心した高揚感のせいもあったかもしれない。

ぼくたちは別々の道を歩き出す。不思議に落ち着いてそう思うことができた。だから、切なくはあったけれど、悲しくはなかった。ぼくと二瓶みどりは別々の道に進む。そうなのだ。そういうことなのだ。

オートバイをスタートさせてから一度だけ振り返って彼女を見た。彼女は手を振ってくれた。ぼくも手を振った。それから真っ直ぐに前を見た。家に向かってハンドルを切った。

22

家に帰ると、玄関に目を吊り上げた母が仁王立ちしていた。オートバイの音を聞きつけて飛び出してきた、という雰囲気だった。

「いまから東京にいくんだ」

母が口を開く前に先制攻撃を仕掛けてやった。

「いまからって、じゃあ、相撲部屋に」

母は何だか急にホッとした表情をした。

「すぐいかなくちゃならないんだ」

母にみなまでいわせず、ずいっと家の中に入って自分の部屋で着替えをした。

「どうしたの、その血！」

母がついてきてめざとくセーターの血を見つけていった。

「どうってことねえよ。鈴姉ちゃんのとこで鼻血を出してしまったんだよ」

とかわしてやった。

「あんたは本当に鼻血が出やすいよねえ。誰に似たんだろうねえ」

バッグに数枚の下着と、ズボンとシャツを一枚ずつ、セーターを一枚入れた。

「それだけしか持っていかないの？　もっと持っていったら？」

「いらない」

「そうだよねえ。お相撲さんはあんまり着る物はいらないかもねえ。とにかく、石の上にも三年だよ。辛いこともあるだろうけど、三年辛抱してみなさい。関取になれなくても、三年辛抱した経験は人生に生きるからね」

と母はいった。母がそんなありがたい説教をするとは思ってもみなかったので少し驚いた。母はぼくの東京いきは相撲取りになるためだと信じて疑っていなかった。

「うん」

と思わず素直にうなずいてしまった。

母が踵を返して部屋から出ていった。着替えを詰めたバッグを持って玄関に急ぐと、靴を履いているぼくの目の前に、

「はい、これ」

と母はいって封筒を差し出した。

「五万円入っているから。無駄遣いしないで大事に使いなさい。親方や先輩のいうことをよくきいて一生懸命やるんだよ」

と母は刺の消えたやさしい口調でいうのだった。

「うん」

とだけいってありがたくズボンのポケットにしまった。

「オートバイで三沢までいく。オートバイは鈴姉ちゃんとこに置いておくよ」

洋ちゃんと鈴姉ちゃんが、無事にハウスに帰ってきているのか確かめたかった。

「だって、そうしたらあの人たちにオートバイ使われてしまうじゃないか」

と母は不満そうにいった。

「使ってもらうんだよ。オートバイは乗っていないと調子が悪くなってしまうんだ」

ぼくは玄関を出てオートバイに急いだ。早く家を出ていきたかった。あれこれしゃべっていると、相撲取りになるつもりのないことがバレてしまうかもしれなかった。

「もったいないねえ。せっかくあんたに買ってやったというのに。買ったばかりだというのに他人に使われるなんてさ」

「家に置いといたって誰も使わないじゃないか」

「そりゃそうだけどさ」

「だったら買ってもらえばいいよ。洋ちゃんがオートバイほしいっていってたから」

「でもいいのかい？」

「いいよ。東京で頑張ってみるよ。少なくても三年は。それから戻ってきたとしても、オートバイはまた買えばいいんだから」

「そうかい。身体に気をつけるんだよ。ちゃんと食べるもの食べて、夜更かししちゃだめだよ。時々手紙を書くんだよ」

母は母親としての心配そうな表情を見せながらいうのだった。

「分かったよ」

「本当に身体に気をつけるんだよ。風邪ひかないようにね。あんたはすぐに四十度も熱が出るんだから。そのたびに肺炎になったんじゃないかと心配で心配で。父親が肺で死んだものだから、熱が出ると気が気じゃ」

「じゃあ、いくよ」

ぼくは母のおしゃべりをさえぎるようにいって素早くオートバイをスタートさせた。市内を一気に突っ切った。

うろうろしていると坂崎熊夫につかまってしまうかもしれなかった。つかまってしまうと面倒くさいことになりそうな気がした。坂崎熊夫が母の所に立ち寄って、背後から追いかけてきているような気がしてしょうがなかった。

オートバイを駅舎の前に滑り込ませて停めた。構内に入っていくと、伝法寺のやつは本当に長椅子の隅で眠りこけていた。

「おい」

ぼくは伝法寺の肩を小突いた。

「ん、んんんじゃうーにゃ、んー？」

伝法寺のやつは意味不明のうめきを上げながらぼんやりと目を開けた。

「いくぞ。払い戻しの東京だ」

「お、おお。いやいやいや、そうか。よし。んー。東京だ。払い戻しの東京だ。なあ、沢木ちゃんよ」

「まさかお前と一緒に東京にいくことになるなんてな」

思わず笑いがこぼれてしまった。

「まったくだよなあ。いやいやいや、たった二十四時間で、駆け落ちの相手が男に変わるなんてなあ、いやいやいやいや」

伝法寺のやつは、寝起きだというのにあっという間に顔を真っ赤にさせて笑った。

「俺だってお前なんかと一緒に駆け落ちなんかしたくはねえんだよ」

「まあそういうなって、なあ沢木ちゃんよ。旅は道連れ、世は情けだよ。次の電車は何分だ？」

「電車には乗らない。オートバイで三沢にいこう」

「お、そうか。それもいいな。二人きりの旅立ちにはピッタリではないかね」

伝法寺のやつは鷹揚にうなずくと、もっさりとした動作で立ち上がり、ウームと手足を伸ばして背伸びをするのだった。

ぼくたちはオートバイに乗った。伝法寺のやつはリュックサックを背負い、ぼくのバッグを肩にかけて背中にしがみついた。

駅は少しずつ人影が増えていた。用心のために周囲を見回した。坂崎熊夫も農業のユタカたちのグループも見えなかった。

「よし。いくぞ」

ぼくはいった。

「おう。張り切っていこうぜ」

と伝法寺はいった。

ぼくはオートバイをスタートさせた。

「さあさあさあさあ！　ぼくらの明るい未来に向かって出発だあ！」

と伝法寺が二十四時間前と同じ、芝居がかった声を張り上げた。それから、

「払い戻しの東京だあ！」

と続けていって、ハハハハ、と陽気に笑うのだった。

霧が晴れて冷たい風が吹いてきた。

あれこれ考えずに、とにかく東京だ、とだけ思うようにした。すぐに二瓶みどりのやさしく美しい笑顔が頭の中に現れて、心の中があったかくなった。切ないあったかさだった。彼女の笑顔とは永遠にさよならをしたのだ。それでも「好きな人は沢木圭太」の

言葉と、握手の感触で気持ちは豊かだった。

彼女の笑顔に、『4月になれば彼女は』のメロディーが重なった。

四月になれば彼女は俺のことなど忘れてしまうだろう。そのとき俺は何をしているのだろうか——。

「寒いよう寒いよう、あーん、沢木ちゃあああん。少しスピードを落としましょうよおおおん」

伝法寺のやつが鼻にかかったよがり声でいってぎゅっとぼくに抱きつき、指を這わせてまさぐり始めた。

「やめろバカ！　気持ち悪いっていっただろうが！」

「そんな意地悪いわないでもっとやさしくしてよおおおん。駆け落ちなんだからさあああん、気分出していきましょうよおおん。寒いよう寒いよう」

「バカ！　くすぐったいってば！　気持ち悪いんだよ！」

どうにも我慢しきれず身をよじった。バランスが崩れてオートバイがグラグラと揺れた。

「ワワワワ！　頼むよ沢木ちゃんよ。駆け落ちなんだからな。明るい未来に向かっての旅立ちなんだからな。もう二人は切っても切れない仲。ウッフン。一心同体なんだからな」

「バカ！　気持ち悪いんだよ！　離れろってば！」

ホンダのカブは危なっかしく蛇行を繰り返しながら、それでも確実に払い戻しの東京に向かって快調にエンジン音を轟かせ続けた。

エピローグ

あの一日からもう二十五年もの月日が経《た》った。あれから長い年月が経っているということもあって、小さな点のような一瞬の凡庸《ぼんよう》な出来事だったように思える。

ぼくは故郷を飛び出し、世間という面白くもあり退屈でもある海の中を漂い始め、やがてへたくそに泳ぎ回った。嵐《あらし》や向かい風や濃霧に視界を遮《さえぎ》られ、方向性を見つけられず、不条理な危機に出くわしたりして、ほとんど溺死《できし》しそうになったことも一度や二度ではない。だがそれは誰《だれ》もが通過する人生の通り道であるし、自分だけの特別な体験ではないだろう。

ただ、あの一日がなければ違った人生になっていたことは確かだ。東京であの人との出会いもなく、小説との出会いもなかったかもしれない。

そう思うと、いま小説を書いている自分は夢の中にいる自分のように思える。あの卒業式の三日後の一日は夢であり、いまもずっと夢の中で暮らしているような気分がするのだ。本当の自分はあのまま故郷にいて、あの一日から現在までのことをずっと夢に見ているのかもしれない。ぼくの現在は、故郷にいる本当のぼくが見ている夢の中のぼくなのかもしれない。だから、本当のぼくが夢から覚めたら、いまのぼくは無の中に溶けて消える希薄な存在なのかもしれない、という不思議な感覚を覚えてしまうのである。いまの自分が本当の自分なのか、本当の自分の夢の中の自分なのか、誰にも分かりはしない。

確かなことは、二瓶みどりの笑顔がふと脳裏に浮かびあがるときに、いつもサイモンとガーファンクルが歌う『4月になれば彼女は』が耳に聞こえてくるということだ。

あの一日に登場した誰もがみんな歳《とし》をとり、大人になり、あるいは老いた。

伝法寺は東京でバスの運転手をしている。一回り年下の若い奥さんのことを臆面《おくめん》もなく自慢し、愛してやまない。いまも陽気に人生を楽しむ天才であり、誰からも好かれている人気者だ。

太田博美は最初に就職した会社にいまもいる。東京営業所の所長となり、埼玉に家を持ち、人のよさは相変わらずで、毎晩のように東京の酒場で笑い声をあげている。

滝内景治は宝石加工の特殊技能を身につけ、腕のいい一匹狼《いっぴきおおかみ》として独立した。千葉に自宅兼工房を構えマイペースで暮らしている。母親思いはいまも変わらず、頻繁に青森と千葉を車で行き来している。

ぼくの母はずっと故郷にいる。強気の姿勢でスキを見せない性格も変わらず、帰省するたびにだらしがないといってはぼくを叱《しか》り飛ばす。いつまで経っても子供扱いをやめることはない。いやはや。

鈴姉ちゃんと洋ちゃんはあれから数年後に離婚してしまった。タクとショウたちは鈴姉ちゃんが育て上げた。タクとショウは大人になり、それぞれ仕事に就いている。ただ一人、二瓶みどりだけはあの当時と少しも変わってはいない。あれから二瓶みどりに再会したことは一度もない。小学校のタイムカプセルを掘り起こすときに、ぼくは帰省しなかった。二瓶みどりもこなかったとクラスメートだった友人はいっていた。だから二瓶みどりはいつまで経っても記憶の中の二瓶みどりなのだ。タイムカプセルの中身がどうなったのかは分からない。誰かが保管しているのかもしれないし、焼却してしまったのかもしれない。なぜか二瓶みどりの秘密の告白を確かめたかったという気持ちもわいてこない。

それでも二瓶みどりはずっとぼくの中にいて消え去ることはない。それはぼくだけの一方的な思い込みにせよ、初恋の人だからに違いない。そしていまも、二瓶みどりは『4月になれば彼女は』のメロディー中で、やさしく微笑《ほほえ》んでいる。

解　説

椰月美智子

川上健一さんとの出会いは、二〇〇八年二月、岡山市での坪《つぼ》田譲治《たじようじ》文学賞受賞式でのことでした。壇上での対談、ということで、超緊張しいの私はほとんどパニック状態。人前に出ることがこの世で一番苦手だというのに、それだけでなく、あの『翼はいつまでも』を書いた、あの川上健一氏と対談だなんて！　と、会場に着く前から挙動不審全開でした。

『翼はいつまでも』は二〇〇一年の坪田譲治文学賞受賞作品で、私の大好きな作品でもあります。木内達朗《きうちたつろう》さんが描いたカバーが素敵で、自身のデビュー作では、同じく木内さんにイラストをお願いしたという経緯もあります。なので、川上健一さんは私にとって、憧《あこが》れの作家だったのです。

「すごく背が高い。作家然としている。ちょっと怖そう」と、いうのが第一印象。

いざ対談本番。和やかな雰囲気の中、司会者の女性が滞りなく円滑に進めてくれるにもかかわらず、事前の打ち合わせ質問事項にもほんのひと言ふた言しか返せない意気地なしの自分……。そんな情けない私に、川上さんはすばらしいフォローをたくさんしてくれました。会場の皆さんもきっと大満足だったと思います。だって、椅子《いす》に座ってながーい足を組むだけで絵になるんですもの。対談の中では、本書のプロローグとエピローグに出てくる「東京で知り合った女性」の興味深いお話もしてくださいました。

文学青年ではなかったという川上さんに大変共感し、作家というのは、子供の頃《ころ》から膨大な数の本を読み漁《あさ》り、みんながみんな早稲田《わせだ》大学文学部を卒業しているものだと、自分勝手なイメージを作り上げていた私は、川上さんが自分と同じ匂《にお》いを発していることを敏感に感じ取りました（私も十八歳までは本を読むという習慣が、まるでなかったので）。

そしていつしか、川上さんと私はメル友になっておりました。取材や講演やらで北海道から沖縄、ときには海外まで、毎日のように忙しく飛び回っている川上さん。

「原稿滑り込みセーフ！　あまりにも時間がないから著者校正なし。しめしめ」

「まともな編集者はいないという学説は正しいよなぁ」

などと、担当編集者が見たら怒り出しそうな、おちゃめなメールを旅先から送ってくれます。そこで、私はさらに調子づいて、非常に気になっていた案件を、ズバリご本人の川上さんに聞いてみることにしました。

「坪田譲治文学賞のときの、美人司会者さんと川上さんは、あのあと、どこに行かれたのですか?」

　そうです。あのあと、二人は岡山の街に消えていきました。以前からのお知り合いのようですが、それにしたって、やけに親密ではないですか。私は、美人司会者さんの目力にやられ、視力が0・3ほど落ちたくらいです。

「ハハハ。あのあとは彼女とラジオの仕事だよ」

　と、軽く一笑。うーん、見事なかわし(って、事実だとは思いますが)。この一件でもおわかりのように、川上さんはモテます。決して自ら女性に近寄っていくのではなく、女性のほうが自然と川上さんに吸い寄せられてしまうのです。ひと言で言うなら、「ダンディ」。今どき「ダンディ」などという言葉がぴったり合う男性がこの世にいるでしょうか? いやしません。

　と、川上さんのモテぶりばかりを書いてしまいましたが、これで川上健一さんがどんな人なのか、多少はわかって頂けたかなと思います(笑)。

『4月になれば彼女は』は、サイモン&ガーファンクルの名曲です。そう書きつつ、恥ずかしながら、私はこのたび初めて聴いた次第です。

「エーイプリル♪」という出だしを聴いたとたん、胸に熱いものが圧倒的にこみ上げてきて、自分でもびっくりしました。切ない旋律と歌詞が、心の中の大切な何かにやさしく触れ、郷愁じみた青春を思い出させるのです。

聴いているうちに、主人公の沢木圭太と川上さんが重なり、高校を卒業したばかりの背の高い男の子を思うと、鼻の奥がつんと痛くなりました。悲しいのではなく、「思い出を思う」ことに泣けるのです。高校を卒業したあの頃から、自分はずいぶん遠くに来てしまったんだなあ、と慌しい日常生活の中でふと思い、懐かしさとともに自分が送ってきた年月を思い、自然と涙がにじみました。

本書は、高校を卒業した三日目の一日（二十四時間）が描かれています。なんて濃厚で、有意義で、ばかばかしくも貴重な一日でしょうか。

肩を壊し野球選手としての夢を絶たれ、自分の将来を思い描けずにいる、主人公の沢木圭太。友人、伝法寺の駆け落ちにつき合わされ、ひょんなことから相撲《すもう》部屋に誘われることになり、明日からの就職を取り消されてしまう。読んでいるこちらからすれば、それは一大事のように思われるけど、当の圭太はさほど気に留めない。なぜなら工務店での就職は、その時点で圭太にとっての「正解」ではなかったから。

その日、圭太はホンダカブで町中を走り回り、行く先々でいろんな友人たちに出会う。出会ったそれぞれの人たちが、どんな形であれ、将来への希望を持っていることに少なからず驚かされる。そして最終的に圭太は、未来への扉、「東京に行く」ということを、漠然とだけど見つけられる。

カブで走り回る圭太が次々と友人たちに出会ってゆく、その展開だけでもたのしくて、次々とページをめくってしまう。憎めない友達の伝法寺、ケンカ相手だった松橋、いけ好かない望月英樹、コンドームを売りつけるハイメンタ商会の三浦高。ベラマッチャ、ガフタラ、自由共産党なんていうあだ名の同級生も出てくるし、米軍相手にバーを経営している従姉《いとこ》の鈴姉ちゃんの家族は、色濃く心に残る。

中でも特に私が好きだったのは、ほとんど通り過ぎていくだけの人物たちだ。

圭太の野球センスを買っている大島。「ピッチャーは手とか腕をケガしたら命取りになるかもしれないんだ。頼むからこいつとケンカしないでくれッ」「こいつは俺たちの夢なんだぞッ」こんなことを毅然《きぜん》と言ってしまう大島くんに思わず涙。

三沢で、圭太と太田博美とともに、童貞卒業を計画する滝内景治は、「俺のお袋、川魚大好きなんだよ。俺、あさって東京へいってしまうから、お袋がもう川魚食べられなくなるなあっていうからよ、最後に何とかお袋に食わせてやりたくてよ」と、友人たちの前で、少し顔を赤くして言う。

同級生であり、年齢だけは先輩の前山さん。好きな修理の仕事をし、引っ越しの手伝いをしてくれた圭太へのお礼に洒落《しゃれ》たラジオを贈り、その出来の良さに「どんどん作って売り出せば？」と言われたとき、「同じものをいっぱい作るのは好きじゃないんだ」と困ったように笑う。

生徒会長候補で、学年で一番勉強のできる薄衣は、「俺は勉強ができる。なぜならばガキの頃から真面目《まじめ》に勉強してきたし、いまもしているからだ。お前らは勉強しないからできないだけなんだ。頭が悪いんじゃない。ガキの頃から勉強しなかったしいまもしていないからだ」と、もっともなことをさらりと言う。

国の母に送金するためベトナム戦争に行く黒人のジョー。「死ぬのが恐いんじゃないんだ。人を殺してしまうのが恐いんだ。分かるかい？」。

こんなふうに、たった少しのセリフで、その人を形成する芯《しん》というべきものが鮮やかに色どられる。そして読者は、この人たちをひどく身近に感じ、強い親しみを覚えてしまうのだ。

本書の軸となっている二瓶みどりとのやりとりも素敵だ。圭太と二人で、夕焼けを眺めるくだりは、誰《だれ》もが似たような経験があるはず。あの頃特有の気恥ずかしさ、恋心を見事に切り取っている。

人生のターニングポイントというのは、誰しもが持っている、または経験するものだと思う。どんなに些細《ささい》な出来事でも、赤の他人が言ったほんのひと言でも、転んでつまずいた先にあった雑草を見て感じたことでも、その人にとってはターニングポイント、エポックメーキングに成り得るのだ。

「あの一日がなければ違った人生になっていたことは確かだ」

エピローグで書かれているように、あの日、ホンダカブで走り回った二十四時間がなければ、今の川上健一は存在しなかっただろうと思う。そう考えると、この日があって本当によかった、と思わず神さまにお礼を言いたくなる。川上健一ファンにとっては、非常に気になるプロローグとエピローグだろう。

本書は、川上さんの自伝的小説とも言える。カブを乗り回す十八歳のやんちゃな少年と、はにかんだように笑う現在の川上さんがだぶる。確かにあの頃から、長い年月は流れたけど、根本的なものは何ひとつ変わってないんじゃないかなあと、本書を読んで改めて感じた。

あの日から、日々は続いているけれど、私たちは確実に大人になっていて、サイモン&ガーファンクルの『4月になれば彼女は』を聴いて、「思い出を思って」涙を流すこともできるのだ。それはとても贅沢《ぜいたく》なことのような気がする。歳月を重ねてきた、自分へのご褒美かもしれない。本書を読んで、あの頃の気持ちを蘇《よみがえ》らせるのは、とっておきの宝箱を開けることに似ている。まさにタイムカプセルだ。

ダンディ川上を気取りつつ、少年のようにキラキラと輝く瞳《ひとみ》を持ち続ける川上健一様に、心からエールを送ります。拍手！

この作品は二〇〇八年二月、実業之日本社よりJノベル・コレクションとして刊行されました。

初出誌 「月刊ジェイ・ノベル」二〇〇三年一月号〜〇五年三月号
単行本 二〇〇五年七月、実業之日本社刊

翼はいつまでも

川上健一

中学2年の秋、米軍放送で聴いたビートルズが万年補欠の野球部員を変えた。3年の夏、その勇気の翼に乗って少年は旅立った。初恋と友情にきらめく十和田湖へ。感動の第17回坪田譲治文学賞受賞作。

集英社文庫

川上健一

BETWEEN《ビトウイン》 ノーマネーand能天気

愛する家族と超ユニークな仲間に囲まれて毎日が日曜大工に魚釣り。小さな事件の数々。10年、休筆作家は貧乏だが最高に楽しい、羨ましいほど幸せな日々を過ごしていた。多忙な人必読の爆笑エッセイ。

集英社文庫

集英社文庫

四月《しがつ》になれば彼女《かのじょ》は

2009年2月25日　第1刷　　定価はカバーに表示してあります。

著　者　川上健一《かわかみけんいち》
発行者　加藤　潤
発行所　株式会社　集英社
東京都千代田区一ツ橋2-5-10　〒101-8050
電話　03-3230-6095（編集）
03-3230-6393（販売）
03-3230-6080（読者係）
印　刷　大日本印刷株式会社
製　本　大日本印刷株式会社

フォーマットデザイン　アリヤマデザインストア　　マークデザイン　居山浩二

ISBN978-4-08-746406-1 C0193